Sorry dat ik leef!

Jan Keppens

Sorry dat ik leef!

Manteau

Voor Greet

Omslagontwerp: Johny Van de Vyver
Vormgeving binnenwerk: 508 Grafische Producties bv, Valkenburg a/d Geul
Foto achterplat: Jonas Van Schoor

ISBN 978 90 223 2301 4
D/2008/0034/248
NUR 284

Scheikunde
en rothormonen

Zaterdagnamiddag. Ik zit op m'n kamer. Of liever, ik líg. Scheikundeboek binnen handbereik. Ik kan er maar niet toekomen het ding open te slaan. Al mijn vezels verzetten zich ertegen. Scheikunde! Ik haat scheikunde. Die Mendeljev, aaarrrch! Hoe Dries op zo'n rotvak kan kicken is mij een raadsel. De radio staat afgestemd op de top twintig. Ik erger mij te pletter aan de deejay van dienst, zo'n wacko die overal doorheen zit te lullen. *Houd je kop en draai muziek, man.* Ik mis Marie, m'n zus. Naar een verjaardagsfuifje van Els, haar vriendin, bij wie ze is blijven slapen.

Mijn humeur schommelt zo'n beetje rond het vriespunt. Niet direct mijn gewoonte, normaal ben ik vreselijk te doen. Al hoor je dat natuurlijk niet van jezelf te zeggen. Maar wees gerust, als het nergens op lijkt, zeg ik het ook.

Geef toe, je zou voor minder balen: veertien bladzijden gortdroge formules en tabellen. Verbruggen heeft ons weer eens goed te pakken. Geen greintje begrip, die kuttenkoppen van leraren. Alsof we niets beters te doen hebben dan hele weekends studeren. En dan is Verbruggen nog de kwaadste niet. Integendeel, reuzekerel eigenlijk. Altijd te vinden voor een grap. Knappe gast ook. Lepe Galliër, zou Marie zeggen.

Ziet er goed uit voor z'n leeftijd. Stokoud, dat wel. Veertig of zo. Gescheiden, geloof ik. Lang zal hij wel niet op vrije voeten lopen. Behoorlijk populair. Meelmuis (wiskunde) is smoor op hem. Maar Verbruggen is dus een uitzondering. Bij de meeste leraren gaat het van *geeuw-geeuw*. Echte nerds.

Hoor mij, ik lijk wel een oude zeur. Maar shit, zestien zijn kan soms knap lastig wezen. Je droomt van een groots en meeslepend leven, maar er gebeurt nooit wat. Saaie bedoening. Je zou van lieverlee naar je volwassenheid gaan verlangen. Kun je de boel eindelijk een beetje naar je hand zetten. Wachten op betere tijden is voorlopig de boodschap, vrees ik, in dit slome niemandsland jeugd genaamd.

Je bent gek, zegt m'n vader, je weet niet wat je zegt. Dit zijn de mooiste jaren van je leven. Later zal je met heimwee terugdenken aan deze zorgeloze tijd. Ja, hij wel. Zorgeloos? Ik? Hallo! Problemen zat ja. Die rotscheikunde om maar iets te noemen. En verder? Nu ja, ik kan niet zo gauw iets concreets bedenken, maar zorgeloos? Vergeet het. Mijn hoofd zit vol rommel. Moeilijk om er de vinger op te leggen. Een soort ruis die overal doorheen klinkt. Weet ik veel. 't Wordt erger met de jaren. Het is de puberteit, beweert Hermine. Er woedt een hormonenstrijd vanbinnen, zegt ze, maar dat gaat vanzelf wel over. Nou, dan is er sprake van de tienjarige oorlog, vrees ik. De hormonen zijn bij mij blijkbaar heel erg vroeg binnengevallen. Omstreeks mijn zesde of zo. Overigens zonder uiterlijke sporen na te laten. Ik bedoel, het enige goeds dat je van die fucking hormonen mag verwachten is dat ze vroeg of laat je lichamelijke ontwikkeling stimuleren, je borstgroei op gang brengen om maar iets te noemen, maar nee, dat vertikken ze dan weer bij mij. Wel lekker mijn gevoelswereld overhoopgooien, die rothormonen, met mijn gedachten knoeien en onverklaarbare buien van neerslachtigheid over me heen kieperen, maar qua borsten en heupen dan weer verstek laten. Typisch. Die ruis zit voor zover ik weet al mijn leven lang in m'n kop, mijn kleuterjaren niet meegerekend, maar daar herinner ik me dan weer weinig van. 't Is niet zo dat ik ongelukkig ben of zo. Ik bedoel, ik loop niet dag in dag uit als een wandelende treurwilg door het leven te ploeteren. Nee, ogenschijnlijk is er niets mis met mij en ik heb echt wel mijn portie plezier. Maar het gaat zo traag vooruit. Er gebeurt zo weinig. Misschien verlang ik wel te veel. Ik ben nogal ongedurig, vrees ik. En bovendien nog een laatbloeier ook. Ik wacht met ongeduld op mezelf, zeg maar. En tegelijk voel ik me soms ver vooruit op mijn leeftijd. Leg het maar eens uit. Ik bedoel, ik heb vriendinnen die al helemaal zijn opengebloeid. Qua borsten dus en zo. Maar djeezes, het lijkt wel alsof hun geestelijke vermogens afnemen naargelang hun cup een maatje groter wordt. Ik wil niet uit de hoogte doen, maar wanneer ik getuige ben van hun eindeloos geneuzel over de jongens of toevallig deel uitmaak van een hunner giechelbijeenkomsten waarbij ze weer eens in aanbidding door het lint gaan voor een of andere knappe gast, voel ik mij soms erg eenzaam worden.

Ik wil niet iedereen op een hoop gooien, sommige meisjes zijn echt goed te doen, maar zodra er een jongen op het toneel verschijnt, veranderen ze meestal in behaagzieke trutten, kippen zonder kop die in elk ander meisje een mogelijke rivale zien. Waarom, denk ik dan. Een jongen, een échte jongen, eentje die uit het goede hout gesneden is, kijkt daar toch dwars doorheen. Die valt toch niet voor zo'n nuffig wicht dat zichzelf onderuithaalt met haar schaamteloze behaagzucht.

Maar wacht eens even. Zou ik soms jaloers zijn? Ik denk het niet, al weet je maar nooit. Niemand is perfect. Ja, ik benijd hun ronde vormen, voel me een strijkplank vergeleken bij hen, maar m'n hele bestaan organiseren met het oog op een beetje aandacht van zo'n Temptation Islandbewoner, je weet wel, zo'n slome, nadrukkelijk coole snuiter die zijn olympisch lichaam nonchalant, als het ware met tegenzin, over het trottoir sleept en z'n verstand op nul heeft, dat laatste meestal uit noodzaak, nee, daar bedank ik dus voor. Het zal wel aan mij liggen, maar ik houd meer van verlegen puistenkoppen dan van ijdele macho's met piekhaar. Jongens mogen van mij op hun nagels bijten, een bril dragen en onzeker zijn als de pest, als ze maar een pientere blik hebben en iets achter de hand houden. Iets mysterieus. Iets tegenstrijdigs. Gasten met een verhaal. Maar waar vind ik ze, de aardige jongens die erin slagen mij te laten lachen en me tegelijk ontroeren, die mij weten te vertederen met hun stunteligheid, mij verbazen met hun onvoorspelbaarheid? Ze zijn dun gezaaid, vrees ik. Want lelijkheid vormt al evenmin garantie op aardigheid. Je zult het altijd zien: hébben ze puisten, bijten ze verbeten hun nagels af, zijn ze rosharig en zitten ze onder de sproeten, dan blijken het op de koop toe ook nog eens oervervelende ettertjes. Ja waar zitten ze, de grappige jongens waar een zekere tristesse rond hangt? De getormenteerde slungels die hartverterend de spot drijven met zichzelf, de eigenzinnige eenlingen die mij als een zielsverwant verwelkomen in hun schimmige werelden, de aandoenlijk onhandige, asociale knullen die onder hun schuchterheid een briljante geest verbergen, de duistere diamanten, waar zijn ze?

Ach, ze mogen van mij best knap wezen, die gasten. Voor mijn part werpen ze donkere, verschroeiende blikken in het rond en zijn ze atletisch gebouwd en al. Ik heb niets tegen lepe Galliërs. Ik zeg niet *nee* tegen de plaatselijke Johnny Depp. Maar vergis ik me als ik beweer dat een charmant uiterlijk zelden verenigbaar lijkt met een edel en rijk gevuld innerlijk? Knappe jongens zijn altijd zo... tja, zo vervelend, zo blasé en oninteressant. Enfin, op de plaatsen waar ik kom in elk geval. Misschien moet ik maar eens elders gaan rondkijken. Veranderen van school of zo.

Shit maat, driewerf shit, waarom kijkt het allemaal zo nauw? Waarom is het allemaal zo moeilijk?

Wellicht ben ik toch gewoon jaloers, breng ik hulde aan de motzakken omdat ik de mooie exemplaren, de lekkere stukken zeg maar, niet kan krijgen. Magere spriet die ik ben. Wellicht zou ik anders piepen, mocht ik me op een Jennifer Lopezkont kunnen beroepen of pakweg een Pamelacup hebben. Dan was de straat ook voor mij een catwalk en liep ik, zoals zovele van mijn beter uitgeruste vriendinnen, krampachtig op hoge hakken de aandacht te trekken. Terwijl ik nu met mijn grote bek iedereen wegjaag. Ach ja, zo is het toch, het ene meisje schudt met haar derrière, het andere roert haar grote mond. We zijn allemaal – vanaf een bepaalde leeftijd – wanhopig op zoek naar aandacht. En dat verdeelt ons. Gisteren waren we nog meisjes onder elkaar, de poppen net ontgroeid, de rijen gesloten, één in onze soort, met z'n allen veilig geborgen in onze beschermde wereld vol mama's en papa's. Vandaag komt de buitenwereld met rasse schreden op ons af. Opeens moeten we ons onderscheiden. Opvallen in de groep, luidt eensklaps de boodschap. En ja hoor, voor we 't beseffen worden we uit elkaar gerukt door onze doorgedreven hang naar aandacht en bevestiging. Ik betreur dat, maar blijkbaar ben ik de enige. De nestwarmte van een groep onschuldige jonge meisjes, waar is ze heen? Voor altijd vervlogen, vrees ik. Niemand die erom lijkt te malen, behalve ik.

Ja, hallo, wat is het nu? Eerst zit ik gulzig te azen op de toekomst, kan het bij wijze van spreken niet vlug genoeg vooruitgaan en even later zwelg ik dan weer in weemoed en nostalgie. Djeezes, wat ben ik toch een besluiteloze trut. Ik weet het zelf soms ook niet. Het leven is veel te ingewikkeld voor iemand als ik. Ja, hoe langer ik erover nadenk, hoe meer het mij begint te dagen. Cupmaat D hebben maakt de zaak simpel. Al dat gepieker van mij spruit voort uit haperende klieren. Had ik tieten, ik zou mijn bek houden en mooi en verleidelijk lopen wezen.

Jouw tijd komt nog, beweert Hermine. Wie langzaam ontluikt, krijgt achteraf vaak de fraaiste vormen. Wacht maar. Ze zullen nog opkijken, de jongens.

Het zal wel. Kijk, als er iets is waar ik een hekel aan heb, dan wel aan mensen die eieren onder mijn kont schuiven. Ik hoef geen omfloerste leugentjes om mijn kwetsbaar gemoed op te krikken. Ik houd van de waarheid, ook al is die hard voor mij. Niet dat ik weiger getroost te worden. Getroost worden is oké. Zolang de troostwoorden maar oprecht en geloofwaardig zijn. Ik bedoel, recht uit het hart van de trooster komen en niet zomaar lukraak afgevuurd worden vanuit de heup in de hoop dat er misschien een toevalstreffer bijzit. Gratuite bemoedigingen: weg ermee! Hoor mij zeg, ik ben echt wel aan het neutelen dat het niet netjes is. Nu ja, niks aan te doen, gewoon uitzieken, dat rothumeur. Stoom afblazen. Dat ze dat niet snapt, Hermine. Hoe kan er uit een lange, magere spriet als ik ooit een mooi, verleidelijk meisje groeien? Onzin. Jongens merken me amper op. Niemand van hen die denkt: hé, een laatbloeier, daar groeit mettertijd vast een prachtig exemplaar uit. Die ga ik nu eens liefdevol de tijd geven om zich in alle rust te ontbolsteren. Vergeet het. Jongens willen prammen en billen en wel nu, tout de suite, heute godverdomme. Eerlijk, geef ze maar eens ongelijk. Ze beschouwen me als een halve jongen, denk ik. Schaamteloos spreken ze in mijn bijzijn over die of die, dat ze daar niet scheef op zouden zitten en al. Ik bedoel, erger over het hoofd kun je toch niet gezien worden? Als men in jouw bijzijn al ongegeneerd punten gaat geven aan andere meisjes, tja, dan voel je jezelf hoogstens een futiel cijfertje achter de komma. Toch?

Kortom, ik hoor nergens bij, noch bij de meisjes die in bloei staan, noch bij de jongens die nergens anders aan denken dan aan meisjes die in bloei staan. Rest mij een allegaartje van seuten en strevers om mij bij aan te sluiten, maar daar bedank ik voor. Fuck maat, dan liever een eenzaam lot.
Nee, 't is niet mijn mooiste tijd. Al wil ik niet klagen. Ik begrijp m'n vader wel. Hij heeft gelijk. Het is te gek voor woorden om op je zestiende naar je volwassenheid te lopen snakken. Alsof het dán allemaal dik voor mekaar zal komen. Zo spannend lijkt het bestaan van die ouwelui mij eigenlijk ook al niet. Maar ze doen tenminste min of meer wat ze willen. Terwijl wij – jongeren – amper zeggenschap hebben over ons eigen leventje. Altijd zit er wel iemand achter onze kladden aan. Om ons in te peperen hoe het moet. Dat hoort zo, schijnt het. Ach, weet ik veel allemaal. Ik zal u zeggen wat er scheelt: het is gewoon m'n dagje niet. Punt.

Moedig voorwaarts

Tante Hermine klopt op m'n kamerdeur en steekt haar hoofd naar binnen.

Ik begin alvast nors voor me uit te staren en m'n rug te krommen. *Kijk dan hoe de hele wereld op mijn schouders rust.* Als imitatie van iemand die op haar zielige, dooie eentje zit af te zien, kan dat tellen, vind ik. Maar veel respons krijg ik niet van Hermine, laat staan mededogen. Een nauwelijks verholen glimlachje speelt om haar mondhoeken. Ze kent me intussen wel zo'n beetje. Ik kan hier nog járen de sukkelaar zitten uithangen, ze geeft gewoon geen krimp. Erger nog, ze lacht me vierkant uit. Wel straf. Eindeloos begrip tonen voor elke sukkel die op deze planeet rondhuppelt, maar geen greintje erbarmen met haar eigen dierbaren. Ronduit schandalig als je 't mij vraagt. Ik bedoel, ja toch? De sociale bewogenheid zelve, mijn tante, maar als er toevallig iemand van haar eigen verwanten het hoofd laat hangen, geeft mevrouw niet thuis. Shit maat, als ze denkt me op die manier tot inkeer te brengen, heeft ze 't bij het verkeerde eind. Ik sterf nog liever. Koppig doorgaan, luidt de boodschap. Mij koesteren in zelfmedelijden! Ben ik reuzegoed in. Vooral op dagen als deze.

alle duidelijkheid, Hermine is m'n tante, de zus van m'n ..../der. Marie en ik zijn gek op haar. 't Is ook dikke mik tussen Hermine en m'n vader. Als je niet beter wist, zou je denken dat ze een stel vormen. Eigenlijk doen ze dat, maar niet in de klassieke zin. Het ligt een beetje ingewikkeld. Toen mama stierf, daalde tante Hermine als een engel over ons neer. Een geschenk uit de hemel. Niet dat m'n vader het in zijn eentje verkeerd aanpakte of ons niet de baas kon, maar vooral m'n zusje miste de zachtmoedige alomtegenwoordigheid van haar mama. Ik – zeven toen, tweede studiejaar, vriendinnen zat – kon uiting geven aan mijn verdriet, maar Marie – vier pas – had slechts die ene boei om zich aan vast te klampen en net die werd haar brutaal ontrukt.

De tactvolle manier waarop tante Hermine in de bres sprong zonder onze liefdevolle herinneringen aan mama geweld aan te doen, was precies wat we nodig hadden. We zouden het ook zónder haar gered hebben, maar toch...

Veel woorden maakte ze er niet aan vuil, Hermine. Jullie moeder zou voor mijn Dries precies hetzelfde gedaan hebben, zei ze.

Toen het huis naast het onze vrijkwam, trok ze er met haar zoon in om dicht bij ons te kunnen zijn. Haar actie verblufte ons. Niemand had zoiets van tante Hermine verwacht. Marie en ik waren in de wolken. Mama's zus in onze nabijheid hebben, deed wonderen. Ook Dries juichte de gang van zaken toe. Hij miste mama evenveel als wij en dat zijn eigen moeder de fakkel overnam, was een hele opluchting. Nu, bijna tien jaar later, is de situatie nagenoeg onveranderd gebleven. We wonen nog altijd zo'n beetje door elkaar heen. Dikwijls eten we samen, we gebruiken elkaars spullen. Dries, Marie en ik hebben een kamer in beide huizen en sinds de schutting is verwijderd, liggen de tuinen in elkaar verstrengeld, omzoomd door een uniforme beukenhaag. Kortom, een soort 'apart-together'-situatie waar iedereen zich min of meer goed bij voelt, al willen Marie en ik het graag anders zien.

Dries is even oud als ik. We werden in dezelfde maand geboren en groeiden samen op. Er zijn foto's waar mama en tante Hermine – een eind zwanger – samen staan te pronken met hun dikke buik. Ze waren heel close, die twee, al verschilden ze compleet van elkaar. Mama was een rustige, wijze, evenwichtige vrouw die het geluk moeiteloos omarmde. Tante Hermine daarentegen vond haar draai niet, haar leven lag voortdurend in een amusante knoop. Het lukte haar niet haar zaakjes op orde te krijgen, zich te settelen en zo. Haar relatie tot mannen was op zijn minst onstabiel te noemen. Dries heeft bijvoorbeeld zijn vader nooit gekend. Naar het schijnt zou die het hazenpad gekozen hebben nog vóór Dries het levenslicht zag. Al zou – zo wil het verhaal – Hermine weinig moeite gedaan hebben om hem tegen te houden. Een kind wou ze, niet per se een man. Tot zover geen probleem. Dat ze haar draai niet vond, betekende nog niet dat ze in zak en as zat. Tante Hermine was er de vrouw niet naar om bij de pakken te blijven neerzitten. Integendeel, haar rusteloze natuur dreef haar voort, vaak in de armen van mannen die vielen voor haar hoog femme fatale-gehalte, dat hen later – zodra de passie was bekoeld – weer op de vlucht joeg. Mama zag het met gemengde gevoelens aan. Omdat ze het va-et-vient van al die mannen niet erg bevorderlijk vond voor Dries z'n opvoeding en tante Hermine een zaak runde die haar noopte dikwijls naar het buitenland te reizen (kleurrijke bestemmingen die je deden wegdromen: Jamaica, Venezuela, het eiland Mauritius) besloot ze haar petekind bij ons in huis te nemen. Uiteraard met Hermines goedkeuring. Nou, die kreeg ze. Dries, zei m'n tante tegen mama, is bij jullie in betere handen dan bij een wispelturige moeder als ik. Een buitenstaander zou wellicht versteld hebben gestaan van de manier waarop ze ogenschijnlijk moeiteloos afstand nam van haar zoon. Wij die haar door en door kenden, wisten beter. Het was niet zo dat Dries haar onverschillig liet of op de tweede plaats kwam of zo. Zeer zeker niet. Haar zoon was haar god. Maar Hermine was gewoon erg ruimdenkend in die dingen. Een vrouw als ik moet zich kunnen ontplooien, vond ze. Zich niet laten ringeloren door de omstandigheden. Geen enkel kind heeft baat bij een gefrustreerde moeder die vindt dat ze zich moet opofferen. Nee, het was prima zo. Haar Dries kon opgroeien in een warm gezin waar hij welkom was, méér nog, hij werd er beschouwd als de zoon des huizes. Tel daarbij de onvoorwaardelijke liefde van zijn eigen grillige moeder, besloot ze, en Dries eet van twee walletjes. Nou, gelijk had ze. Dries had er alvast geen problemen mee. Hij had het reuze naar zijn zin bij ons. Hoewel hij zijn moeder aanbad en haar soms miste, voelde hij ook wel dat wanneer het op een veilig, warm nest aankwam, hij beter af was bij ons dan bij zijn hyperactieve, vaak uithuizige, mannenverslindende mama. Over dat laatste werd wel eens gelachen. Het is niet dat ik erachteraan zit, zei Hermine dan, ze vallen gewoon bij bosjes over mij heen, die mannen. Ik kan er niets aan doen. En altijd kies ik er de verkeerde uit. Ik heb er blijkbaar geen neus voor. Papa was zo'n beetje haar ijkpunt. Tegen mama zei ze vaak: 'Als ik er een vond zoals die van jou, dan zou ik het ook wel weten. Maar 't zijn altijd pummels met wie ik te maken krijg. Ach, het zal wel aan mij liggen. Ondanks al mijn vertoon ben ik veel te onzeker om voor een echte man te gaan.'

Enfin, zo geschiedde dus. Hermines reisbureau bloeide als nooit tevoren. Ze verbleef steeds vaker in het buitenland. Hoewel ze haar eigen huis behield, trok ze wanneer ze in België verbleef meestal bij ons in. Ze had er haar eigen kamer, naast die van Dries. Bij mij staan de jampotten toch maar te versuikeren in de ijskast, zei ze.

Ja, nu ik erover nadenk, het was vroeger al net zoals nu, één pot nat, met dat verschil dat mama en papa vroeger het hechte middelpunt uitmaakten, het cement van ons bestaan, terwijl we nu toch meer een gekneusd zootje vormen. Marie en ik willen niets liever dan daar verandering in brengen. Terug naar 'af' willen wij. Een gezin zijn, net als vroeger. Ik weet het, beetje flauw. M'n vader lacht ons uit, noemt ons een stelletje burgertrutten. Maar we kunnen er niets aan doen, het is sterker dan onszelf. Het heeft natuurlijk allemaal met mama's vroege dood te maken. *Snap je het dan niet*, hoorde ik oma een keer tegen papa zeggen, *die kinderen hebben heimwee naar de paradijselijke onschuld van dat warme, hechte gezin dat jullie ooit vormden. Ze willen herstellen wat ooit kapotging. Niet leven als een zootje verschoppelingen dat troost bij elkaar zoekt, maar als een formeel gezin dat de buitenwereld gezwind tegemoet treedt, hoe klef en over the top het ook allemaal mag klinken.* Ja, daar stond m'n vader van te kijken. Dat ze dat zo zei, oma, altijd onvoorwaardelijk aan onze kant als het erop aankwam m'n vader aan tante Hermine te koppelen. Papa die ons gehannes om hem en Hermine onder één dak te krijgen graag afschilderde als jongemeisjesgedoe: met zijn mond vol tanden stond hij, nu zijn eigen moeder het hem voor de voeten gooide. Marie en ik – verdekt opgesteld – knepen elkaar van pure opwinding in de arm. *Pfff, wat is dat toch allemaal*, probeerde hij er zich nog tussenuit te wringen, *met al die*

*opgeklopte, suikerzoete romantiek van jullie. Mensen hoeven
toch niet per se een gezin te stichten om het geluk te vinden. Dat
is er toch over, niet?*

*Misschien, besloot oma ferm, maar is de hunkering naar iets
dat men gedurende een belangrijk deel van zijn leven heeft
moeten missen dat niet altijd: ietwat suikerzoet en buitensporig?*

Leve oma. Niet dat ze papa afvalt. Integendeel, ze zal hem
altijd verdedigen. 'Ik begrijp hem wel,' zei ze een keer tegen
mij, 'het is moeilijk voor hem. Hij is gewoon bang dat het
nóg eens zal mislopen. En hij heeft gelijk natuurlijk, het
was vroeger ook al een allegaartje: jij en je zus en Dries en
Hermine en jullie mama en papa. Het heeft altijd al een beetje
verweven gezeten allemaal. Waar maken we ons dan eigenlijk
druk om, vraagt hij zich af.'
Ja, waar maken we ons eigenlijk druk over? Ik vraag het mij
ook soms af. Nergens over. Behalve dat het nu toch anders is.
De eenheid is weg. Er hapert wat. Alsof de geest van mama
geen rust vindt. In ons blijft rondspoken. Of wij in haar. Weet
ik veel. De onduidelijkheid. Mensen krabben wel eens in hun
haar als ze ons leren kennen. Is dat nu jullie moeder, vraagt
men soms aan Marie en mij, doelend op tante Hermine. En
aan Dries wordt dan weer gevraagd of m'n pa ook *zijn* vader
is. En hoe zat het nu tussen Dries, Marie en mij: waren we nu
broer en zussen of hoe zit dat? En waarom woonden we in
twee huizen?
Ga er maar aan staan. Ik bedoel, niet dat ik me schaam of zo,
maar al die verwarring (en de lastige vragen die daarbij horen,
het telkens weer moeten oprakelen van mama's dood), je zou
voor minder verlangen naar een *gewoon thuis* dat geen extra
belangstelling oproept of aan allerhande gissingen

onderhevig is. Al heeft dat natuurlijk óók wel iets. Anders-zijn dan de anderen, is best wijs. Alles heeft nu eenmaal slechte maar ook goeie kanten. We laten ons niet uit elkaar drijven door de goegemeente. Kleingeestige zielen hebben het wel eens lastig met ons *dubbelhalf* gezin, maar dat vinden wij dan weer grappig. Het kortzichtige klootjesvolk kan ons gestolen worden, om het met m'n vaders woorden te zeggen. Hij krijgt de dunne van elke vorm van bekrompenheid. En dat is geen pose. Al kan hij een vreselijk pietje-precies zijn en zich mateloos ergeren aan alles en nog wat, ik ken niemand die zo ruimdenkend is als hij. Die generositeit is met de jaren nog toegenomen en hij heeft ze ons met de paplepel ingegoten. Ondanks onze kleine obsessies zijn Marie en ik dan ook trots op onze status van vrijbuiter, al is dat misschien een té heldhaftig woord voor wat het is. We zitten in hetzelfde schuitje, zeg maar. Het is een beetje *wij tegen de rest*. En al vormen we dan geen echt gezin, we gaan voor elkaar door het vuur. 'Komt kinderen, moedig voorwaarts!' roept m'n vader vaak, een of ander groot Nederlands schrijver citerend. Zo'n oude dweil die over God en de Moeder Maagd Maria schreef, maar volgens m'n vader het einde is. Reve heet hij, geloof ik. Maar ik dwaal af. Waar...? O ja, bij tante Hermine.

Kort na mama's dood hield ze zoals gezegd haar drukke, liederlijke leven voor bekeken. Afgelopen met dat gedoe, verkondigde ze. Het is nu wel bewezen: mannen en ik passen niet bij elkaar. En mijn zaak kan ook de boom in. Met het geld dat ik beur als ik de hele santenkraam verkoop, hoef ik nooit meer te werken. Later overwoog ze soms nog eens iets op poten te zetten. Een of ander zaakje. Maar uiteindelijk ging het nooit door. Ze had een opdracht te vervullen, vond ze. Ons alle drie grootbrengen met alle liefde die ze in haar had. Dat was ze mama verschuldigd. Nou, voor ons niet gelaten. Toen mama doodging, was Hermine meer dan welkom. Ik bedoel, je hele wereld ligt aan diggelen. Er is een orkaan door je leven geraasd en alles lijkt kwijt of kapot. Niets is nog wat het was. Wanneer er dan iemand de zaken aanpakt en opnieuw wat houvast biedt, ben je de hemel te rijk.

We dachten dat het gauw zou overwaaien, maar tante Hermine versaagde niet. 'Als ik te veel in de weg loop, moet je 't maar zeggen', zei ze tegen m'n vader. 'Ik ga voor de kinderen zorgen. Enfin, een oogje in het zeil houden, je weet wel...' En ze ging zoals gezegd in het huis naast ons wonen. 'Geen bezwaar', zei m'n vader. 'Voor mij hoef je 't niet te doen, ik kan die twee wel de baas, maar een vrouw in hun omgeving is natuurlijk altijd meegenomen. Mijn meisjes kunnen best een rolmodel gebruiken, al is het er dan één zoals jij.' Daar moest tante Hermine erg om lachen. Ze heeft gevoel voor humor, tante Hermine, je kunt zowat alles tegen haar zeggen.

Overigens, elkaar afbekken, jennen en pesten geldt bij ons zo'n beetje als huisregel. Je moet tegen een stootje kunnen, niemand neemt een blad voor de mond. Eerlijkheid duurt het langst, beweert m'n vader, al kan hij liegen dat het kraakt. Hij barst van dat soort halve wijsheden, soms lijkt hij wel een sprekende scheurkalender. Maar hij lepelt ze op met de nodige ironie, z'n zogenaamde onsterfelijke uitspraken. *Alles van waarde is weerloos.* Bij m'n vader weet je eigenlijk nooit of hij iets ernstig meent of juist niet. Meestal niet dus. En toch weer wel.

Maar terug naar tante Hermine. Ze is verliefd op m'n vader, al sterft ze nog liever dan het toe te geven. Om haar gevoelens te verhullen, zegt ze voortdurend dingen tegen hem als: 'Wanneer zoek jij nu eindelijk eens een vrouw voor jezelf? Ga je nog lang de zielige weduwnaar uithangen of hoe zit dat?' 'Ho maar, moet jij zeggen', geeft hij haar lik op stuk. 'Ik heb mijn deel gehad', zegt ze dan. 'Maar jij, een man alleen met twee kinderen, jij hebt een vrouw aan je zijde nodig.' Waarna ze op de proppen komt met mogelijke kandidates. Meestal exemplaren waarvan je onmiddellijk denkt: nee, *die* toch niet! Maar dat doet ze natuurlijk met opzet, vrouwen uitkiezen die absoluut niet bij m'n vader passen. Het zou eens moeten klikken, ze zou het besterven, tante Hermine. Haar bij voorbaat tot mislukken gedoemde pogingen m'n vader te koppelen, hebben slechts één doel: hem tot het inzicht brengen dat er maar één vrouw bij hem hoort – zij!

En m'n vader?

Die laat zich tante Hermines koppelzucht glimlachend welgevallen. Mama is nu al negen jaar dood, dus je zou denken: tijd voor eens wat anders. Maar nee, de lat hoort hoog te liggen, beweert hij. *Als er hier ooit nog een dame binnenstapt, dan zal ze van goeden huize moeten komen.* Waarop tante Hermine goedkeurend knikt. De ramp die ze zelf bijna veroorzaakt had, was weer eens afgewend.

Niet dat m'n vader afgelopen jaren nooit een avontuurtje heeft gehad. Hij blijft wel eens een nacht weg, een zeldzame keer zelfs twee. 'Tante Hermine hoeft het niet te weten', knipoogt hij ons dan toe, maar altijd komt ze het te weten. Met het bekende scenario tot gevolg. Als een furie beent ze door beide huizen en gaat schoonmaken tot alles van onder tot boven glimt als een spiegel. Doet ze altijd: haar frustratie botvieren met zwabber en dweil. Soms, wanneer er nijpend veel stof ligt of het beddengoed ververst moet worden, hopen Marie en ik vurig op een nachtje stappen van m'n vader. Zijn verzoek om discretie met betrekking tot zijn amoureuze escapades, lappen we uiteraard aan onze laars. We zouden wel gek wezen die zeldzame kansen onbenut te laten. Aan schoonmaken hebben we namelijk een broertje dood. Tante Hermine eigenlijk ook, maar m'n vaders escapades zetten blijkbaar een mechaniekje in gang. Jaloezie is een raar beestje. Een etmaal nadat we ons argeloos hebben laten ontvallen dat vader die nacht niet naar huis is gekomen, blinken beide huizen alsof Mister Proper er eigenhandig doorheen is geraasd. En als ze daarna nog voldoende fut heeft, gaat tante Hermine met sardonisch genoegen aan de slag in de keuken, waar ze de heerlijkste gerechten bereidt, die ze met veel gevoel voor dramatiek – onaangeroerd, nog dampend – in de vuilnisbak kiepert. Wanneer m'n vader, de lekkerbek, na een nachtje schuiven weer opduikt – beetje verwilderd, je weet wel stoppelbaard, kleine oogjes, haar in pieken rechtop – troont ze hem mee naar haar keuken en laat hem triomfantelijk de inhoud van de vuilnisemmer zien.

'Wild konijn in wijnsaus met gekarameliseerde appel en bloempatatjes', gromt ze dan, 'speciaal voor jou gemaakt, maar ja...'

Waarna ze zich hautain afwendt, m'n vader verbouwereerd achterlatend.

'Maar Hermine toch, zonde... zonde van al dat lekkere eten.'

Ja, dan geniet ze volop van haar zoete wraak. Wraak, die m'n vader haar van harte gunt. Hoofdschuddend, met schuldbewuste blik staat hij nog een tijdje in de vuilnisemmer te staren, terwijl tante Hermine hem stiekem, zwelgend van genoegen, gadeslaat. De gore hypocriet. Ook hij is trouwens reddeloos verkikkerd op tante Hermine en al evenmin bereid dat toe te geven.

Een stel, echt waar. Je moet ze horen kibbelen soms. Net twee verliefde pubers. Door de jaren heen zijn ze aan elkaar verknocht geraakt door dat gemeenschappelijke verdriet: de dood van mama van wie ze allebei zielsveel hielden en nog altijd houden. Erdoor geketend, maar er ook door gescheiden zijn ze, want dat ze ooit openlijk voor hun wederzijdse gevoelens zullen uitkomen, lijkt uitgesloten. Uit respect voor mama, terwijl die het net de max zou vinden. Ze moeten van hun belachelijke schroom afgeholpen worden, die twee. Het kleinste kind kan zien dat ze samen horen. Gewoon de logica zelve. Over de schreef gehaald, moeten ze. Ja, we gaan hen koppelen, m'n zus en ik. Heel fanatiek zijn we daar in. Al heb ik natuurlijk ook andere katten te geselen. Die rotscheikunde, om maar iets te noemen. Of de zielenpoot uithangen.

Massagraf

'Schiet het een beetje op?' vraagt Hermine.

Ik laat m'n hoofd nog wat dieper tussen de schouders zakken, maar Hermine blijft doen of haar neus bloedt en negeert straal mijn theater. Al is ze zoals altijd de lieflijkheid zelve.

'Kom je beneden een kopje thee drinken?'

'Geen tijd, ik moet studeren.'

Djeezes, wat klink ik kortaf zeg. In haar plaats had ik er allang de brui aan gegeven. Hermine schenkt me nog maar eens een geduldige glimlach die ik alweer ijskoud negeer, serpent dat ik ben. Ellendige bitch! Hooghartig weiger ik op haar attenties in te gaan. Als ze denkt me daarmee te ontdooien, vergist ze zich. Medelijden wil ik! Geen ontluisterend, stoïcijns glimlachje!

'Nu ja, als je zin mocht krijgen, je weet me te vinden', besluit m'n tante. 'A propos, enig idee waar je vader uithangt?'

Ik haal m'n schouders op. Waarom dringt ze niet een beetje aan? Het kan haar blijkbaar geen reet schelen of ik al dan niet een kop thee met haar kom drinken.

'Misschien in de tuin,' blaf ik, 'ik heb hem vanmorgen iets horen zeggen over hagen scheren.'

O wat haat ik dat irritante, gekwetste toontje van mij, maar 't is sterker dan mezelf. Vreemd toch, die koppige spiraal van zelfmedelijden. Altijd draait het erop uit dat ik uiteindelijk mezelf ga haten. Ik weet het en toch kan ik het niet stoppen. Het gaat met mij op de loop. Hermine laat er zich niet door van de wijs brengen. Ze frunnikt aan haar neus, laat haar wijsvinger er een paar keer overheen glijden. Als ik haar stug maar toch een beetje vragend aankijk, zegt ze: 'Ik controleer even of ik hem nog heb. Ik vreesde een moment dat je hem afgebeten had. Maar nee hoor, hij staat er nog, m'n neus.'

Ik dring een spontaan lachje weg. Hermine ziet blijkbaar een opening.

'Wat ben je aan 't leren?' vraagt ze. 'Rotvak zeker, aan je humeur te zien?'

'Chemie', pers ik er niet zonder walging uit. 'Ik haat chemie.'

'Dacht ik al. Ik voel met je mee, zoetje.'

Nou, niets te vroeg.

'Bedankt', mompel ik, naar ik hoop voldoende sarcastisch.

'Zal ik Dries vragen om je te helpen?'

'Laat maar. Als die me iets uitlegt, wordt het alleen maar nóg waziger. Professor Gobelijn is te slim voor mij.'

'Niet overdrijven. Jij hebt weer andere talenten.'

'Lief van je, maar daar schiet ik vandaag weinig mee op.'

'Kom kom, niet wanhopen.'

Ze komt even troostend door m'n haar strijken, streelt zachtjes met haar knokkels over mijn wang, maakt daarna aanstalten om weg te gaan.

'Er zijn van die lekkere koekjes', probeert ze nog.

'Straks misschien.'

Ik voel me nu toch een beetje ontdooien.

Zachtjes sluit ze de deur.

Ik strek mijn hand uit naar het gehate scheikundeboek en sla het open. Maar daar blijft het voorlopig bij. Ineens gebeurt er iets. Is het te wijten aan Hermines bezoek? Lieve Hermine. Of is het dat liedje op de radio? *Clocks* van Coldplay, lievelingsliedje van Marie en mij. Beetje melig, maar toch cool. Ik zet het harder. En zoals op een lome zomeravond uit een rimpelloze kreek soms plotsklaps een vis opspringt – zijn staartslag die een klets geeft op het water – zo welt onverwacht en uit het niets, pats boem, een kanjer van een herinnering in mij op. Marie en ik in barbieland! Sla me dood, ik weet niet hoe het komt. Het geheugen maakt soms de gekste bokkensprongen. Ineens zie ik ons op de grond zitten tussen onze poppen. Ik tien, Marie zeven. De radio speelt zachtjes op de achtergrond. Er is niemand in onze directe omgeving, maar we weten ons veilig. Papa zit te werken in zijn atelier, Dries knutselt in zijn lab, Hermine rommelt ergens rond. Het is vakantie en we hebben het rijk voor ons alleen. Niet alleen het rijk, maar ook 'de tijd', die als een eindeloze rode loper voor ons ligt uitgerold. O, wat was het leven toen zalig en ongerept. Shit maat, mijn keel schroeft dicht. De nukkigheid van daarnet maakt plaats voor een haast zoete, aangename weemoed waar ik me gedwee, zeg maar gulzig aan overgeef. Je weet nooit waar het goed voor is.

Dagenlang sloten we ons op in onze kamer. Tientallen poppen hadden we, honderden kleertjes, ontelbare attributen. Het hele zootje lag rondom ons uitgespreid. Eindeloos verzonnen we verhalen rond Cindy, Stacy, Ken en de rest van de familie. In een roes waren we, totaal in de ban van barbieland. Alles leek simpel. Op te lossen met een vingerknip. Ja, hoe makkelijk was alles toen, hoe zorgeloos leek de wereld. Een wereld zonder scheikunde. Nooit zou het er later nog zo volmaakt aan toegaan, zo rustig en bevattelijk. Wij met onze poppen, compleet verzwolgen door onze eigen fantasie. Wanneer kwam er een eind aan die jaren van onschuld? Eigenlijk niet eens zó lang geleden. Ik ben altijd een laatbloeier geweest. Stel je voor, op mijn veertiende speelde ik nog met de barbies. Niemand die het buitenshuis weten mocht. Ik schaamde me dood. Pas toen ik Max leerde kennen (m'n eerste min of meer serieuze vriendje) verloor ik er mijn interesse voor. Marie zag het met lede ogen aan. Nooit vergeet ik haar wanhopige blik toen het tot haar doordrong dat ik afhaakte. Barbiegewijs dan, bedoel ik.

Het was een zaterdag, net als vandaag. Normaal waren we al uren in de weer met Ken en Stacy, maar het kwam er maar niet van. Lusteloos staarde ik naar de kast waarin onze poppen zaten opgeborgen. M'n zus meed mijn blik, bang als ze was voor het definitieve verdict. De stilte woog op ons als een niet te dragen last.

Ik schraapte mijn keel, zocht naar woorden.

'Ik eh... ik heb er geen zin in.'

Marie knikte. Ze had het begrepen, vatte het grootmoedig op, maar haar stem vibreerde op een rare manier toen ze – van me wegkijkend – het woord nam.

'Toe,' smeekte ze, 'nog één keer.'

Hoe kon ik weigeren?

Zwijgend haalde ze de stapeldozen van Blokker uit de kast. Zes in totaal. Voor 't laatst spreidden we de hele rimram rond ons uit. Voor 't allerlaatst, begrepen we, want Marie zou zonder mij nooit meer met de poppen spelen. Kon je vergif op nemen. Ik kende haar. Barbieland was ónze wereld. Duizenden verhalen hadden we verzonnen, duizenden avonturen. En nu waren ze op.

'Wat wil je spelen?' vroeg ik. De vraag alleen al klonk dodelijk.
Normaal begónnen we gewoon, ging alles vanzelf.
Marie haalde haar schouders op. Ze kon niets bedenken, had
tranen in de ogen. Ik durfde haar amper aan te kijken. In de
hoek stond de Ferrari van Ken en Barbie. Daarnaast hun
paarden. En verder de mobilhome, de motorboot, het huis met
de lift, het zwembad. Het hele zootje bood opeens een zielige
aanblik. Door alle dromen en verhalen van vroeger heen, zag ik
alleen nog de plastieken onechtheid van barbieland.
We zaten maar een beetje te lummelen.
Ik wou het uitleggen.
'We kunnen nog zoveel andere dingen samen doen', probeerde
ik.
'Het is vanwege Max, niet?' zei ze.
'Er komt een dag dat ook jij er te oud voor bent. Daar is nu
eenmaal niets aan te doen', ontweek ik.
Marie zuchtte diep en begon in stilte op te ruimen wat ze
net had uitgepakt. Op haar voorhoofd tekende zich het
ernstige fronsje af dat ik zo goed kende. Heel secuur
ontdeed ze de poppen van hun kleren. Traag en grondig,
alsof ze er zich van bewust was dat ze alles voor het laatst
deed. Ze legde de kleertjes in een doos, verzamelde de
schoentjes, juweeltjes, hoeden, handschoenen en borg alles
weg in de blikken trommel van Verkade. Ze brak het huis
af, rolde het zwembad op, tuigde de paarden af. Daarna
kwamen de meubels aan de beurt. Ten slotte haalde ze de
haarlinten uit de zorgvuldig opgemaakte kapsels en schikte
de poppen zij aan zij in een van de dozen. Geschrankt. Drie
lagen boven elkaar. Ken en Barbie als laatste. Het leek wel
een massagraf.
Ik durfde me de hele tijd niet te verroeren.

Ze ging maar door. Misschien hoopte ze dat ik haar zou tegenhouden.

Het was nog nooit zo lang stil geweest tussen ons zonder dat we ruzie hadden.

Misschien hádden we wel ruzie. Hele erge, diepe, woordeloze ruzie. Ruzie zonder kwaad te zijn. Alle boosheid voorbij.

'Ben je boos?' vroeg ik, snakkend naar een gebaar van verzoening.

'Zeg ik iets misschien?'

'Nee, maar...'

'Wél dan.'

'Juist daarom', zei ik.

Ze haalde haar schouders op. Normaal haatte ik het als ze zo was. Nukkig en koppig. Opgesloten in zichzelf. Maar nu...

Ze stapelde twee dozen op elkaar en ging ermee naar de zolder.

'Wat doe je?'

'Alles wegzetten', hield ze zich sterk. 'Voorgoed.'

Hoewel haar stem trilde, klonk ze vastberaden.

Ze kwam nog twee keer terug.

Daarna liet ze het zolderluik met een klap dichtvallen.

Ze had verstand van dramatiek.

Daar zaten we dan.

Hulpeloos staarde ik naar de muur.

Marie ging op haar bed liggen en keek naar het plafond.

Ik sloop weg.

Ze kwam achter mij aan, deed voor mijn neus de deur van onze kamer dicht.

Dat deed ze nooit...

Ik kijk bedremmeld m'n heiligdom rond. Geen spoor blijft er van het kamertje van vroeger over. Waar ooit onze pluchen troetels stonden, verheft zich nu mijn stoere muziekinstallatie (echt een joekel), geflankeerd door enkele rijen cd's. Brave kinderposters hebben plaatsgemaakt voor coole affiches van dEUS en Millionaire. Ik slaap alleen nu. Marie heeft intussen een eigen stek. Vaak slepen we haar matras hierheen om samen de nacht door te brengen. Als het onweert of gewoon wanneer we zin hebben om bij elkaar te slapen en tot diep in de nacht te liggen tetteren. De poppen zijn verdwenen, maar het oude verbond is gebleven. Over onze barbies reppen we met geen woord meer. Vreemd dat ik er nu zo plotseling... Ik heb er wel meer last van. Ik bedoel, dat een herinnering mij de adem beneemt. Dat ik ineens door weemoed word getroffen en al. Hoogst gênant. En waarom eigenlijk? Niemand die het ziet. En toch. Ik schaam me te pletter. Poeh!

Ja, wat is dat eigenlijk met mij? Het ene moment kan ik niet gauw genoeg volwassen zijn, een minuut later verlang ik kwijlend naar mijn onbedorven kindertijd. Is dat normaal? Moet ik me soms zorgen maken? Ik bedoel, zwelgen in herinneringen: dat is toch meer iets voor seniele oudjes. Djeezes, wat ben ik toch een vreselijke, sentimentele trut. Kom op, spoor ik mezelf aan, stel je niet aan, Mathilde, back to the real world. Als een hond die na een plonspartij het water van zich afschudt, gooi ik het juk van het verleden van me af door mijn hoofd met korte rukjes heen en weer te mieteren. Het helpt dat de wacko van dienst 'Suds and Soda' van dEUS draait. Headbangend kom ik weer een beetje tot mezelf. De gêne ebt weg. Wat blijft hangen is een niet-onaangename, bijna troostrijke droefheid. Tegen beter weten in tracht ik me nog maar eens op mijn scheikunde te concentreren, wat natuurlijk alweer niet lukt. Toch maar eerst een kopje thee? Waarom niet? Elk uitstel is goed.

Dan liever muilen

M'n vader en Hermine zitten in de keuken. De deur naar het terras staat open, er waait een scherpe, frisse geur naar binnen. De afgeschoren haag... 'Lukt het een beetje daarboven?' vraagt m'n vader. Hij draagt z'n overall en nipt van een kop koffie. We moeten er altijd om lachen. Voor het onnozelste klusje haalt hij die ridicule overall tevoorschijn. Alsof hij in plaats van een lamp in te draaien ondergronds moet om op honderd meter diepte, te midden van ontsnappende methaangassen, steenkool te gaan delven.

'Mmm...'

'Leer maar flink door', zegt hij. 'Straks, als Marie er is, gaan we even langs bij oma en opa, en morgen - als het weer goed blijft - brengen we mama een bezoekje.'

'Kan het niet een andere keer, oma bedoel ik. We hebben maandag een grote overhoring.'

'Jullie zijn er in geen weken geweest,' stuift hij op, 'geef toe...'

'Al goed.'

'Kopje thee?' vraagt Hermine.

M'n vader schuift de schotel met koekjes naar me toe.

'Zo te zien moet je op krachten komen', grijnst hij.

'Ik begrijp er geen bal van', zeg ik.

'Waarvan?'

'Van die scheikunde.'

'Ook niet echt mijn specialiteit', troost m'n vader.

'Goed om te weten', brom ik.

'Echt een rotvak, niet?' zalft hij.

'Pff,' haal ik mijn schouders op, 'niet dat Verbruggen zijn best niet doet om er iets van te maken, maar...'

'Goed opletten tijdens de les wil wel eens helpen.'

'Shit pa, please, nu geen preek.'

'Sorry, had ik zo niet bedoeld. Zullen we vanavond naar de bioscoop gaan?' stelt hij voor. 'Dan heb je iets om naar uit te kijken.'

Klinkt al beter.

'Naar de laatste voorstelling, dan hoeven we ons niet af te jakkeren', zegt Hermine.

Nóg beter.

'Waar is Dries eigenlijk?' vraag ik.

'In zijn lab aan het broeden op een of andere uitvinding.'

'Je méént het.'

Nooit zal ik wennen aan Dries z'n voorliefde voor aminozuren, microscopen en bunsenbranders. Gelukkig heeft hij voor de rest weinig afwijkingen.

'Hij kan beter wat studeren, hij heeft maandag een grote overhoring, net als jij,' kankert Hermine, 'geschiedenis geloof ik.'

'Wat een hondenleven hebben jullie toch', jent m'n vader.

'Ik maak straks spaghetti', beslist m'n tante.

Niemand maakt lekkerder spaghetti dan Hermine. Ik besluit m'n humeur definitief bij te sturen.

'Spaghetti en daarna naar de bioscoop, jullie redden mijn dag.'

'Daar zijn we toch voor', grijnst m'n vader. 'De hele tijd vragen

Hermine en ik ons af hoe we het jullie zo aangenaam mogelijk kunnen maken.'

Hij verkoopt mij een plaagstoot.

'Kom op,' zegt hij, 'laat die Verbruggen maar eens een poepje ruiken.'

Herboren, vol goede moed klim ik de trap op. Spaghetti en een filmpje: het leven biedt weer vooruitzichten. Ik nestel mij in m'n kussens, zet de radio zachter, trek mijn benen op, pak m'n boek en begin te studeren. Wat gebeuren moet, moet gebeuren.

Ik heb er twee hoofdstukken op zitten als Marie thuiskomt. Ik hoor haar zelfs boven tekeergaan, wel héél enthousiast voor haar doen.

'Gave boel,' joelt ze tegen m'n vader, 'doop jong, echt de max. Behalve Els' pa dan. Djeezes, wat een eikel zeg. Hangt graag de leukerd uit, maar is dus wel een doodenge spoeft. Gelukkig bleef hij niet té lang rondhangen.'

Ik wil niets missen van het relaas en haast me naar beneden. Mij door acht bladzijden heen gezwoegd: heb ik recht op een break of niet?

'Hoi', groet m'n zus. Haar ogen blinken.

'En?'

''k Weet niet hoe tof, maat', triomfeert ze.

Ze vertelt dat er een heleboel jongens op het feestje waren die ze niet kende.

'Echt wel crazy gasten, vooral die Stan', zegt ze veelbetekenend.

'Uitslovers', bemoeit mijn vader zich ermee. 'Die gastjes wilden natuurlijk indruk maken. Ik ken dat. Een beetje de stoere bink uithangen. Opvallen bij de meisjes.'

'Hij weet het weer, hoor', sneert mijn zus.

Ze wil geen domper op haar verhaal.

'Bemoei je er niet mee, pa', zeg ik. 'Trouwens, je was ook niet een van de braafste vroeger, heb je ons altijd verteld.'

'Apenstreken zijn van alle tijden', grijnst hij. 'De wereld is niets veranderd, al liepen wij aan zuurstokken te zuigen terwijl men nu zijn toevlucht neemt tot een lijntje coke.'

'En dat noem jij hetzelfde.'

'Oké, toegegeven, die zuurstokken waren slecht voor de tanden.'

'Ma-af', doet m'n zus, maar we moeten er toch om lachen.

'Dat Stannetje heeft wel indruk gemaakt, hé?' pols ik.

'Coole gast, vijftien al bijna.'

'En hij zit in Els' klas?'

Ze knikt, begint zowaar te blozen.

'Twee keer blijven zitten, dus', berekent m'n vader snel. 'Heel cool van die jongen.'

Marie bliksemt hem dood.

'Goor feestje, dus', neem ik de draad weer op.

'Zalig maat', glundert ze.

'Vertel.'

Ze giechelt, kijkt m'n vader aan.

'Moet ik weggaan?' vraagt hij.

'Kom op,' doe ik ongeduldig, 'vertel!'

'Ik kan ertegen, hoor', sust m'n vader.

'Nu ja, die Stan kan er wat van. Ik lag constant plat van wat die allemaal zei.'

'Wat zei hij dan?'

'De hele tijd over seks bezig. Gewoon grof. Vuile praatjes. Ik weet het nu allemaal wel.'

'Wat weet je dan?'

'Muilen, neuken...'

'Zozo', doet m'n vader.

'Pijpen, beffen...' gaat m'n zus door.

'Intelligente jongen, rijke woordenschat', snuift m'n vader.

'Man, zo grof', roep ik verlekkerd. 'En dat voor een snotter van veertien?'

'Bijna vijftien', corrigeert m'n zus.

Ze glimt van trots met haar nieuw vriendje.

'Keinijg', besluit ik.

Niet alleen om mijn bewondering uit te drukken, maar ook een beetje om m'n vader te pesten. Van woorden als *keinijg* krijgt hij de dunne. Maar hij gaat er niet op in.

'En, zeg 'ns, wat is dat nu, beffen?' vraagt hij aan Marie.

'Eh... Ik heb het niet allemáál onthouden. Het was te veel ineens', moet ze inbinden.

Ik maak aanstalten om haar bij te springen.

'Laat maar, 't is al goed', zegt m'n vader.

'Ik weet het, ik weet het, beffen is hetzelfde als pijpen, maar dan door jongens bij meisjes', roept Marie, blij dat ze zich op de valreep de les herinnert.

Dat vindt m'n vader wel een leuke omschrijving, merk ik.

Maar hij probeert zijn ernst te bewaren.

'Is dat allemaal wel bestemd voor de oortjes van een dertienjarig meisje?' vraagt hij zich hardop af.

'Komaan papa, niet flauw doen', vermaan ik hem. 'Dat is nu eenmaal waar wij over praten onder elkaar. Dus is er niets mis mee. Jij deed het vast ook toen je nog een jongen was.'

Maar hij laat zich niet vermurwen, voelt zich verplicht weerwerk te bieden. We kennen hem, de manier waarop hij zijn wenkbrauwen fronst, spreekt boekdelen: er hangt een preek in de lucht. Daar weet Marie wel raad mee. Ze gaat een beetje tegen hem aanhangen zoals alleen zij dat kan, klimt op z'n schoot, pakt hem vertederend beet. Ja, dat kan ze wel: het ene moment grof, het volgende ogenblik onweerstaanbaar lief.

'Ik vind jou zo schattig, pa,' fleemt ze, 'als ik mij jou als jongetje voorstel. Zoals op die foto, je weet wel...'

Ik zie hem breken.

'Jij was vast een brutaal baasje, is het niet?' val ik m'n zus bij. We wéten gewoon hoe we hem aan onze kant moeten krijgen. En jawel, hij laat zich inpakken. Veel heeft hij niet nodig. De hemel klaart op.

'Nu ja, ik was niet van de braafsten', grijnst hij. 'Maar om nu te zeggen dat...'

'Vertel het nog eens van die keer toen je dat ijsje met opzet op de punt van de schoen van die leraar liet vallen', smeekt Marie.

'Hij vroeg erom', glimlacht mijn vader. 'Hij zei, gooi dat ijsje onmiddellijk weg.'

'En van dat busje bruistabletten dat je leeg strooide in het aquarium van de leraar biologie.'

'Die visjes hadden hoofdpijn.'

'Gelukkig dat Gaia nog niet bestond.'

'En die keer dat je moest zingen', dringt Marie aan. 'Vertel dat nog eens.'

Al heeft ze 't verhaal al tien keer gehoord, ze kan er niet genoeg van krijgen.

'Dat was tijdens de muziekles', knoopt hij erop aan, duidelijk gecharmeerd. M'n vader vindt het heerlijk zijn straffe verhalen aan ons te slijten. Schept een band, beweert hij. Banden scheppen is z'n hele leven.

'Ik moest een liedje zingen van Brokkeltand', vervolgt hij, 'maar ik wou niet. Ik vond het vreselijk om alleen voor de klas te moeten zingen. Brokkeltand leunde over m'n bank, zijn gezicht vlak tegen het mijne. Om indruk te maken. "Je kunt het", zei hij. "Vooruit, je kunt het." "Nee meneer, echt niet." "Jawel, vooruit, probeer het." "Ik kan niet zingen meneer." "Toch wel, iedereen kan zingen. Je wilt toch geen nul op je rapport?" Hij begon het liedje alvast te neuriën en toen zei ik...'

'Sorry meneer, maar je adem ruikt zo', kraait Marie.

'Precies', glundert hij.

'En wat zei hij toen, Brokkeltand?'

'Niets. Hij stond perplex.'

'En toen ging de bel en zat de les erop', geniet m'n zus.

M'n vader lacht.

'En jij zette uit volle borst een liedje in van... van... eh, die met die kaakflappen...'

'Elvis Presley.'

'Ja, die, is het niet?'

'Now or never, ja.'

Er glijdt iets mistigs in zijn blik. Z'n verhaal voert hem jaren terug. M'n vader is altijd dat jongetje van toen gebleven, besef ik opeens.

'En was hij kwaad, Brokkeltand?' gniffelt Marie.

'Borremans. Zijn echte naam was Borremans', mijmert m'n vader. 'En of hij kwaad was. Maar een maand later verscheen hij toch in de klas met een nieuw gebit. Moesten we een andere bijnaam voor hem verzinnen.'

'Je had gewoon een tere plek geraakt', schatert m'n zus.

'Zou ik nooit durven', beken ik.

'Hoeft ook niet', zegt m'n vader. 'Het was nogal lomp van mij.'

'Maar wel cool', besluit Marie. 'Zoals die keer toen je de stoel wegtrok van je vriend Verknocke, waarbij die zijn stuitbeen brak.'

'Tja, die goeie, ouwe Verknocke,' peinst m'n vader, 'hele slimme jongen, de primus van de klas.'

'Hij maakte altijd je huiswerk, hè?'

'Ja, voor repen chocolade. Verknocke was gek op chocolade. Melk, fondant, gevuld, mét of zonder nootjes, het maakte hem niet uit. Mijn moeder dacht dat ik al die chocola in mijn eentje naar binnen werkte. Ze maakte zich zorgen over mijn lever. Maar het was Verknocke die het leeuwendeel voor zijn rekening nam. Taak voor Latijn: vijf repen. Wiskunde: vier repen. Nederlands en Frans drie. Hij kon een chocoladewinkel beginnen. Toen ik eens een keertje bij hem thuis kwam, bood z'n moeder mij mijn eigen zoetigheid aan. Ik weigerde beleefd. Onze Luc is eraan verslaafd, zei ze, hij hámstert chocolade. Een lief mens. Wist zij veel dat ik haar zoons dealer was. Toen hij met dat gebroken stuitbeen in de kliniek lag, bracht ik hem een hele mand met chocolade. Ik was bang dat hij anders zou afkicken. "Ha, het bruine goud", glunderde Verknocke.'

'Was hij niet boos op jou dan?'

'Nee, niet echt. Ik deed het ook niet met opzet. Ik bedoel, ik wou hem geen pijn doen. Ik had echt wel spijt van wat ik gedaan had. Het was een domme reflex, buiten mijn wil om. Kennen jullie dat? Dat je hand iets doet, wat je geest eigenlijk niet wil. Verknocke ging zitten, ik trok zijn stoel weg, zomaar, hups en het was gebeurd, vlugger dan ik erover na kon denken. Man, man, man, hij ging neer als een zoutzak. Net een vertraagde film. Arme kerel, zes weken bleef hij weg uit school. Hij moest het bed houden, kon niet rechtop zitten, alleen op een luchtkussen. Al die tijd moest ik mijn huiswerk zelf maken. Vreselijk.'

'Dus dáárom vond je 't erg, vanwege dat huiswerk. Zo grof maat!'

'Nou nee, ook voor Verknocke, echt waar.'

'Heavy', glundert Marie.

'Heftig', gooi ik erbovenop.

'Maar 't kwam allemaal goed, hoor', verzekert mijn vader. 'Toen ik hem later – we waren allang van school af – nog eens tegenkwam, hebben we er smakelijk om gelachen. Van zijn verslaving was hij af. Hij had een tijdje in de fabriek van Côte d'Or gewerkt in Brussel en daar had hij voorgoed een hekel aan het goedje gekregen. Wel veel aan mij gedacht, zei hij, dat wel.'

'Vertel nog eens iets', zeurt m'n zus. 'Nog eentje, toe?'

'Nee, 't is genoeg geweest', vindt m'n vader.

We dringen niet meer aan. We kennen ze ondertussen ook wel, de meeste van zijn verhalen. Al zijn misstappen, fratsen, stommiteiten uit het verleden: we krijgen ze van hem cadeau. Hij maakt er geen geheim van. *Ik kan jullie niet leren hoe het moet, maar van hoe het niét moet, weet ik ongeveer alles,* luidt zijn devies. We weten echt alles over hem. Nu ja, alles. Véél in elk geval. M'n vader is een open boek. Het kost hem geen centje pijn zich bloot te geven. Marie en ik hebben dat altijd de normaalste zaak van de wereld gevonden, maar bij nader inzien is dat niet zo. De meeste van mijn vrienden en vriendinnen weten amper iets zinnigs te vertellen over het verleden van hun ouders. Wat niet weet, niet deert. Misschien is daar wat voor te zeggen, maar aan de andere kant, wat valt er te verbergen? Ouders die halsstarrig geheimen koesteren voor hun kinderen geven een slecht signaal. Hun terug-houdendheid berust op een mengeling van misplaatste

trots en benepen burgerlijkheid. Hij háát bekrompenheid,
m'n vader. Benauwdheid leidt tot *scheefdenken*, beweert hij.
Wie z'n fouten en uitglijers spontaan opbiecht aan zijn
kinderen, zou zijn autoriteit kwijtraken en bovendien zijn
kroost aanzetten dezelfde stommiteiten uit te halen. Onzin
natuurlijk. Bullshit. Djeezes, de zielige meligheid. Als de dood
zijn ze om van hun voetstuk te vallen, die ouders. Over hun
verledens hangen leugens en mist. Fouten hebben ze nooit
begaan, mislukkingen kennen ze niet, laat staan zwakheden.
Hoe hoogmoedig!
In plaats van de boel open te gooien. Open kaart te spelen.
Kinderen willen ouders van vlees en bloed. Sappige,
onthullende verhalen willen ze. De troost van de herkenning.
Het is kleingeestige bekrompenheid die ouders van hun
kinderen vervreemdt, niet zogenaamde loslippigheid.
Want dáár wringt nu net de schoen. Diezelfde ouders die zich
verschansen achter hun onaantastbaarheid eisen van hun
kinderen dat ze openhartig tegen hen zijn, dat ze over de brug
komen met hun problemen. Een vertrouwensband willen ze
smeden met hun zonen en dochters. Maar hoe moet die
er komen als ze zelf grommend als pitbulls hun terrein
afbakenen? Sorry, verboden toegang! Ja hallo, en tegelijk maar
hun beklag doen dat ze van de troebele gevoelens van hun
pubers en adolescenten verstoken blijven. Nou, dat lijkt me
nogal wiedes. Voor wat, hoort wat.
'Love you, pa', zeg ik.
'Love you more', grinnikt Marie.
'Het is al goed, slijmballen', zegt hij. En tegen mij: 'Ga nog
maar een uurtje studeren voor we bij oma langsgaan. En help
me herinneren dat ik bloemen moet kopen voor mama
morgen.'

'We eten straks spaghetti en daarna gaan we naar de bioscoop', zeg ik Marie als we op m'n kamer zijn. 'De laatste voorstelling, wijs hè?'

'De max', glundert ze. 'Kippennuggets na!'

Een echt McDonaldfan, m'n zus.

Van studeren komt niet veel meer in huis. Het kan morgen ook nog. Marie ratelt maar door over haar feestje. Geen speld tussen te krijgen. 'Toch maar vies, pijpen', bekent ze aan het eind. 'Bwekkes! Het idee...'

Zelf weet ik niet wat ik ervan denken moet. Hoe smaakt zo'n ding? Njak... nee, dan toch liever muilen.

De gekke gang

Mijn vader is een anarchist, beweert oma wel eens. Uit haar mond klinkt het als een compliment. Hij vindt het trouwens fijn om zo genoemd te worden.

'Hoor eens,' zegt hij, 'je hoeft mijn ouderlijk gezag niet te ondermijnen, ik heb het zo al moeilijk genoeg om die apen op te voeden.'

Waarna hij plagerig een arm om haar heen legt en haar tegen zich aan trekt.

Het is grote liefde tussen die twee.

'O die vader van jullie', zucht oma nadat hij haar heeft losgelaten. Ze wappert met beide handen naast haar oren en werpt een blik naar de hemel alsof ze er God als getuige bij wil halen.

'Een kwajongen is het. Altijd zijn zin gedaan. Nooit naar iemand geluisterd.'

Ze glimlacht en schudt een beetje droefgeestig het hoofd.

'Als het ook maar even mis kan lopen in z'n leven, loopt het gegarandeerd mis. Waar hij twee van zulke schatten van dochters aan heeft verdiend, is mij een raadsel.'

M'n vader haalt zijn schouders op. Alsof hij wil zeggen: ik kan het ook niet helpen.

Oma glimlacht opnieuw. Dat doet ze aldoor. Nooit kijkt ze sip. Haar heldere, altijd wat natte ogen rusten afwisselend op Marie en mij. Hij voelt lekker, oma's blik. Ik bedoel, sommige blikken voelen nu eenmaal lekker. Je zou haar voortdurend willen zoenen, oma. Om in te bijten, is ze. Echt een schat. Oude lui zijn doorgaans niet erg appetijtelijk. Ze ruiken muf, hebben overal haren staan waar het niet hoort, hun vel is van hagedissenleer, hun krakende stemmen jagen je de schrik op het lijf en sommige onder hen kwijlen zelfs. Niets daarvan bij oma. Ze lijkt ontsnapt aan de tand des tijds. Iets wat je van opa niet kunt zeggen. Best een enge man. Al heb ik op mijn beste momenten wel eens medelijden met hem. Hij zit roerloos bij het raam en staart naar buiten zonder iets te zien. 'Maar 't blijft mijn liefste jongen, hoor', zegt oma met een knikje naar m'n vader.

'Zo horen jullie het ook eens van een ander', knipoogt hij.

We blijven nog wat babbelen. Marie en ik krijgen een cola. Oma laat opa slokjes water drinken uit een plastic bekertje met een tuitje. Hij zegt niks, slikt werktuiglijk. Het gaat slecht met hem. Hij heeft niet lang meer te leven. Een hartziekte. Bovendien is hij doof en heeft hij staar. Hij herkent niemand meer. Erg zielig, maar medelijden met opa hebben, is moeilijk voor Marie en mij. 't Was een bullebak vroeger, altijd boos op ons. Zelfs nu zijn we nog bang voor hem. We doen of hij er niet is.

'Ik hoop dat hij hier kan sterven', zegt oma. 'Hij is doodsbang om naar het ziekenhuis te moeten. Weet je, 's nachts houdt hij mij uit m'n slaap. Z'n longen piepen als een nest jonge muizen. En dan opeens valt zijn adem weg en is zijn hartslag nauwelijks voelbaar. Hij dooft uit als een kaarsje, zeggen de dokters. Vreselijk. Arme baas...'

Ze krijgt tranen in de ogen, al blijven haar mondhoeken glimlachen.

'En dan nog doof en blind ook. Niemand verdient zo'n einde. Toe, ga eens naar hem toe, kinderen. Leg jullie hand eens in de zijne, dat heeft hij graag.'

We aarzelen. M'n vader geeft een teken dat we er werk van moeten maken.

Zijn hand is griezelig koud en knokig. De klauw van een dode. Zou hij weten wie ik ben? Ik knijp even, maar hij reageert niet. Marie neemt het van me over. Ik weet hoeveel moeite het haar kost. Ze slaapt nog liever in hetzelfde bed bij een mummie dan opa aan te raken. Toch legt ze moedig haar hand in de zijne, waarbij ze vermijdt het lijkbleke, uitgemergelde gelaat aan te kijken. Schuw neigt ze zich naar mij.

'Wat zeurt oma, volgens mij is hij nu al dood', fluistert ze in mijn oor.

Opeens begint de oude man te reutelen en te rochelen. Marie stuift weg. Er volgt een hoestaanval waarin hij zich verslikt. Mijn vader vist met een papieren zakdoekje een fluim uit opa's mond. We kijken de andere kant op.

'Gelukkig heeft hij geen pijn', zegt oma een beetje plompverloren.

'Zo gaat het niet langer, 't is geen leven voor jou', moppert m'n vader.

'Ach wel,' zegt ze, 'als het te erg wordt, roep ik er een verpleegster bij.'

De hoestbui is over.

'Vertel eens, hoe gaat het op school?' vraagt oma.

'Best.'

'Twee pientere meisjes, jullie, hè.'

Ze haalt haar portemonnee tevoorschijn en geeft ons elk vijf euro.

'Voor als 't kermis is', lacht ze.

Dat zei ze altijd toen we nog heel klein waren en ze is het blijven zeggen.

We geven haar een zoen.

'Hoe is 't met Hermine?' vraagt ze aan m'n vader.

'Goed.'

'Wanneer gaan jullie nou eindelijk eens samenwonen?'

'Mamaa!'

Oma knipoogt naar ons.

'Ze zou een goede vrouw voor je zijn.'

'Mama, alsjeblieft!'

Waarom weet ik niet, maar het is raar om m'n vader mama te horen zeggen tegen oma. Hij zit opa's gezicht te verfrissen met een geparfumeerd doekje, daarna z'n hals. Even verschijnt er iets als een glimlach op opa's gelaat. Hij grijpt m'n vaders hand en geeft er een dankbaar klopje op. Ik doe of ik het niet zie, maar ik krijg een krop in m'n keel. Echt een seut, ik.

'Arme, oude, versleten baas', mompelt m'n vader.

'Ik heb m'n werk met hem gehad', zegt oma. 'En nóg, maar 't is altijd een goeie man geweest.'

'Ma, het zou beter zijn als hij naar het ziekenhuis ging, hij zou daar goed verzorgd worden en dan krijg jij wat meer rust.'

'Geen sprake van. Ik heb hem beloofd dat hij hier... nee, je hoeft niet aan te dringen, hij blijft bij mij. En durf achter mijn rug om niets te bekokstoven met je broers. Zolang duurt het nu toch niet meer. Moet je kijken, vel over been.'

'Ik ben trots op je, ma. Wij zijn allemaal trots op jou.'

'Zeg, 't is al goed, hè. Ik doe alleen maar wat ik moet doen.'

Hij geeft haar een zoen.

'Ga nu maar,' zegt ze, 'het is tijd voor mijn dutje en jullie hebben vast alle drie nog van alles om handen.'

'Dag oma.'

'Flink leren, jullie hoor. En de groeten aan Dries en Hermine.'

Later, in de trappenhal van het rusthuis, demonstreert m'n vader – waarschijnlijk om zich af te reageren – zijn *gekke gang*. 'Papa please, doe gewoon', smeekt Marie. Dus doet hij er nog een schepje bovenop. Tot we de slappe lach krijgen. Vooral bang betrapt te worden.

Zijn gekke gang gaat als volgt: hij zakt door één been, het linker, waarbij zijn lange lijf naar voren helt en hij het andere been, het rechter, slepend over de grond bijtrekt, waarna zijn lichaam opnieuw rechtop veert, als een knipmes dat openklapt. Daarna begint het van voren af aan: knikken door linkerbeen, lichaam vervaarlijk slap naar voren, slepend bijtrekken van rechterbeen enzovoort... We zijn als de dood dat iemand het zal zien.

'Papaa!' gebiedt mijn zus.

'Laat hem', zeg ik. 'Je weet hoe hij is. Hoe meer je smeekt, hoe onnozeler hij gaat doen.'

Opeens komt een verzorgster de hoek om.

We besterven het.

Hij gaat onverstoorbaar door met zijn spastische act. De vrouw in wit uniform zet grote ogen op, verbijsterd vraagt ze zich af of ze zijn voorstelling serieus moet nemen of niet.

Maries hoofd kleurt zo rood als een boei.

'Gisteren gestruikeld', legt m'n vader uit. 'Iets in mijn rug geschoten.'

'Wat erg', aarzelt de verzorgster.

'Hé, nu is het ineens over', constateert m'n vader. 'Wat de helende blik van een verpleegster al niet vermag.'

Hij trekt zijn jasje recht en vervolgt op een normale manier zijn weg. De vrouw is blijven staan. Verbouwereerd probeert ze de situatie in te schatten. M'n vader draait zich om, kijkt ons triomfantelijk aan, we lopen hem zonder hem een blik te gunnen straal voorbij.

'Mijn dochters', stelt hij ons voor.

Dat ontbreekt er nog aan.

'Gewoon doorlopen', sist Marie tegen mij.

'Het zijn schatten', zegt m'n vader.

'Ik zie het. Flinke meisjes', meent de verzorgster.

'Alleen een beetje verlegen', vervolgt hij. 'Dag mevrouw, tot ziens, zorgt u goed voor mijn moedertje op kamer zes?'

'Zal gebeuren, meneer.'

Buiten geven we hem ervan langs, trakteren hem op een paar meppen. We doen 'wie 't eerst bij de auto is'. Ik win.

Wanneer we even later langs het tehuis rijden, staat oma voor het raam. We toeteren, joelen en zwaaien. Ze merkt het niet.

Niemand zegt nog wat. Ik voel me plotseling een beetje verdrietig.

'Schrijf haar deze week een briefje, dat zal haar plezier doen', zegt m'n vader.

'Ik maak een tekening', zegt Marie.

'We moeten bloemen kopen', zeg ik.

'Mmm... spaghetti, lekker', droomt Marie. 'Macaroni, spaghetti, ravioli', neuriet ze. Alsof ze een grappig Italiaans liedje zingt. 'Lasagne, cannelloni, vermicelli...'

Ik blijf aan oma denken.

Oma voor het raam van die benauwde kamer.

En aan mama.

Niets gaat over

Een dag later staan we bij het graf van mijn moeder. M'n vader, Marie en ik. Het is een mooi, vredig kerkhof. Mama's naam op de blanke steen. Geen jaartallen. We vonden het beter zo. Op haar bidprentje stond: *alles gaat voorbij, maar niets gaat over.*

Ze wilde niet gecremeerd geworden. Vond ik erg, herinner ik me. Vanwege de wormen.

We komen hier elk jaar. Niet in november, meestal in de lente. Als de zon schijnt. Dan zegt m'n vader: 'Een mooie dag om eens bij mama langs te gaan.' Haar ouders liggen er ook. Dichter bij de ingang. Ze waren vroeg gestorven, Marie en ik hebben hen nooit gekend. We zijn altijd jaloers geweest op kinderen met vier grootouders. Vanwege het zakgeld.

We hebben lelies meegenomen. Witte. Mama's lievelings-bloemen.

Stiekem kijk ik naar Marie, jaloers op haar vochtige ogen. Ik voel niets. Geen verdriet of zo. Het lukt me niet. Ik sta daar maar, voel me een beetje schuldig. De film van gisterenavond spookt door m'n hoofd. Die was erg om te lachen. Verdriet om m'n moeder komt bij mij op onverwachte momenten. Ineens, een klauw uit het niets. In de klas, tijdens een autoritje, net voor ik in slaap val. Nooit als het moet. Geeft niet, zegt Hermine, verdriet *hoeft* niet.

Een dom ongeluk. Al bijna tien jaar geleden. 's Morgens, toen ik naar school ging, was ze er nog. Springlevend. Ze gaf me een zoen toen ik vertrok. Het bleek de laatste. Ze had me gelukkig nog teruggeroepen, want ik was de deur al uit. Anders had ik het de rest van mijn leven zonder laatste zoen moeten doen. Ik had mijn veters zelf geknoopt, herinner ik mij. Kon ik nog maar pas. Laatbloeier, ik zei het al. Goed gedaan meisje, zei ze. Goed gedaan. Haar laatste woorden.

Ik wil er niet aan denken.

Marie herinnert zich bijna niets meer van mama. Ze benijdt me, zegt ze, omdat ik nog herinneringen heb. Is dat dan beter? Ik weet het niet.

Mama op haar fiets, de groene met blauw. Al van ver naar me zwaaiend als ze me kwam halen van school. Altijd lachend. Mama lachte veel. Nooit was ze slechtgehumeurd. In elk geval niet dat ik mij herinner. Marie beweert dat ik haar idealiseer. Niet waar. Soms schaamde ik me een beetje om haar luid-ruchtigheid. Belachelijk, want m'n vriendinnetjes vonden haar de max. Het was bij ons thuis de zoete inval. Soms stond ze te zingen in de keuken dat de hele buurt het hoorde.

'Meisje van zestien', steeds hetzelfde liedje, tenminste zo is het me bijgebleven. 'Zestien lentes zo pril, ach wat lig je hier stil, langs de kant van de weg.' Ze zong het uit volle borst, zelfs de mussen in de tuin gingen ervoor op de vlucht.

'Zestien lentes zo pril', ik hoor het haar nog zingen. Een beetje vals, maar dat maakte het net zo...

M'n vader vertelt vaak over mama. Ik denk dat hij van ons drieën het meeste verdriet heeft gehad. Tegen oma hoorde ik hem een keer zeggen dat Marie en ik met de dag meer op mama begonnen te lijken. 'Ik krijg haar een beetje terug', zei hij. Dat vond ik zo mooi. Dat hij dat zei.

Zelf vind ik mij noch Marie op mama lijken. Maar ze zeggen dat je dat zelf niet ziet. Ik heb een foto van haar op mijn kamer, waarop ze mij – een mollige baby – in haar armen heeft. Marie was nog niet geboren toen. Soms geef ik die foto een zoen. Vroeger elke dag. Nu minder.

Verdriet slijt. Je sluit het op. Als een juweel in een kistje. Een juweel dat je niet durft te dragen omdat het te kostbaar is. Alleen bij heel bijzondere gelegenheden. Of als je alleen bent en niemand het ziet.

Mama kon zich soms heel erg mooi maken. Eerst had ze nog – haren in een slordige wrong – staan wassen en plassen in de achterkeuken en plots verscheen ze in vol ornaat. Keurig opgemaakt. Net een prinses.

Haar kleren hangen nog altijd in de kast. Ze passen me al. M'n vader wil niet dat ik ze draag. Ik ben er nog te jong voor, zegt hij. Soms, als hij er niet is, verkleden Marie en ik ons. Sommige kledingstukken geuren nog naar haar, beweert m'n zus. Maar dat zal wel verbeelding zijn. Mama's schoenen zijn me al te klein. Mensen krijgen steeds grotere voeten heb ik ergens gelezen. Ik vind het raar dat ik grotere voeten heb dan m'n moeder. Mocht ze, ik zeg maar wat, die bewuste dag twee minuten langer getreuzeld hebben voor de spiegel, dan was het nooit gebeurd. Het vreselijke aan zo'n auto-ongeval is dat het zo stom is. Zo onnodig. Het stond in de krant. Vijf regeltjes, meer niet. Bij de ongevallen. M'n vader liet het ons later lezen. Hij draagt het berichtje altijd bij zich, in zijn portefeuille. Waarom weet hij ook niet, vertelt hij. Het is een soort aandenken. Soms helpt het, zegt hij, om het te geloven. Dat mama er niet meer is.

Zo onnodig. Zo stom.

Er zijn nog altijd dagen dat ik weiger me erbij neer te leggen. Dan ben ik boos op de wereld. Op het toeval dat haar naar die plek loodste waar dat domme kind overstak. Ook op dat jongetje ben ik kwaad. M'n moeder kon hem nog net ontwijken. Eigenlijk had hij op school moeten zitten toen het gebeurde. Maar hij was ziek geweest en omdat het al vrijdag was, hadden zijn ouders beslist hem nog een dagje thuis te houden voor het weekend eraan kwam. Achteraf denk ik: toen dat stomme jongetje een week eerder ziek werd, lag m'n moeders dood al op de loer. Van zulke gedachten word ik gek. Ik probeer ze dan ook niet te hebben, maar dat lukt niet altijd.

Het jongetje speelde met een bal op de oprit voor de garage. Hij schopte tegen de poort. Steeds harder. Daar kwam m'n moeder aangereden. Ze had haar gordel niet om. Waar dacht ze aan tijdens die laatste meters? Welk liedje speelde op de radio? Die had ze altijd aan als ze reed. De bal stuiterde terug, tussen de benen van het jongetje door, de straat op. Het jongetje er achteraan. M'n moeder raakte van de weg door het remmen. Hoeveel seconden had het nog geduurd voor ze die betonpaal zag opdoemen? Had ze nog angst gevoeld? Pijn? Had ze nog de tijd gehad om aan Marie, m'n vader en mij te denken? Of had ze, omdat het zo vlug ging, iemand moeten overslaan? Wie?

Ik zat in de klas toen het gebeurde. Tweede klas... Een vrijdag, kwart over twee. Ik voelde niets. Geen steek in mijn hart, geen stomp in mijn maag. Niets. Misschien zat ik wel te lachen met mijn buurmeisje.

Mama, wat moet ze daar stil hebben gelegen, langs de kant van de weg.

Oma met Marie aan de hand bij het schoolhek.
'Waar is mama?'
Oma barstte in tranen uit.
M'n juf ging met haar praten. Op fluisterende toon. Marie kwam lachend op me toegelopen, maar ik negeerde haar, spitste mijn oren. Er was iets niet pluis. Juf Martine drukte beide handen tegen haar mond.
'O,' riep ze, 'wat vreselijk. Die arme kinderen.'
Er was iets met mama. Ik wilde het niet horen. We waren niet arm.

We bleven bij oma slapen. Het was papa die het mij uiteindelijk vertelde. Oma durfde niet. Ik lag in het logeerbed, samen met Marie. Die sliep al. Het drong niet tot me door wat m'n vader zei. Ik wou dat hij wegging. Ik wou niet dat hij huilde. Het was niet waar. Hij loog. Ik kon niet verdragen dat hij mijn hand vasthield en me over het hoofd streelde. Ik was van ijs.

Wat gebeurde er met mensen die doodgingen, wilde ik weten. Gingen ze naar de hemel?
Was mama in de hemel?
Ze had geen pijn gehad, zei m'n vader. Ze had het niet eens geweten, zo vlug was het gegaan.

Ja, maar waar was ze nu?

Ergens, zei hij, ergens waar ze rustig lag.

Ik wou haar zien. Ik wilde *weten*, niet voelen.

We zijn gaan kijken, de volgende dag. Alle drie. Het was niet gebruikelijk.

Het leek alsof ze sliep. Ze had een soort tulband op. Haar gezicht was ongeschonden. We hebben haar nog aangeraakt. Het was helemaal niet griezelig. Haar wangen voelden fris aan toen ik haar een zoen gaf. Ze rook lekker. Naar toen ze nog leefde. Ze was mooi. O wat was ze stil. Wat lag ze daar rustig. We spraken fluisterend. Om haar niet wakker te maken. Weggaan was moeilijk. We wilden niet. Iemand kwam ons halen.

'Als je nog iets wilt zeggen tegen mama, zeg het dan nu', zei m'n vader.

'Dag mama', zei ik.

Marie giechelde. Ze begreep het allemaal niet.

Mama had een mooi en goed leven gehad, zei m'n vader. Nu zou ze voor altijd rusten en verder leven in onze gedachten. In de hemel geloofde hij niet. Maar als ik wou, zei hij, mocht ik dat gerust doen.

Ik wou ook het autowrak zien. Onze mooie auto. Net nieuw. We waren er een maand geleden nog mee naar zee gereden. Hij was niet eens erg gedeukt.

De begrafenis was prettig. Ik genoot van de aandacht. Mijn juf was er en de hele klas. Verder veel nichtjes en neefjes. Ook het jongetje met z'n ouders. Ik haatte hen. Het was mooi weer en we mochten buiten spelen. We kregen taart, cola en chips.

'Mijn mama is dood', zei Marie aldoor. 'Mijn mama is dood', zei ze tegen iedereen met die stralende glimlach van haar. Het klonk alsof ze er trots op was.

Het duurde maanden voor ik haar durfde te missen. Heel voorzichtig, beetje bij beetje. Het was alsof ik niet kon ademen. In het begin was ik kwaad op m'n vader. Ik had liever gehad dat *hij* dood was. Ik vond het vreselijk maar ik kon er niets aan doen. Toen ik het hem opbiechtte, glimlachte hij. Hij begreep het, zei hij. Hij zei dat mocht hij voor ons hebben mogen kiezen, hij dat ook beter had gevonden. Maar het was nu eenmaal zoals het was. Hij kon er ook niets aan doen. Ik had behoorlijk de pest in mezelf. Maar toen bleek dat m'n vader het mij niet kwalijk nam, voelde ik me opgelucht. Ik kreeg weer adem. Ik geloof dat ik die dag het wereldrecord huilen heb gebroken. Urenlang lag ik in zijn armen te wenen. Er kwam geen eind aan. M'n vader zei dat we altijd over mama moesten praten, als we dat wilden. Dat we nooit mochten doen alsof we geen verdriet hadden. En hij haalde Marie erbij en toen heeft hij ons verhalen verteld over mama waar we erg om moesten lachen.

Vanaf die dag ging het beter.

Om te brokken

'Afdrogers gevraagd', roept m'n vader vanuit de keuken.

'Fork maat', zucht Marie.

Ze bedoelt *fuck*.

Fork is fuck voor gevorderden.

Er gaat de laatste tijd geen dag voorbij of Marie komt met een nieuw blits woord aanzetten. Het ene al mysterieuzer en heavyer dan het andere. Ik denk dat die Stan er voor iets achter zit. Nee, ik weet het wel zeker. 't Is een rare snuiter. Een soort Johnny in zakformaat. Hij heeft een handeltje in tweedehandse gsm-toestellen. Volgens mij niet helemaal snor, die bedoening. Maar hij is wel onweerstaanbaar, moet ik toegeven. Vooral dat geschifte taaltje van hem. Waar hij het allemaal vandaan haalt, is mij een raadsel.

'Van zijn oudere broer', beweert Marie. 'Harry heet hij, heeft een bandje, samen met zijn maten: The owners of a shark.'

'Ken ik ze?'

'Zou moeten. Ze komen wel eens in de Okapi. Ze kennen *jou* in elk geval. Van gezicht. Je laat hen niet koud als ik het goed begrepen heb.'

'Is dat zo? Je maakt me nieuwsgierig.'

'Nu ja, waarschijnlijk zijn ze jouw type niet.'

'Mijn type?'

'Tja, van die afgeborstelde latinistjes.'

'Bedankt.'

'Ik bedoel, ze zien er een beetje ruig uit, de Sharks. Sommige toch. Harry heeft van die woeste krullen.'

'Hola, stoere binken, echte rockers als het ware.'

Kan ze niet om lachen.

'In elk geval niet van die mietjes waar jij mee omgaat', snauwt ze.

'Hé maat, rustig.'

'Ik steek gewoon veel op van die kerels', verweert ze zich. 'Ze zijn leep. Toffe bende gewoon. Oké-gasten. En weet je wat, ze accepteren mij.'

'Leuk voor jou.'

'Wat leuk voor mij?'

'Nu ja...'

'Fuck maat, doe niet zo uit de hoogte. Geloof me nu toch, 't zijn geinige gasten. Het is mij vooral om hun geschifte taaltje te doen. In het begin begrijp je geen woord van wat ze zeggen. Maar na een tijdje lukt het en dat geeft een kick. *Doop gewoon*, om het met hun woorden te zeggen. Cool, of liever *coolio*, want het vroegere cool heeft intussen alweer afgedaan. Elke dag valt er wel een nieuw woord uit de kast. Kijk, dat vind ik de max, snap je?'

'Ik wist niet dat ik zo'n taalgevoelige zus had', jen ik.

'Ma... nee,' zegt ze, 'begrijp je 't dan niet, 't is gewoon voor de fun. En ook wel, dat geef ik toe, omdat het mij goed uitkomt. Ik bedoel, mijn vriendinnen – al zullen ze 't niet toegeven – zijn allemaal een beetje bang voor Stan en zijn maten. Ik ook trouwens. In het begin, nu niet meer. Ze benijden me een beetje, denk ik, mijn vriendinnen. Gewoon. Dat ik met die gasten omga. En dat ze mij in hun midden dulden. Snap je? Mijn blazoen is duchtig opgepoetst. Iedereen kijkt naar me op omdat Stan – gevaarlijke Stan met zijn vreemde handeltjes – verliefd op mij is. Ik ben nog nooit zo populair geweest als nu.'

'Neem maar alle twee een verse handdoek', zegt m'n vader wanneer we bij het aanrecht gaan staan. Hij staat tot aan z'n ellebogen in het schuim. Hoe hij het doet weet ik niet, maar zelfs van een doodgewone klus als de afwas doen maakt hij een immens spektakel.

'Moet je jouw overall niet aan?' vraag ik.

'Touché', grijnst hij grootmoedig.

De vaatwasmachine is al een tijdje kapot. Marie en ik mogen aandringen wat we willen, hij weigert een nieuwe te kopen. Hij heeft ergens gelezen dat in landstreken waar huisgezinnen niet over een vaatwasmachine beschikken (in zuidelijke landen bijvoorbeeld) het minst echtscheidingen voorkomen. Het samenkomen na de maaltijd rond het aanrecht heeft een heilzaam effect op het gezinsleven. Althans, zo staat het vermeld in dat krankzinnige artikel. Waar kranten en tijdschriften zoal hun bladzijden mee vullen. Je houdt het niet voor mogelijk.

'Gezelligheid, dáár gaat het om. Beetje nakeuvelen rond het aanrecht, fijn toch?' meesmuilt m'n vader.

Hij méént het nog ook, de loser. Zie dat spotlachje. Hij geniet zichtbaar van onze verbijsterde blikken.

'Moet je die ogen van jullie zien rollen', lacht hij.

'Tjonge jonge, wat zijn we toch weer geinig', sist Marie.

'Rustig aan miss Donderwolk.'

'Houd op, papa,' zeg ik, 'we komen niet bij van 't lachen als je zo doorgaat.'

Dries is er natuurlijk niet. Aan het trainen. Dries is altijd aan het trainen als er gewerkt moet worden. Tante Hermine heeft gekookt en is verder vrijgesteld van dienst. Blijven over: m'n vader, Marie en ik. Leuk!

'Straks is er een prachtige film op Canvas', troost m'n vader.

'Eén die op mijn *toptien-aller-tijden-lijstje* staat.'

'Ai, hoe heet ie?'

'*Dood in Venetië.*'

Klinkt niet erg veelbelovend.

'Een thriller?'

'Nee, 't is een tragisch verhaal naar een novelle van Thomas Mann.'

'Shit.'

'Hoezo, shit?'

Wie in godsnaam is Thomas Mann, breken Marie en ik ons het hoofd. En wat is een novelle? Maar we kijken wel uit om het hem te vragen. Krijg je weer zo'n eindeloze preek. Dat we onze klassiekers niet kennen. Dat onze culturele interesse niet verder reikt dan die kutsoaps op VT4 en VTM.

'Waar gaat ie over?' vraagt Marie vlug, om hem wat in toom te houden.

'Over schoonheid', zegt hij, met een stalen gezicht een glas in de afwasteil soppend. 'Over schoonheid en vergankelijkheid.'

Djeezes, hij méént het... schoonheid en vergankelijkheid.

'Er is ook *Flikken* op één', probeert Marie nog.

Maar m'n vader is onverbiddelijk.

'Niets daarvan. Altijd hetzelfde met jullie. Wat is dat toch? Jullie lijken wel allergisch voor kwaliteit. Hoe is het mogelijk? Bullshit, pulp en onzin, dát willen jullie.'

'Het is al goed, wind je niet zo op.'

'En een boek lezen. Ho maar! Wat denk je wel.'

'Rustig, pa, we kijken naar "Dood in dinges". Je krijgt je zin, oké?'

'Zie je wel, jullie spreken over iets moois en waardevols alsof het een straf is. Als over een portie levertraan. Jullie zouden blij moeten zijn dat iemand de moeite neemt jullie wat goeds aan te reiken. Maar nee, VTM, dat willen jullie. Liters stroop, bakken stront over jullie kop.'

'Voorzichtig met die borden, pa. En doe eens wat kalmer aan, we kunnen je niet bijhouden.'

Een toren van potten en pannen helt vervaarlijk over op het aanrecht. Een bouwsel dat elk ogenblik dreigt in te storten.

'Die sauskom staat daar behoorlijk agressief', merkt Marie op.

Het ding begint op hetzelfde moment te schuiven. M'n vader heeft het net op tijd te pakken.

'En dan dat taaltje', zucht hij.

Daar was het waarschijnlijk bij gebleven, als Marie even later niet over de schreef gegaan was. Nu ja, over de schreef, wat heet... Bij m'n vader weet je 't nooit. Meestal is hij erg breeddenkend, maar nu en dan heeft hij van die zeuraanvallen. Wordt hij Basil uit *Fawlty Towers*. Dan kun je hem maar beter laten uitrazen. Tot hij een hekel krijgt aan zichzelf. Lang duurt dat gelukkig nooit.

Maar voorlopig is er nog niets aan de hand. Met die lievelingsfilm in het vooruitzicht kan zijn humeur tegen een stootje. Al blijft het een dubbeltje op zijn kant. Ons gebrek aan diepgang kan hij bij tijden moeilijk verkroppen.

'Laat maar uitdruppen, de boel droogt vanzelf wel op', mompelt hij.

Dat laten we ons geen twee keer zeggen.

'Je bent een schatje, pa.'

Zappend installeer ik me voor de buis. M'n vader sleept drankjes aan. Tante Hermine schilt appelen, gooit mootjes in het rond. Niets aan de hand. Gezelligheid troef. Marie inspecteert de televisiebijlage in de *Humo* en leest mij hardop de korte inhoud van *Flikken* voor.

'We moeten toch een beetje bijblijven, hè pap', jent ze.

Hij gromt iets. Tante Hermine lacht.

'*Dood in Venetië* krijgt vier sterren', roept Marie.

'Zie je wel', triomfeert hij.

'Ai, zul je bedoelen.'

'Wat ai?'

'Nou ja, vier sterren in *Humo*, dan weet je het wel.'

'Hoezo?'

Ik voel de bui aankomen. Marie blijkbaar niet.

'Toch niet weer zo'n zeurprent om van te brokken, hé pa?'

Hij gaat ineens door het lint.

'Kan het echt niet wat beschaafder?' kankert hij. 'Wat voor tááltje is dat eigenlijk?'

Ik heb zo het idee dat niet zozeer Maries taalgebruik, als wel de aanslag op zijn lievelingsfilm hem in het verkeerde keelgat schiet. Hij doet of hij mij niet hoort wanneer ik er hem – *komaan pa, niet bulshitten* – droogjes attent op maak.

'Wat is dát nu weer, *om van te brokken?*' negeert hij mij.

'Sorry, om van te kotsen', corrigeert Marie zichzelf.

Eindelijk heeft ze door dat het de verkeerde kant opgaat. Nu ja, nog geen man overboord. Een sussende tussenkomst van tante Hermine, een grappige interventie van mij, een verzoenend gebaar van Marie: stuk voor stuk voldoende om de lucht weer op te klaren. Maar – waar ligt het aan – niemand die er werk van maakt. Een van die avonden. In een handomdraai lijkt de stemming omgeslagen. Niemand die het initiatief neemt de zaak weer in goede banen te leiden. Integendeel. M'n vader – duidelijk in zijn wiek geschoten – begint door te drammen. En als m'n vader eenmaal doordramt, ja, dan dramt hij door.

'Zo'n taaltje duld ik niet, begrepen!'

'Komaan pa, doe niet zo debiel, zo bedoelde ik het niet.'

'En jij,' richt hij zich tot mij, 'zit daar niet zo te gremelen.'

Ja zeg. Als hij denkt in mij een gewillig slachtoffer te vinden. Ik besluit het niet over mijn kant te laten gaan.

'Gremelen? Wat is dat voor een woord', richt ik me tot Marie en tante Hermine. 'Nog nooit van gehoord. Jullie? Staat vast niet in *van Dale*, durf ik te wedden.'

M'n zus geeft me een stomp. Zij wel. Eerst zelf het vuur aan de lont steken en dan stompen gaan uitdelen.

'Gremelen is grijnzen,' verduidelijkt hij, 'maar dan een tikkeltje achterbaks.'

'Brokken is kotsen,' echo ik, 'maar dan...'

Opnieuw een stomp.

'Laat nu maar, de film begint', onderbreekt tante Hermine.

'Brokken, brokken...' mokt m'n vader.

De begintitel brengt redding. Nou ja, redding...

Er gebeurt dus niks in die film. Een oude man met een snor zit uren op het strand naar een nuffig jongetje te staren en dat is het dan. Geeuwverwekkende toestanden. Nauwelijks iets dat beweegt. Rijen strandhokjes, jongens en meisjes in streepjesbadpak die wat rondlummelen aan de vloedlijn, rustig kabbelende golfjes en die Von Aschenbach die het allemaal vanuit zijn ligstoel ligt te bekijken. Om knettergek... om hoorndol... ik bedoel, die Aschenbach in zijn ligstoel –

Aschenbach: is dat Duits voor asbak? – wat bezielt hem
eigenlijk? Geen hond die het interesseert. Ja, m'n vader
natuurlijk. Hij kijkt met tranen in de ogen toe. Ook tante
Hermine lijkt enthousiast. Welnu, Marie en ik niet. We zitten
die ellendige film uit, als gevangenen hun straf.
'Prachtig, toch', zwelgt m'n vader wanneer de aftiteling
eindelijk over het scherm rolt.
Niets te vroeg. Die Aschenbach is dood. Wat mij betreft een
goede zaak. Komt er alvast nooit een vervolg op de film.
M'n vader mijmert: 'Vijfde keer dat ik hem zie en nog altijd
even...'
'Prachtig', valt tante Hermine hem bij.
'We hebben hier duidelijk te maken met cinefielen', spot
Marie.
'En? Kom op? Hoe vonden jullie hem?' vraagt hij op de man
af.
'Mooie muziek', knijp ik er handig tussenuit.
'Gustav Mahler, vijfde symfonie, adagio', dreunt hij af, altijd
bij de pinken als hij ons iets in de maag kan splitsen.
We gaan diplomatisch onze tanden poetsen.

Wanneer we terugkomen – pyjama's aan – zitten beiden nog
na te genieten. Dries is intussen thuisgekomen, hij staat uit
de ijskast te eten.
'Hoi.'
'Hoi.'
'Iets goeds gezien op televisie?'
'Niet echt.'
'Als je hén hoort anders wel.'
De superlatieven vliegen inderdaad nog altijd heen en weer
tussen m'n vader en tante Hermine.

'Waar hebben ze 't over?' vraagt Dries.

'*Dood in Venetië*, een film.'

'Shit, die van Engels had het er onlangs ook over op school. En? Goed?'

'Nou...'

Eén ding moet je de film nageven: hij heeft m'n vaders humeur weer opgekrikt. Wanneer hij Marie in bed stopt, hoor ik hem vragen: 'Ken je er nog een paar?'

'Wat?'

'Woorden?'

'Welke woorden?'

'Wel, zoals daarstraks, je weet wel *brokken*.'

'Lulijzer', zegt ze.

'En dat is?'

'Een gsm.'

'Geweldig,' erkent hij, 'vooruit, nog eentje, om het af te leren.'

'Baggerbak.'

'Laat me raden.'

'Baggeren is eten', helpt ze hem.

'Boterhammendoos!'

Ze gieren het uit.

'Je had gelijk', geeft hij ruiterlijk toe terwijl hij op de rand van mijn bed komt zitten. 'Ik voelde me in mijn eer gekrenkt met die aanval op m'n film. Je moet weten, als ik iets goed vind, dan wil ik dat van de daken schreeuwen. Zo onnozel ben ik dus. Debiel, zoals jullie zeggen. Wie mij lief is, moet meegenieten van wat ik mooi vind. Jullie in de eerste plaats. En ja, wordt mijn enthousiasme de kop ingedrukt, dan ga ik mokken.'

'Ik heb altijd gelijk', lach ik om hem een beetje op stang te jagen.

'Van Willem Frederik Hermans', reageert hij onbewogen.

'Prachtig boek, moet je later zeker lezen.'

'Pa, houd jij dan nooit op?'

'Got you', glundert hij schattig.

'Shit', doe ik.

We gunnen hem nu en dan een overwinninkje.

'Ik ken er nog eentje, pa.'

'Wat?'

'Een uitdrukking.'

'Kom op.'

'Jij bent een noeber.'

'Dank je. En dat betekent?'

'Iemand die steeds zit te zeuren.'

'Nee maar.'

'Geef me de vijf, pa. Zoals jij bestaat er maar één.'

Hij geeft me de vijf. En daarna een klinkende zoen.

'Ga nu maar slapen.'

'Geen probleem, na zo'n film. Een wonder dat ik nog wakker ben.'

'Fuck you', doet hij.

'Sorry, pa,' roept Marie vanuit haar kamer, 'maar fuck you is voorbijgestreefd. Nu zeg je *fokko*! Fokko of fork.'

'Fokko dan, alle twee.'

Wij in koor: 'Jij ook fokko, pa.'

Ons nieuwe 'slaapwel'.

The owners of a shark

Een week later.

'Ga je zaterdag naar de Okapi?' vraagt Marie.

'Ik denk het wel.'

'Je móét gaan.'

'Waarom?'

'The owners of a Shark treden op.'

'De wie?'

We zitten in de living dvd's te bekijken, we hebben het huis voor ons alleen. Papa is met Dries rondjes aan het lopen in het bospark. Het gaat bergaf met zijn conditie, vindt hij. Hermine is met een vriendin een middagje gaan shoppen. Ideaal moment om er een paar episodes van *Alias* door te draaien. Marie en ik zijn zwaar fan van Sydney Bristow terwijl de rest van onze huisgenoten haar maar minnetjes vindt. De barbaren. Al moet ik toegeven, na drie afleveringen begin ik mij een tikkeltje murw te voelen. Tussendoor een beetje bijpraten met m'n zus lijkt me geen slecht idee.

'De wie, zei je?'

'Hallo, vertelde ik je toch al. The owners of a shark, het groepje van Harry, je weet wel, Stan z'n broer.'

'Shit ja, juist.'

'Ik heb ze nu al een paar keer horen repeteren bij Stan thuis. Leep bandje, echt waar.'

'Mmm, tof.'

'Ze hebben eigen nummers.'

'Wijs.'

'En? Ga je?'

'Zeker weten.'

'Ik wou dat ik ook kon gaan', zucht Marie. 'Ik haat het om dertien te zijn. Papa zegt dat ik pas over anderhalf jaar naar de Okapi mag en dan nog alleen als er iets bijzonders te doen is.'

'Dan heb je geluk, ik was al bijna zestien toen ik er voor 't eerst heen mocht.'

'Nog achttien maanden', mijmert Marie. 'Weet je wat dat is, achttien maanden? Een eeuwigheid.'

'Vliegt zo voorbij.'

'Ja, 't zal wel.'

'Ik kijk er al naar uit om samen met jou de hort op te gaan.'

'Dat zeg je om mij te troosten.'

'Nee, echt. Wij met zijn tweeën, dat gaat de max zijn.'

'Ja hè, beestig.'

Haar ogen stralen. Ze glimlacht. Ik kan haar wel opeten.

'De gitarist van de Sharks is een gave spetter', zegt ze. 'Eriek heet hij. Hij komt uit Brussel, woont hier nog niet zo lang. Lepe Galliër. Toffe gast bovendien.'

'Ben je verliefd op hem of zo?'

'Nee hoor, ik ben op Stan. En trouwens hij is op jou.'

'Wie? Die Eriek? Hoe weet jij dat?'

'Hij vindt jou een mooi meisje', zei hij.

''t Zal wel. Hij kent me toch niet?'

'Jawel. Zoals ik al zei, hij heeft je al een paar keer gezien in de Okapi. Hij is smoor op jou.'

'Zot.'

'Hij weet van Stan dat je mijn zus bent. Gisteren sprak hij me erover aan. Er kwam rook uit zijn oren, maat.'

'Zo-ot.'

'Nee serieus, je kunt dat zien als iemand op iemand is.'

'Behalve dan aan papa en Hermine.'

'Amai niet. Juist wel! Ze verbergen het natuurlijk. Wat zegt papa ook alweer altijd? Niets is wat het lijkt. Nou...'

'Je hebt gelijk. Ze zijn stapel op elkaar. We moeten daar toch eens iets aan doen. 't Zou ik weet niet hoe wijs zijn, als die twee...'

'Mama zou het ook willen, denk je niet? Liever dan dat hij met een andere vrouw iets begint.'

'Zeker weten.'

'Soms denk ik, mama zou minder dood zijn, als papa en Hermine het met elkaar aanleggen. Gek hè?'

'Nee. Ik weet precies wat je bedoelt. Ik denk hetzelfde.'

'Denk je nog veel aan mama?'

'Nee. Ja. Soms.'

'Hoe dan?'

'Ik weet niet. Ineens. Zomaar, zonder aanleiding. Als ik me iets herinner van vroeger of zo.'

'Ik praat met haar.'

'Echt?'

Marie knikt ernstig.

'En dan zegt zij van alles terug.'

'Wijs.'

''k Weet niet. Ja, eigenlijk wel. Vind je 't zielig?'

'Natuurlijk niet. Waar praat je dan over?'

Ze haalt haar schouders op, lacht verlegen.

'Gewoon...'

'Praat je er liever niet over?'

'Dat wel. Maar 't is moeilijk om...'

'Ik snap het. Het is iets van jou, bedoel je. Erg persoonlijk.'

Ze knikt. Haar ogen staan vochtig.

'Je mist haar erg, hé?'

Ze knikt opnieuw. Heftig, een paar keer kort na elkaar. Daarna wendt ze het hoofd af. Ik krijg een brok in de keel.

'Ik ook', zeg ik.

'Vertel eens iets van vroeger? Over mama?' vraagt Marie.

'Tja...'

'Het maakt niet uit wat', dringt ze aan.

'Ze stond altijd te kwelen in de keuken. Een liedje van Boudewijn de Groot.'

'Zing het eens.'

Ik schraap m'n keel en begin te zingen. 'Zestien lentes zo pril, ach wat lig je hier stil, langs de kant van de weg... Ken je het?'

Ze knikt.

'Had ze een mooie stem?'

'Niet echt. Nee, absoluut niet, ze zong vals maar dat was juist beestig. Ze trok zich er niets van aan.'

'Weet je wat raar is?'

'Wat?'

'Dat Zarza mama nog gekend heeft.'

'Natuurlijk, mama bracht Zarza mee uit Spanje toen ze daar met papa op reis was.'

'Echt? Dat wist ik niet. Nu ja, ik weet zoveel niet.'

'Hoe bedoel je?'

Ze haalt haar schouders op. Dat heeft ze dikwijls. Dat ze ineens wegglijdt, stil wordt, nukkig en onbereikbaar. Maar ze herstelt zich.

'Als ik Zarza streel,' zegt ze, 'denk ik altijd dat heeft mama ook nog gedaan, over Zarza's rug gestreeld. En dan kriebelt het in mijn buik. Dan is het alsof mama er opeens is. Snap je? En tegelijk is ze er dan heel erg niet. Ingewikkeld, hè. En dan begint Zarza te spinnen en lijkt het wel of... sorry...'

'Waarom sorry?'

'Gewoon, sorry.'

Daar gaat ze weer.

We zitten een tijdje zonder nog een woord te zeggen naast elkaar. Sydney Bristow rekent met flair een paar boeven in, maar geen van ons tweeën heeft er nog de aandacht bij.

'Papa beweert dat iemand missen in zekere zin een vorm van luxe is', zeg ik.

Marie kijkt me vragend aan.

'Mensen die niemand hebben om te missen, die zijn pas eenzaam, beweert hij.'

Ze glimlacht dapper.

'Op die manier', zegt ze.

'We moeten meer zo met elkaar praten,' zeg ik, 'samen dingen plannen, net als vroeger. Weet je nog, de tijd van de barbies?'

'Alles gaat voorbij, maar niets gaat over', zegt ze opeens. 'Mooi dat dat op mama's bidprentje staat. Het is zo wáár, niet?'

'Ja', zeg ik.

Waarna het weer een tijdje stil wordt.

'Vertel nog eens wat over die Eriek.'

'Wat dan?'

'Wat zei hij ook weer over mij?'

'Djeezes, ijdeltuit, wil je 't nóg eens horen of zo?'

'Mmm...'

'Oké dan, hij zei dat hij verliefd op jou was. Heb je 'm?'

'Maf maat.'

'Kan gebeuren,' treitert Marie, 'je hoort het wel eens meer, jongens worden nu en dan verliefd op meisjes.'

'Ja, maar op mij!'

'Zo lelijk ben je nu ook weer niet.'

'En 't is een mooie jongen, zei je.'

'Yep, lepe Galliër.'

'Hoe komt het dan dat hij me nooit eerder is opgevallen?'

'Hallo, hoe zou dát komen, denk je? Je staat altijd te dromen, je ziet nooit wat er vlak voor je neus gebeurt.'

Marie heeft gelijk. Ik ben daar echt niet goed in. Mocht om maar iets te noemen Johnny Depp in hoogsteigen persoon mij om een vuurtje vragen, dan zou ik het waarschijnlijk niet eens in de gaten hebben. Ik hoor het mij al zeggen: *sorry, ik rook niet* en daarna verder praten met een vriendin of zo terwijl iedereen in extase naar de piraat der piraten staat te staren. Waarom weet ik niet, maar ik merk het nooit als iemand aandacht voor me heeft. Wanneer ik eindelijk in de gaten krijg dat een jongen op me valt, is hij er meestal allang met iemand anders vandoor, overtuigd dat er van mijn kant niet de minste interesse bestaat. 't Is geheel onbewust. Ik sluit me af. Waarschijnlijk omdat ik bang ben mij bloot te geven.

Aflevering drie is afgelopen, de aftiteling rolt over het scherm.

'Nog eentje?' vraagt Marie.

'Nee, genoeg is genoeg,' gaap ik, 'overdaad schaadt.'

Marie dimt de televisie en rekt zich uit.

'Ik ga een beetje werken voor school', geeuwt ze.

'Ja, ik ook', zeg ik. 'Die van Frans wil morgen drie bladzijden over president Sarkozy.'

'Is dat niet die kleine, lelijke dreumes die getrouwd is met dat fotomodel, hoe heet ze ook weer, twee koppen groter dan hij?'

'Carla Bruni.'

'Die ja, er stond laatst een artikel over haar in de *Humo*. Beestige slet, maat. Nog het lief geweest van Mick Jagger en zo.'

Dries en m'n vader maken stomend en puffend hun entree. Ze doen heel erg jongens-onder-mekaar. Compleet met high five en al. Best zielig.

'Whaw, dat doet mij goed', hijgt m'n vader aanstellerig. 'Zouden jullie ook eens moeten doen in plaats van altijd maar voor de televisie te hangen.'

'Hoor hem,' zegt Marie, 'onze topatleet gaat ook iets zeggen.'

'Je ziet zo rood als een boei, pa', val ik haar bij. 'Mijn ogen doen pijn als ik naar je kijk.'

'En je stinkt naar zweet', besluit Marie.

Waarmee we niet zozeer m'n arme vader de grond trachten in te boren, als wel onze saamhorigheid van daarnet nog eens extra te benadrukken. Waar vaders niet al toe dienen. Arme kerels, je zou haast met hen te doen krijgen. Met een vette knipoog bezegelen Marie en ik ons bondgenootschap en reppen ons monter – gesterkt door vreemdsoortige, harmonieuze gevoelens – naar ons kamertje.

'Ze zijn gewoon jaloers', merkt Dries op.

'Ach laat ze, 't zijn schatjes', grijnst m'n vader. 'Schatjes in hun puberteit weliswaar.'

Alle tijd van de wereld

Maries woorden blijven rondspoken in mijn hoofd, ik kan niet wachten tot het zaterdag is. Ik popel om die Eriek eens van dichtbij te bekijken. Het is niet alleen een kwestie van ijdelheid. Ik bedoel, uiteraard wordt mijn ego gestreeld bij de gedachte dat er iemand op mij verliefd is, ik met mijn magere spriet-complex kan best wat aandacht gebruiken, maar er is meer. Niet dat het ergens op slaat, maar ik heb het gevoel dat er iets groots in de maak is. Het is mijn tijd, dát idee. Er komt iets geweldigs aan. Eindelijk. Het leven heeft plannen met mij.

'Weet je zeker dat hij komt?' vraag ik aan Marie.

'Heel zeker,' zegt ze, 'al zullen de Sharks niet optreden, er is namelijk iets misgelopen.'

'Toch geen ruzie met de manager', grijns ik.

'Nee,' lacht ze, 'de drummer is ziek. Of liever gezegd, hij heeft z'n hand verstuikt. Kan gebeuren.'

Op school gaat het van kwaad tot erger. Alsof ze het geroken hebben. Ik bedoel, in plaats van me een week lang rustig op mijn wolk te laten zitten, lijken de nerds besloten te hebben tegen mij samen te spannen. Het regent overhoringen, huiswerk vliegt mij om de oren en alsof de duivel ermee gemoeid is, moet ik ook nog eens nablijven. Reden: twee keer te laat op evenveel dagen. Oké, eigen schuld natuurlijk. Mij hoor je niet klagen. Maar kan ik het helpen dat ik 's nachts klaarwakker lig te dromen van mijn Eriekje en pas tegen de ochtend in slaap val en dan natuurlijk mijn wekker niet hoor. Marie komt me pas wekken wanneer ze al geheel gekleed klaarstaat om naar school te vertrekken. Blij dat ze wat langer onder de douche kon staan. M'n vader en tante Hermine schudden meewarig het hoofd.

'Je bent oud genoeg om je verantwoordelijkheden te kennen', zeuren ze.

'We kunnen je toch niet aan jouw bed wakker komen schudden alsof je een peuter van tien bent?'

Ze doen maar. Niemand die mij uit m'n hum krijgt.

'O, maar jij bent verliefd', raadt tante Hermine. 'Ik zie lichtjes in je ogen blinken.'

'Reken maar van yes', roept Marie net voor ze de deur dichtslaat en vertrekt.

'En? Wie is de ongelukkige', vraagt m'n vader met een brede grijns op z'n smoel. Ik toon hem de wijdste glimlach die ik in huis heb, doe zelfs geen moeite om in de tegenaanval te gaan, laat het allemaal over mij heen komen. Tot en met zaterdag laat ik mij niet uit het lood slaan. Smachtend verlang ik naar mijn mysterieuze prins. Mijn lepe Galliër, mijn uitverkoren lief.

Niet te doen. Niet te geloven. Zo ben ik niet. Normaal geen dromer, ik. En een romantische trut al helemaal niet. Nu ja, zeker niet buitensporig of zo. Ik weet echt niet wat er aan de hand is. Djeezes, ik heb die gast nog niet eens gezien! Moet je kijken hoe opgewonden ik ben. Een kip zonder kop. Shit maat.

Nu ja, Marie laat zich niet onbetuigd. Dat zal er wel mee te maken hebben. Ze voedt mijn fantasie zoals een Franse boer zijn eenden. Elke dag duwt ze me een hoop verhalen over Eriek – het ene al onthullender dan het andere – door de strot. En ik slik ze reikhalzend naar binnen. Geen wonder dus dat ik na een paar dagen stijf sta van verlangen. Niets dat begeerte meer aanscherpt dan een weldoorvoede verbeelding. Jawel, Marie maakt er haar werk van. Op een mogelijk moedervlekje op Erieks schouder na, heeft ze me tegen het eind van de week zover dat ik zijn hele anatomie tot het kleinste detail op mijn netvlies heb staan. Samengevat komt dat neer op: groot, donker, atletisch gebouwd, prachtige ogen, mooie kop. Genoeg om van te dromen, me dunkt. En dat allemaal – ik herhaal – zonder dat ik die gast één keer heb ontmoet. Maar ik weet nog veel meer! Ik ken het timbre van Erieks stem, de toonhoogte van zijn lach, ik weet naar welke kleding zijn voorkeur uitgaat (oef, geen airmaxen!), ik ben op de hoogte van zijn hobby's (sport, film, literatuur) en heb kennis van zijn muzikale smaak (hij houdt van veel muziekjes, van klassiek en jazz tot de betere pop, Dylan is zijn absolute top), ik weet wat hij graag drinkt en rookt (Jamaïc, net als ik, wijs, kunnen we onze stuff delen), ik verneem wat z'n favoriete film (*Lost in translation*) en televisieprogramma (*Het Peulengaleis*) is en hoe hij denkt over actuele topics, allemaal belangrijk om te weten met het oog op een eventuele onsterfelijke opener. Al zal ik die wellicht – ik ken mezelf – aan hém overlaten. Hoe dan ook, de research van mijn zus is van onschatbare waarde. Ik ken mijn pappenheimer beter dan zijn eigen moeder en ben klaar voor de strijd.

Wanneer het weekend eindelijk aanbreekt, ben ik rul van die jongen. Helemaal doordesemd ben ik van hem. Ik sta te trappelen om mijn jonge oppergod in de armen te vliegen. Al wil ik niet te hoog van de toren blazen. Voetjes op de grond, zegt papa altijd. Het is vanaf de meet dat de lakens worden gedeeld. Dat de prijzen worden uitgereikt, corrigeert Marie mij nuchter. Ja, ik ben in de war en dat kun je merken.

Het is zaterdagavond en ik sta voor de spiegel, klaar om te vertrekken. Marie monstert mij, brengt hier en daar een laatste kleine correctie aan en knikt dan goedkeurend. Het enige wat eraan ontbreekt, is dat ze met haar tong klakt en met duim en wijsvinger een cirkeltje vormt ten teken dat het bijna perfect is. Ze doet me denken aan een kunstschilder die na gedane arbeid een stapje achteruit zet, zijn creatie op de ezel in ogenschouw neemt en met een nog druipend penseel in de hand een zucht van voldoening slaakt. Ik krijg ineens een vreselijk idee.

'Je hebt die Eriek toch niet op dezelfde manier klaargestoomd als je met mij gedaan hebt?' vraag ik achterdochtig.

Ze schudt verontwaardigd het hoofd.

'Wie denk je wel dat ik ben', zegt ze.

Ik besluit haar het voordeel van de twijfel te gunnen. Veel tijd om me alsnog zorgen te maken, wordt me trouwens niet gegund. Anissa - mijn beste vriendin, ik heb haar alles verteld - belt aan.

'Hé, je ziet er geweldig uit,' lacht ze, 'moet je iemand zien?' We vallen elkaar in de armen. In de keuken hitsen we elkaar giechelend op zoals alleen meisjes dat kunnen: lichtjes hysterisch en ruimschoots over de top. Het ging er waarschijnlijk ten tijde van de baljurken en de wals niet anders aan toe.

'Als ik jullie bezig zie, krijg ik ineens weer zin in mijn zestien jaar', lacht tante Hermine.

Even later vertrekken we, uitgewuifd door Marie die bedrukt achterblijft. Ik loop terug, pak haar vast en fluister in haar oor dat ze een zus uit duizenden is. 'Houd me op de hoogte hè', zegt ze, opgemonterd door mijn dankbare woorden. En hop daar ga ik, of liever daar zweef ik, zoals in de film, een grootse en meeslepende toekomst tegemoet. Zware, erg dramatische muziek begeleidt me. Pianoforte, strijkers, pauken, cimbalen... weet ik veel wat voor afknapper mij te wachten staat.

Al meteen wanneer ik binnenkom, merk ik Eriek op. Ongelofelijk dat ik hem niet eerder heb gezien. De beschrijving die m'n zus gaf, klopt volledig. En ik moet toegeven, ze heeft niet overdreven. Anissa is het er volmondig mee eens. Zou ik geen nee tegen zeggen, beaamt ze. Nou, dat ben ik ook niet van plan. Hij is met z'n vrienden (de Sharks?) links bij het podium gaan staan en verdeelt zijn aandacht over zijn maten, het coverbandje dat zonet 'Smoke on the water' heeft ingezet en mij. Ik vraag Anissa of *zij* dat kliekje hier dan al eerder opgemerkt heeft.

'Natuurlijk,' zegt ze, 'ze lopen hier al een paar weken rond. Ik ken die gasten verder niet, maar het is wel duidelijk dat die Eriek veel aandacht heeft voor jou. Ik wou het er vorige week al over hebben, maar toen waren ze ineens weg. Ik vind die krullenbol trouwens ook niet onaardig'.

'Welke krullenbol?'

'Daar, naast jouw aanbidder, met z'n zwart jeansvestje'.

'O die, ja, frisse gast.'

Maar lang niet zo mooi als mijn knapperd, denk ik stiekem.

Waarschijnlijk Harry, gaat er door m'n hoofd, Harry met de

woeste krullen. Niet mijn type, die jongen, veel te druk. Zie hem gluren naar Anissa. Wat een onverbloemde slokop zeg. Eriek daarentegen... hém zie ik echt helemaal zitten. Kijk hoe hij verlegen van me wegstaart en me tegelijk subtiel – bijna onmerkbaar – een glimlach schenkt. Zálig!

'Hang jij onze jassen op, dan haal ik iets te drinken', zegt Anissa.

Djeezes, iedereen had dus blijkbaar al in de gaten dat die Eriek een oogje op mij had. Iedereen behalve ik. Het verhaal van mijn leven. Maar dit keer ga ik het dus niet verknallen. Dit keer ben ik waakzaam. Wat zeg ik? De alertheid zelve! Ik vind Anissa weer aan de bar. We klinken.

'Op de jongens!'

Hoor mij, denk ik. Opgewekt, een tikkeltje roekeloos kijk ik mijn stille aanbidder, die nog altijd bij het podium staat, recht in de ogen. Even maar, dan maakt mijn onverschrokken blik alweer plaats voor dubbelzinnige terughoudendheid. Kwestie van het mysterie in stand te houden: o subtiel en ijdel spel van blikken. Bestaat er iets mooiers?

Mijn knappe Galliër laat evenmin in zijn kaarten kijken. Van feitelijke toenadering is voorlopig geen sprake. Niet dat het me verontrust. Integendeel, ik houd wel van een langgerekte intro. Meteen koekenbak, dat is niets voor mij. Het moet niet te vlug gaan, vind ik. Rustig de spanning opdrijven: super! Waakzaam en al, maar easy going. Lekker chillen. Alle tijd. De avond is nog jong, zoals dat heet. Klinkt zelfbewust en heel doordacht, maar ik sta natuurlijk te sterven van de schrik. Actie is aan mij niet besteed. Afwachtertje, ik. Mooi woord voor bange schijter. Nu ja, ieder zijn ding. Ik vind het al een hele prestatie om zo alert en bij de pinken te zijn, maar om nu ook nog eens uit m'n sloffen te schieten... nee, zo vlotjes ben ik dan ook weer niet. En Eriek evenmin, zo blijkt. Dus gebeurt er niets. Maar we passen bij elkaar, dat is duidelijk.

Onafgebroken houden we elkaar in de gaten. Het wereldrecord oogcontact hangt zo'n beetje in de lucht. Heerlijk, die flitsende ogen van hem. Echt de max om zo ingepalmd te worden, het doelwit te zijn van het spervuur van zijn blikken, terwijl hij delicaat op afstand blijft. Wie heeft er haast? Ik niet. Ik haat het soort jongens dat onomwonden, rechttoe rechtaan de prooi komt opeisen, zonder poeha overgaat tot actie. Anissa blijkt minder kieskeurig op dat vlak. Haar krullenbol steekt het niet onder stoelen of banken en dat vindt ze zo te zien beestig. Nou, mooi zo. Laat die twee maar de kolen uit het vuur halen. Kom ik wel via hen in contact met mijn Eriekje.

Anissa, me meenemend in haar kielzog, schuift wat dichter op naar het groepje jongens en al spoedig is ze in gesprek met haar target. Ik sta nu minder dan vijf meter verwijderd van Eriek. De comfortabele fase van daarnet lijkt voorbij. Veilige afstand heeft plaatsgemaakt voor dwingende nabijheid en het lijkt erop dat het onschuldige staren van zo-even geëvolueerd is naar iets dat ik zou willen omschrijven als *schroomvallig gluren*. Er hangt ineens gevaar in de lucht en o wat is dat zalig. Eriek vertoont ineens veel meer aandacht voor het groepje op het podium, al werpt hij regelmatig tersluikse blikken naar mij. Ha, een beetje schuw, mijn ventje. Ik sta nu twee rijen achter hem en heb vol uitzicht op zijn nekhaartjes. Ze zijn schattig. Nadat ik me quasi toevallig nog wat dichter in zijn richting heb laten manoeuvreren door de deinende massa (het groepje op het podium doet het goed, de sfeer zit erin) kan ik af en toe subtiel tegen hem aanleunen zonder dat het opvalt. Alsof het tussen haakjes verder ook maar iemand zou opvallen. Waar houd ik me mee bezig? Maar goed. Ik sta nu pal achter hem. Mijn knie raakt de zijkant van zijn been! Drieduizend volt! Alle haartjes op mijn lichaam rechtop! Ik ruik hem. Over zijn geur – bedenk ik – heeft Marie me niets verteld. Maar wat ik ruik – een wat zoet, kruidig aroma – is onthutsend en tegelijk geruststellend. Nieuwe lieven zijn als nieuwe auto's en nieuwe kleren: ze ruiken beloftevol. Naar ongekend. En toch vertrouwd.

Mijn delicate benadering werpt intussen vruchten af. Ze laat Eriek toe nu en dan om te kijken en half verlegen, half vermetel van heel dichtbij naar me te glimlachen. Heerlijk. Het besef dat we binnen afzienbare tijd met elkaar zullen versmelten, ligt als een zoete zekerheid bestorven in onze onwennige blikken die in weerwil van zichzelf toch iets brutaals beginnen te krijgen. Houd ons maar eens tegen. Wij zijn al samen. Nu al, nog vóór we één woord tegen elkaar hebben gezegd, vormen we een paar. En allebei weten we dat met zekerheid. Wat is het heerlijk om dat geheim nog even te koesteren, het verlangen te rekken in de wetenschap dat de vervulling onafwendbaar is. En hoe gaaf dat Eriek net als ik een meester blijkt te zijn in de broze kunst van het uitstellen. Een kunst die alleen door de echte genieters wordt beheerst. Djeezes, moet je mij horen, hoe gewichtig! De ernst druipt van me af. Waarom moet je altijd je zin voor humor en zelfrelativering verliezen als je verliefd bent? Nu ja, niet getreurd, het is zoals het is.

Anissa komt naast me staan met haar krullenbol.

'Goed, hè?'

Ze bedoelt de muziek. Ik knik. Het groepje perst er nu alles uit, stampt en giert zich naar een onstuimige finale. Een kerel links van mij - meegesleept door de muziek - gaat helemaal uit zijn dak. Ik kan nog net een linkse hoek en een elleboogstoot ontwijken. Hossend en springend draait de jongen om zijn as, wervelend van links naar rechts. Spontaan ruimt iedereen baan om die dansende draaikolk plaats te gunnen. Ook ik laat me geamuseerd weg drummen, al moet ik toezien hoe Eriek erdoor van mij verwijderd raakt. Hij kijkt om. We glimlachen om de losgeslagen jongen. Onze eerste blik van verstandhouding! Bijna ben ik blij van mijn lieveling losgescheurd te worden. Het is een teken. We gingen te vlug. Het verlangen moet nog even op de proef worden gesteld. Een tromroffel en een laatste gitaarsneer maken een einde aan het optreden. De ontplofte jongen van daarnet landt opnieuw op de wereld. Hij kijkt me verhit aan, pupillen wijd. Anissa en de krullenbol staan elkaar ongegeneerd te kussen. Als het applaus is gaan liggen, komt er beweging in de massa. Iedereen gaat op zoek naar verse lucht en een verfrissing. Ook ik muis er tussenuit terwijl op het podium alles in gereedheid wordt gebracht voor het volgende bandje. Ik wil even bijkomen. Met bonkend maar gerust hart verlaat ik het strijdtoneel, wetende dat bij mijn terugkomst het magische steekspel in alle hevigheid zal verdergaan. Tijdelijk weerstand bieden aan de magnetische aantrekkingskracht van de liefde: een zoetere zelfpijniging bestaat er bij mijn weten niet. En een grotere weelde evenmin. Djeezes, ik lijk wel zo'n hoogdravende trut, gepokt en gemazeld en al. Terwijl er geen grotere melkmuil op de planeet rondloopt dan ik. Fuck maat, weet ik veel dat ik mij later op de avond dood zal schamen om mijn eigen pathetiek.

Opgewekt – met Anissa valt voorlopig niets meer te beginnen – ga ik een paar vrienden groeten die verderop aan de bar staan. *Hé Mathilde, we vroegen ons al af waar je bleef.* Ik krijg een drankje van Alex, daarna nog iets van Lilly, waarna ik zelf een rondje geef. Licht afwezig maar toch geamuseerd neem ik deel aan de gesprekken terwijl ik stiekem naar mijn Eriek blijf speuren die er blijkbaar net als ik voor gekozen heeft het slagveld een tijdje te verlaten. Dat ik hem niet onmiddellijk opmerk, deert me niet. Het is fijn om even op adem te komen in het bijzijn van vertrouwde vrienden. Al mag het ook weer niet te lang duren. Waar is hij nou? O, daar. Ik ontdek hem rechts van de zithoek, waar hij net als ik in gesprek lijkt gewikkeld met een groepje oude bekenden. Grappig om te zien hoe ook hij er wat afwezig bij hangt. Zie hem rondkijken. Hier, hier ben ik. Kijk dan toch. Joehoe, hier. Ja, hij vindt mij. Ik glimlach. Hij terug.

Natuurlijk kunnen we niet eeuwig teren op dit broze steekspel van blikken, maar tot zolang het duurt, barst de wereld van belofte. O, eindeloos zou ik hem stiekem willen gadeslaan, mijn Eriek, de streling van zijn blikken willen voelen op mijn vel. Hij heeft een prachtige glimlach, ogen die glinsteren van de binnenpretjes, van de ontelbare geheimen die hij me ooit – dat staat vast – in het oor zal fluisteren. Er gaat iets dierlijks maar tegelijk zachtzinnigs van hem uit. Zijn donkere, halflange kapsel is lichtgekruld, net als z'n bovenlip waardoor hij iets zuidelijks heeft, iets nonchalants. Geen gel in z'n haar, dat spreekt voor zich. Leve de natuurlijke charme. Dat gedoe met die gel tegenwoordig, pff, belachelijk. Net of ze met hun vingers in het stopcontact hebben gezeten, al die blitse jongens met hun piekhaar. Nog grotere ijdeltuiten dan meisjes zijn het. Aan sommigen merk je gewoon dat ze elke dag uren voor de spiegel staan. Niet Eriek. Hij heeft iets ongedwongens. Hij lijkt terughoudend, eerder verlegen, maar op een brutale manier. Hij heeft iets waardigs over zich, iets... koninklijks. Hé, wat? Ik val uit de lucht. Alex heeft net gevraagd of er wat scheelt.

'Je doet nogal raar', zegt hij.

Ik glimlach raadselachtig.

'Je ziet er zo... gelukkig uit', zegt hij.

'En? Is dat zo raar?' vraag ik. 'Zie ik er dan anders zo depri uit?'

'Nee, natuurlijk niet,' lacht Alex, 'maar je bent zo' – hij wikt zijn woorden – 'zo lichtzinnig, zo...'

Hij heeft gelijk, ik voel de blos op mijn wangen. De blos van de vrijheid, de blos van het avontuur.

'...zo zelfverzekerd', zegt Alex.

'Terwijl ik normaal een vreselijke twijfelkont ben, bedoel je?'

We schieten allebei in de lach. Ik moet opeens aan Dries denken. Verliefdheid is pure scheikunde, beweert hij. Liefde is een chemische reactie, een drug. Nu ja, voor Dries is alles scheikunde, maar het zou wel eens kunnen kloppen. Ik weet echt niet wat me overkomt. Er zijn vreemde krachten aan het werk. Alles gaat me wonderwel af, niets kost me moeite. Om me heen hangt het parfum van de overwinning. Alles, iedereen, heel dit decor, lijkt gemaakt om Eriek en mij met zachte hand naar elkaar toe te dwingen. Elk woord dat ik tot iemand richt, elk gebaar, elke beweging die ik maak, is stiekem opgedragen aan mijn stille aanbidder, die tussen zijn maten – net zoals ik – gelukzalig staat te floreren.

'Je staat in bloei', zegt Alex. 'Ja, dat is het.'

Hij kijkt me lachend aan, blij dat hij eindelijk de juiste formulering heeft gevonden. Alex, onze poëet, de schat, mijn goeie vriend. Ik heb zin om hem in de armen te vliegen, maar ik wil mijn Eriekje niet in verwarring brengen. Ik heb zin om de hele wereld aan mijn borst te drukken, zo gelukkig ben ik. Intussen vijf glazen wijn op, die zitten er wellicht ook voor iets tussen. Hoe prachtig is het leven toch. Hoe magisch de liefde. Hier in dit vage stadium tussen droom en daad valt niets te verliezen, alleen maar te winnen. Niets dat ons kan tegenhouden. Alle tijd van de wereld hebben wij. Ja, laat ons nog maar even in het voorportaal van de liefde blijven staan. Het is er heerlijk toeven. Hoe lang nog voor het zalige, geduldige wachten omslaat in de gretigheid van een kus? Hoe lang nog voor ik bezwijk? Voor het onafwendbare zijn beloop krijgt? Nu nog niet, nee, nu nog niet...

'Ben je dronken?' vraagt Anissa.

'Hé? Waar kom jij ineens vandaan? Ik zag je daarnet nog druk doende met jouw krullenbol.'

'Neig hé', glundert ze. 'En jij? Schiet het wat op met die Eriek?'

'Je kent me, trage starter, ik.'

'Kom.'

Ze grijpt me bij de arm.

'Tijd voor een beetje actie.'

Ik laat me door haar meevoeren. Alex wuift me na. Op hetzelfde moment brandt het nieuwe bandje los en het publiek begeeft zich in dichte drommen naar het podium. In het tumult raak ik Anissa kwijt. Hoe ik me ook tegen de stroom verzet, ik word meegesleurd. Als een drenkelinge zoek ik naar de boei die Eriek heet, maar hij valt nergens te bespeuren. Wanneer iedereen zo'n beetje zijn plek gevonden heeft en de rust weerkeert – nu ja rust, wat heet, de band produceert een slordige drie miljoen decibel – trekt iemand mij aan de mouw. De drummer veronderstel ik want om zijn hand zit een joekel van een verband.

'Ben jij niet de zus van Marie?'

Ik knik enthousiast. We moeten roepen om elkaar te verstaan.

'En jij bent de drummer?'

'Hé, hoe weet jij dat?'

'Van Marie, ze zei dat je je hand verstuikt had.'

Nou, daar staan we dan. Uitgepraat, zo lijkt het. Ik ben vreselijk slecht in smalltalk. Gesprekken gaande houden met onbekenden is niet mijn sterkste punt. In ijltempo lopen mijn grijze cellen een paar potentiële onderwerpen van gesprek af, maar geen enkel lijkt bruikbaar. Mijn hersens knetteren, maar mijn mond blijft stom.

'Je vraagt je misschien af hoe wij Marie hebben leren kennen?' redt de drummer ons.

Natuurlijk: Marie! Prima onderwerp. Ik heradem.

'Vertel', gil ik.

'Via Stan, het broertje van Harry. Harry is de oprichter van The owners of a shark', ons muziekgroepje. We zochten iemand die kan zingen. Liefst een meisje. Stan zei dat hij iemand kende. Laat maar komen, zeiden we. Nou, en dat was dan Marie.'

'Ze is nog maar dertien, hoor.'

'Ja, dat merkten we ook wel. Veel te jong. Spijtig want ze heeft anders wel pit. Erg grappig meisje trouwens, jouw zus.'

'Reken maar.'

'Als je haar bezig hoort, zou je niet zeggen dat ze pas dertien is. Weet je wat ze zei toen ze ons zag? *God, jullie zijn een stel oude mannen, dat had Stan me niet verteld.* Nou, we lagen in een deuk.'

'Typisch Marie.'

'Neige griet, echt waar.'

Er valt opnieuw een stilte. Op de drie miljoen decibel na dan. Ook als die gasten een ballad spelen, davert de keet op zijn grondvesten. Helaas, zelfs het geloei kan niet op tegen de onwennige stilte die neerstrijkt tussen de drummer en mij. Help! Ik weet niet wat te zeggen. Mondkramp is mijn deel. Waar is Eriek, waar is mijn vlam? Mijn prins? Het moment is daar. Hij mag me nu wel komen redden.

'En jij? Kun jij zingen?' doet de drummer zijn best.

'Ik? Djeezes nee.'

'Jammer. Jij hebt anders wel de looks.'

Fuck, die kerel wil mij toch niet versieren? Hij steekt zijn hand uit. De goede.

'Ik ben Rum.'

'Rum?'

'Iedereen noemt me zo. 't Is mijn echte naam niet, maar ik ben nogal een fan van Margerita's en Cuba Libre's, vandaar...'

'Nou,' zeg ik, 'Rum aan de drum.'

Geweldig debiel van mij. Heeft die arme jongen vast al duizend keer gehoord. Maar nee hoor, hij vindt het de top, een dijenkletser zo te zien. Ho maat, plooi nu niet dubbel van het lachen, dat is echt te véél eer.

'En jij bent dus Mathilde', herstelt hij zich.

'Ja, eh, sorry, natuurlijk, Mathilde, zus van.'

We schudden elkaar de hand. Eriek, waar ben je? Help!

'Dit is Harry, onze oppershark, hij speelt basgitaar.'

Rum wijst naar de krullenbol vlakbij die de opnieuw opgedoken Anissa nog maar eens staat te muilen. Al is verslinden een beter woord. Met huid en haar. Wat er van mijn arme vriendin overblijft, probeert zich spartelend los te maken van de veelvraat, maar hij heeft haar met zijn kaken in een houdgreep. Ik weet niet of ik het grappig dan wel onsmakelijk moet vinden.

'Har is een groot zoener', grijnst Rum.

'Heb ik al gemerkt, ja. Is hij nog nooit aangehouden of zo? Kannibalisme is toch strafbaar.'

Rum gaat weer plat. Echt een vrolijke jongen.

'Ginds bij die pilaar, met z'n ros haar, dat is Leo, onze zanger. Nu ja, zolang het nog duurt want hij is gevraagd door een ander groepje.'

Ik spot vluchtig de rosse gast die met z'n rug naar ons toegekeerd staat. Maar de enige die me echt interesseert, is natuurlijk Eriek.

'En dit is Marc, onze keyboardman.'

Een indrukwekkend lelijke jongen die vlak bij ons staat, zegt 'hoi'.

'Hoi', zeg ik en wend werktuigelijk m'n blik af. Zoals je doet wanneer het in een film té gruwelijk wordt.

Daar gaat mijn menslievende theorie over de onbelangrijkheid van het uiterlijk, bedenk ik. In één klap wordt ze van tafel geveegd. Djeezes, hoe kan iemand zoveel pech hebben? Hier sta ik met mijn mooie praatjes, besef ik ineens. Shame on me! Arme keyboardman. Ik knap dus wel degelijk af op lelijkerds. Misschien zitten er wel duizend raadselachtige kwaliteiten verborgen in deze aangrijpend lelijke jongen, maar geen haar op mijn hoofd dat overweegt ernaar op zoek te gaan. Eriek, schandalig mooie Eriek, ja die heeft al mijn aandacht. Op hém ben ik verliefd, nota bene zonder ooit een woord met hem te hebben gewisseld. Shit maat, hoe platvloers verliefd kan een mens zijn. Dat zal me leren. Wie denkt 'beter' of 'anders' te zijn dan de rest is eraan voor de moeite. Een banale trut ben ik, net als iedereen. En djeezes, wat een opluchting is dat! Glimlachend om mezelf vat ik moed.

'En waar is... ik bedoel, in het begin van de avond stond hier nog iemand bij jullie...'

'O, je bedoelt Eriek, onze gitarist,' onderbreekt Rum mij, 'die is al weg.'

'Al weg?'

'Ja, hij werkt af en toe in een industriële bakkerij. Om iets bij te verdienen. Z'n studie kost nogal veel geld en zijn ouders willen dat hij een duit in het zakje doet. En omdat we vanavond toch niet konden optreden...'

'O.'

'Om twaalf uur vannacht begint hij, tot zeven uur morgenvroeg. Hij liever dan ik.'

Het is over halftwee als Anissa en Har, de onverbiddelijke zoener, uitgemuild zijn. De krullenbol moet dan eindelijk naar huis toe. Niets te vroeg. Ik zie hem graag vertrekken. Best een aardige jongen, daar niet van, als hij tenminste niet kwispelstaartend staat te tongen. Maar ik verveel me. Al uren sta ik in een hoekje te treuren, kwaad op mezelf. Uitgeteld. Knock-out ten gevolge van Erieks onaangekondigde vlucht vooruit. Alex, Lilly en de anderen zijn ook allang weg. Er voltrok zich ergens een feestje waar iedereen vanaf middernacht welkom was. Gratis drinken en zo. Ze vroegen of ik meeging. Maar ik had er geen zin in. Naar huis wou ik. Mij in de armen van mijn zus gooien en haar vertellen wat er was misgelopen.

Maar Anissa bleef bij mij slapen – dat was afgesproken – en ik kon haar avondje toch niet vergallen door er vroegtijdig vandoor te gaan. Het liep net zo lekker voor haar. Al had ik dus mijn bedenkingen bij die Harry. *Het zoenoffer* noem ik hem in gedachten. Maar wie ben ik? Ja, wie ben ik? In elk geval niet het meisje dat zoals Anissa weet wat ze wil en er geen gras over laat groeien. Een trut ben ik. Een gigantische domme trut!

'Ach,' troost Anissa moederlijk als ik haar alles heb verteld, 'het komt wel goed, volgende week zie je hem weer en dan stap je gewoon op hem af en maak je 't aan. Je moet gewoon wat vlugger uit de startblokken leren schieten. Je kans grijpen.'

'Doe niet zo uit de hoogte', zeg ik.

'Hé, ben je pissed of wat?' vraagt Anissa.

'Sorry', mompel ik.

'Geen probleem', lacht ze, alweer goedgehumeurd.

'Nee, je hebt gewoon gelijk', zeg ik.

Tja, de waarheid steekt. Anissa zit gewoon minder gecompliceerd in elkaar dan ik. Ze gaat tenminste recht op haar doel af, terwijl ik urenlang een of andere geraffineerde paringdans ten beste geef die er alleen maar toe leidt dat mijn prooi vroegtijdig het strijdtoneel verlaat om bij de bakker broodjes te gaan bakken. Ik bedoel, ben ik een loser of niet? Anissa doet echt niet uit de hoogte. Ik kan nog iets van haar leren. Uiteraard is ze in haar nopjes vanwege die Harry. En wie in zijn nopjes is, heeft geen oor naar zielenpoten. Zo is dat. Haar ogen te zien schitteren, die gelukkige gloed op haar gelaat te aanschouwen: het stéékt gewoon. Waarom het ontkennen? Ik benijd haar.

'Wat ben ik toch een dom wicht', zeg ik, hengelend naar een beetje troost van mijn beste vriendin.

'Dat mag je wel zeggen', vindt Anissa.

Shit maat, veel begrip hoef ik van haar niet te verwachten vanavond. Ze zit blijkbaar in té hoge sferen. Maar kan ik haar verwijten dat ze niet snapt hoe zielig ik me voel? Hoe belachelijk? Poeh, driewerf poeh! Nee, natuurlijk niet. Hoe zou ze ook. Djeezes, ik begrijp het zelf ternauwernood. Ik met mijn mooie theorieën over de liefde en al. Over de kunst van het uitstellen en het rekken van verlangens. Gênant gewoon. Moet je mij hier zien staan, bijtend op mijn onderlip. Spijt en zelfhoon vreten aan mijn hart dat weer eens klemt als een noot in een notenkraker. Ik wil dood. Nu ja, dat is misschien wat sterk uitgedrukt. Niet meer leven, dat lijkt er beter op. Eigenlijk, nu ik eraan denk, kan ik best een opkikkertje gebruiken.

'Heb je iets om te roken?' vraag ik.

'Een blunt bedoel je?'

Tjongejonge, ze kent die krullenbol pas vier uur en ze praat al als hij.

'Als je met een blunt een joint bedoelt, is mijn antwoord ja.'

'Hé, ben jij nog altijd slechtgehumeurd of zo?'

'Nee maar komaan, een blunt!'

Anissa giechelt.

'Zei ik dat?'

Ik knik.

'Sorry hoor. Nee dus, ik heb niets bij mij. Heb je 't al aan Dries gevraagd?'

'Is Dries hier dan?'

'Ja hallo, hij staat al sinds één uur te draaien.'

Mijn blik gaat naar de draaitafel. Dries ziet er schattig uit met die koptelefoon op zijn hoofd. Als hij merkt dat ik naar hem kijk (eindelijk!) grijnst hij breeduit en steekt z'n beide armen in de lucht, duimen omhoog. Moet je hem zien glunderen. Blij

als een kind. Soms assisteert hij Gilles, de vaste deejay van de
Okapi, maar vanavond mag hij er blijkbaar alleen tegenaan.
'Shit maat, niet op gelet.'
Ik duim terug.
'Ik ben van m'n melk, vrees ik.'
'Als jij het zegt.'
'Hij doet dat goed, niet?'
'Amai niet. De dansvloer staat propvol. Zullen we dansen?'
Ik haal mijn schouders op.
'Heb ik niet echt zin in.'
'Komaan, 't zou Dries een plezier doen.'
'Fuck Anissa, ik heb het verknald.'
Ik voel tranen opwellen. Anissa heeft het eindelijk begrepen.
Ze legt een arm om me heen.
'Maar nee, het komt goed. Ik heb volgende week afgesproken
met Harry. Eriek is zijn beste vriend, dus die komt zeker mee.
Zorg ik voor. En dan...'
Ze maakt het 'fluitje van een cent'-gebaar, blij dat ze mij een
schuchtere glimlach weet te ontlokken. De eerste in een paar
uren.
'Ik voel me zo rot. Zo stom.'
'Kom,' zegt Anissa, 'laten we gaan. Moest je op een bepaald
uur thuis zijn eigenlijk?'
'Nee, niet echt, maar ik wil toch naar huis. Slapen. Sorry.'
'Oké, ik haal onze jassen.'
Nadat ik me bij Dries ben gaan excuseren omdat ik niet kan
blijven, vertrekken we. Gearmd wandelen Anissa en ik
richting marktplein. De hemel staat vol sterren. Anissa loopt
te neuriën, maar houdt ermee op als ze beseft wat ze doet.
'Wees maar gelukkig hoor,' grijns ik, 'geneer je vooral niet
voor mij.'

Ze lacht, drukt zich tegen me aan.

'Hij kon er wat van hoor, mijn Harry.'

'Pfff, zo'n lebberkous.'

'En jij dan met je voortvluchtig bakkersgastje.'

Ik geef haar een stomp, giechelend zet ze het op een lopen. Ik achter haar aan. 'Je pa, zo'n schat', verandert ze even later van onderwerp. 'Als die ouwe van mij zou weten dat ik hier op dit uur nog rondhang, maakte hij gehakt van mij.'

'Runder of varkens?'

Na tien minuutjes stappen en nog wat jennen heen en weer arriveren we in de Vertommenstraat. De wandeling heeft me goedgedaan. Nee, er is niets onherroepelijks gebeurd. Anissa heeft gelijk. Uitstel is niet verloren. Ik ben verliefd en ik heb *touche*, wat zou ik treuren. We slaan het tuinpad in. In beide huizen brandt nog licht. Vreemd op dit uur. Ik zoek mijn sleutel in m'n jaszak. Wat ik niet voel, is het briefje dat ik pas een paar dagen later – op aanwijzen van Marie – zal aantreffen. Het zal – zij het dus met enige vertraging – mijn leven veranderen en misschien maar goed dat ik er aanvankelijk overheen kijk, want aan heftigheid geen gebrek.

Gaatje in
het vloerkleed

'Opa is vanavond overleden', zegt m'n vader.
Hij zit met Hermine in de living. Volle asbakken, lege glazen.
'M'n broers zijn net vertrokken', legt hij uit. 'Opa ligt
opgebaard in het rusthuis. Ze hebben daar een speciale kamer
om hun doden te bewaren. Hij blijft er tot aan de begrafenis.
We zijn er al even bij geweest, m'n twee broers, oma en ik. Ze
was van de kaart, oma. Maar toch ook een stuk opgelucht. Hij
is in haar armen gestorven. Vredig. Zonder angst. Ze slaapt
nu. De verpleegster van dienst heeft haar iets gegeven.'
'Gut', zeg ik.
'Als je wilt, gaan we er morgen heen om afscheid van hem te
nemen.'
'Ik weet niet...' aarzel ik.
'Alleen als je het wilt', zegt Hermine.
'Misschien ga ik liever naar huis', prevelt Anissa.
'Welnee,' zegt m'n vader, 'hij was tweeëntachtig en erg ziek,
dat is geen drama. Willen jullie nog iets drinken?'
'Hij had een hartziekte', licht ik toe.
'Arme man', fluistert Annisa aangedaan.
Hermine schenkt ons een glaasje wijn in. We zitten er een
beetje onwennig bij. M'n vader besluit het ijs te breken.

'En, hoe zit het?' polst hij. 'Alles gelopen zoals verwacht, de man van je leven ontmoet?'

'Vraag dat liever aan Anissa', wimpel ik hem af.

Het gezicht van mijn vriendin kleurt helemaal rood.

'Hola, dat ziet er serieus uit. Je hebt je huid toch een beetje duur verkocht, mag ik hopen?'

'Houd op Paul, pest dat meisje niet zo', springt Hermine in de bres.

'Nee nee', haast Anissa zich. 'Geeft niets, 't is gewoon dat ik dat niet gewend ben. Ik bedoel om door een volwassene op die manier te worden aangesproken. Maar 't is wel beestig', lacht ze. 'Gewoon effe wennen.'

'Nou, wacht tot je hem wat beter kent. Je krijgt vast genoeg van zijn geleuter', kom ik tussenbeide. 'Je weet niet half wat een bemoeial hij is. Overal steekt hij zijn neus in.'

'Hé, wat sta jij op scherp zeg', grijnst hij. 'Eentje gerold vanavond of zo?'

Anissa schrikt zich een hoedje.

'Hij weet dat ik er af en toe eentje rol', stel ik haar gerust.

'O.'

'Hij doet het zelf ook.'

Anissa begint verlegen te giechelen.

'Schrik je daarvan?' glimlacht m'n vader.

'Beetje toch.'

'Weten jouw ouders dan niet dat je af en toe een jointje rookt?'

'Dat is gewoon ondenkbaar. En dat ze het zelf zouden doen is helemaal...'

Ze schatert het uit.

'Oeps, sorry... ik eh... ik bedoel, er is iemand gestorven...'

'Maakt niet uit', sust m'n vader. 'Die oudeheer van mij kon

wel tegen een grapje. Trouwens, het is niet omdat hij vanavond heengegaan is – goddank rustig, zonder pijn – dat we hier de hele nacht moeten zitten grienen. Ik wil daar niet hypocriet over doen: ik voel me eerder opgelucht dan verdrietig. Hij heeft een fijn leven gehad, goed dat m'n moedertje nog een paar jaar krijgt om van het hare te genieten. Ze heeft genoeg voor hem gezorgd. Nee, het is mooi zo. Hij heeft waardig kunnen vertrekken. Ik vind het juist prettig om op een avond als deze met een paar jonge meisjes van gedachten te kunnen wisselen. Het heeft iets symbolisch... iets afgeronds, al weet ik niet precies wat. Of klinkt dat te raadselachtig?'

'Ben ik gewend van jou pa, maar Anissa wellicht niet. Houd daar een beetje rekening mee.'

'Nee nee, kijk vooral niet naar mij, ik vind het super, echt', haast Anissa zich.

'Een mens zou er zin van krijgen. Heb je wiet in huis, pa?'

'Ja,' lacht hij, 'maar dat gaan we niet doen. Niet nu. Dat zou net iets te zijn.'

'Hebben jullie dan al samen geblowd?' vraagt Anissa.

Ze slaat beide handen van verstomming voor haar gezicht.

'Eén keertje, met Nieuwjaar, samen met Dries. Marie was stikjaloers.'

'Shit maat.'

Anissa rolt met haar ogen van verrukking.

'Ik vond het maar niks', lacht tante Hermine. 'Ze hadden alle drie de slappe lach. Marie en ik zaten erbij voor spek en bonen.'

'Het was zalig, waar of niet papa?' meng ik mij, niet van plan mij een topmoment te laten afsnoepen.

Hij knikt.

'En juist bovendien', glimlacht hij.

'Wat bedoel je, juist?' vraagt Hermine.

'Om het met die gasten te doen. Lekker relaxed. Niets aan de hand.'

'Ik weet het niet,' zucht Hermine, 'gebruikelijk kun je 't in elk geval niet noemen.'

'Gebruikelijk of niet, mochten al die rabiate tegenstanders van een onschuldig frietzakje maar eens inzien dat een hechte vertrouwensband met hun kinderen veel heilzamer is dan elkaar voor het lapje te houden. De realiteit negeren, je kop in het zand steken: wie wordt daar beter van? Niemand toch?'

'Dat zeg jij.'

'Ach komaan Hermine, je leest de kranten toch ook, iedereen die bij de tijd is, wéét ondertussen dat jongelui rond hun zestiende experimenteren met wiet. Het zit in de jeugdcultuur ingebakken. Waarom blijven al die ouders dan doen of hun neus bloedt? Hun zonen en dochters blowen allemaal, een uitzondering niet te na gesproken. Maar o wee, als je hen dat durft te zeggen. Woest worden ze. Mijn kind, schoon kind... lachwekkend, pathetisch. Ik bedoel, zijn ze dan zelf nooit jong geweest, die ouders?'

'Ja, allemaal goed en wel. Maar ben jij dan niet bang dat die gasten later naar zwaarder spul zullen grijpen?'

'Natuurlijk ben ik daar bezorgd over. Ik herinner me hoe ik zelf was toen ik achttien was. Juist daarom prefereer ik af en toe een jointje te rollen met dat jonge grut. Dat schenkt mij de permissie om ongebreideld met hen over de gevaren van drugs te discussiëren. Snap je? In tegenstelling tot al die fatsoensrakkers die een onschuldig jointje verketteren en elk gesprek erover met hun zonen en dochters bij voorbaat de kop indrukken.'

Anissa hangt aan zijn lippen.

'Weet je,' vervolgt hij, 'daar kan ik me zo over opwinden, dat ouders niet inzien dat hun hypocriete houding precies uitlokt wat ze te allen prijze willen vermijden. Ja, taboes leiden tot misbruik, openheid daarentegen – daar ben ik van overtuigd – tot gematigdheid. Daar hoef je toch niet voor gestudeerd te hebben om dat in te zien.'

'Misschien heb je wel gelijk', zucht Hermine. 'Maar mij kun je bezwaarlijk een fatsoensrakker noemen en toch ben ik bang dat tolerantie ook wel eens tot misbruik kan leiden. Bovendien, is zo'n jointje wel zo onschuldig als de voorstanders graag willen geloven? Ik las laatst dat cannabis helemáál niet zo ongevaarlijk is.'

'Klopt. Er is een studie dienaangaande op komst. En misschien moeten we onze tolerantie inderdaad terugschroeven op grond van deze bevindingen. Maar dan louter en alleen omdat de gezondheid in het gedrang zou kunnen komen. Want laten we niet hypocriet zijn, ouders die nu furieus tegen cannabis ageren, doen dat niet om gezondheidsredenen. Meestal roken en drinken ze zelf als de neten, die ouders, dus op dat vlak moeten ze dimmen. Nee, in negen van de tien gevallen gaat het over fatsoen. Over manieren. Over de wereld die instort als zou blijken dat een kind van hen aan *het verbodene* zit. Over gezag gaat het. Dat het ontoelaatbaar is dat hun kind iets zou doen waar zij het oneens over zijn. Over ongenaakbaarheid dus. Over niet kunnen tolereren dat zo'n puber een eigen wereld ontdekt, dáárover gaat het. Over angst met andere woorden. Angstige, conservatieve ouders versus kinderen met een ongebreidelde vrijheidsdrang: dat móét wel vonken geven. En misverstanden. Rebellie wordt namelijk alleen maar in het leven geroepen door de bekrompenheid van sommige ouders, laat dat duidelijk wezen. De eeuwenoude, absurde generatiekloof mag nooit ofte nimmer de jeugd worden aangerekend. In een wereld bevolkt met hoofdzakelijk bekommerde, kritische, begripvolle ouders die er een open geest op nahouden, zou de *clash der leeftijden* niet denkbaar zijn.'

Anissa luistert met rode oortjes. Hermine zit te knikken, maar net als ze op het punt staat m'n vader openlijk gelijk te geven, voegt hij er doodgemoedereerd aan toe: 'Al is het nog de vraag of dát dan wel zo goed zou zijn?'
Typisch m'n pa. IJzersterk betoog houden en net als het hele ding staat als een huis de fundamenten er weer onderuithalen. Maar daar gaat hij alweer. Niet te stuiten, die man. Als hij eenmaal op zijn praatstoel zit...
'Maar wat je daarnet aanhaalde, te weten jouw vrees dat een tolerante houding net zo goed tot fataal druggebruik kan leiden, ja, natuurlijk is dat zo. Vertrouwen kan altijd beschaamd worden. Gedogen houdt iedere keer een zeker gevaar in. Dat wéét je gewoon. So what? Ik wil toch opmerken dat dulden nog iets anders is dan slap ondergaan. Je doet niet of je neus bloedt. Je duldt iets zonder evenwel het hoofd af te wenden en bovendien – niet onbelangrijk – je dialogeert erover. En dat is nu net het punt. Geloof je echt dat al die gasten die clandestien roken zónder dat hun ouders het weten of willen weten, die hun ouders beliegen uit angst voor represailles of omdat er eenvoudigweg geen opening is tot een verkwikkend gesprek, dat uitgerekend *die* gasten minder geneigd zullen zijn om bij gelegenheid iets sterkers te consumeren, ik denk bijvoorbeeld aan dingen als coke of ecstasy, dan mijn koters die daar vrijelijk met mij over kunnen discussiëren en intussen ook wel weten waar de klepel hangt?'
'Dat is toch waar, tante Hermine', val ik hem bij. 'Uit leugens

en gefluister komt toch meer ellende voort dan uit ongezouten eerlijkheid, tenminste dat zeg jij altijd.'

'Jullie hebben gelijk', bindt Hermine in. 'Geklopt met eigen argumenten. We willen allemaal een goede band met onze kinderen, maar weinigen voelen zich geroepen een klimaat te creëren waarin die verbondenheid daadwerkelijk kan gedijen.'

'Voilà.'

'Jullie beseffen niet hoe waar dat is', fluistert Anissa.

Ze heeft tranen in de ogen, merk ik geschrokken.

'Bij mij thuis is dit verboden gespreksstof. Nu ja, elk onderwerp dat niet honderd procent deugdzaam is of ook maar één millimeter afwijkt van het geijkte pad, is bij ons verboden gespreksstof.'

'Nou,' tracht ik haar op te beuren, 'denk maar niet dat die ellendige vrijmoedigheid altijd amusant is. Je wordt er soms zo moe van, van al die openhartigheid. Echt waar. Hij kan doordrammen hoor, m'n pa. Hij lulde al over drugs toen m'n zus en ik nog amper konden lopen. Seks, drugs, incest, euthanasie, de hele rimram, er is geen heikel onderwerp of hij leutert er al over sinds we uit onze luiers zijn gegroeid. Hij kan echt zeiken, hoor.'

M'n vader laat mijn aanval grijnzend over zich heen gaan.

'Nou, weet je, jij en je zus anders ook', lacht hij.

'Van wie zouden we 't hebben, denk je?'

'Ik vind het prachtig', haast Anissa zich.

'Weet je 't zeker?' vraag ik.

Natuurlijk weet ze 't zeker. Ze gaat compleet voor hem door de knieën, merk ik. Altijd hetzelfde, al mijn vriendinnen zijn gek op hem. Nu ja, zou ik ook zijn in hun plaats. Al die vaders... schimmen zijn het vergeleken bij mijn oudeheer. Ik ben gewoon verrekte trots op hem. 't Is waar dat hij constant achter onze kladden aanzit, maar drammerig is hij nooit. Of toch maar zelden. Vanaf de geboorte moet je die dreumesen op de nek zitten, luidt zijn devies. Met ze praten, lachen, leuteren. Je moet niet – zoals veel vaders doen – met een kind gaan overleggen als het al zestien is. Dan is dat kind volledig dichtgegroeid bij wijze van spreken, krijg je een middelvinger te zien. Fuck you man. En dan zijn die ouders nog verbolgen ook. 't Is echt zijn stokpaardje. Kinderen opvoeden is helemaal niet de zware opdracht die velen er van maken, vindt hij. Je moet er alleen vroeg genoeg mee beginnen en nooit versagen. Geef hem maar eens ongelijk. Natuurlijk is zijn aanpak de juiste. Ik kan me werkelijk niets voorstellen waarmee ik niet bij hem terecht zou kunnen. Het is niet zo dat hij ons onvoorwaardelijk onze gang laat gaan. Integendeel, hij is streng als het erop aankomt. Hij overlaadt ons voortdurend met kritiek, laat geen spaander van ons heel als hij denkt dat we ongelijk hebben, maar tegelijk is hij ook de man die eindeloos luistert als we iets op onze lever hebben of toevallig in de rats zitten. Een vader die staat als een huis. Al zal je 't mij zelden hardop horen zeggen.

'Niets voor elkaar hoeven te verbergen, ik kan het me niet eens voorstellen', dweept Anissa. 'Is er dan echt niets... ik bedoel, waarvan je het gevoel hebt: dit kunnen we niet op tafel gooien?'

'Dat ik lesbisch ben!'

Marie is naar beneden gekomen, gewekt door ons geklets. Zoals gewoonlijk mist ze haar entree niet.

'Ja,' lacht m'n vader, 'dat zou pas goed nieuws zijn. Geef mij maar een dartel schoondochtertje in plaats van zo'n vettige puistenkop.'

'Hoor hem', gnuift ze.

'Moet jij niet in bed liggen, jij?' vraagt Hermine. 'Het is bijna drie uur.'

'Ik kan niet slapen, ik moet aldoor aan opa denken. Oma vertelde laatst dat hij goed kon dansen toen hij jong was. Tango en zo. Is dat waar, papa?'

'Zeker is dat waar.'

'Ik kan me dat niet voorstellen. Van oma wel, maar niet van opa. Ik kan me niet eens inbeelden dat hij ooit jong geweest is. Raar hè?'

'Marie en ik waren een beetje bang voor hem', richt ik me tot Anissa.

Marie verbetert me: 'Een bééétje, zeg je.'

'Over de doden niets dan goed', komt Hermine tussenbeide, bang dat we m'n vader zullen kwetsen.

'Laat ze maar', glimlacht hij.

'Sorry, papa', zegt Marie.

'Geeft niet, zoetje. Ga door.'

'Hij keek altijd zo nors. Weet je nog', richt ze zich enthousiast tot mij, 'die keer toen we bij opa en oma op visite waren, wij twee? Oma was met de fiets om boodschappen. Ik moest dringend naar de wc, maar was nog niet echt aan zelfstandig plassen toe. Dus deed ik een beroep op opa. "Opa, ik moet pipi doen", zei ik. "Zeik maar in je broek", antwoordde hij, zonder uit z'n krant op te kijken.'

M'n vader, Hermine en Anissa komen niet bij van 't lachen.

'Ja, lach maar, ik stond daar wel mooi te kijken.'

'Dat verhaal kende ik nog niet,' hikt m'n vader, 'overdrijf je niet een beetje?'

'Nee, het is echt gebeurd', val ik Marie bij.

'Je zou van minder een trauma krijgen', zegt m'n zus, altijd in haar element als ze de lachers op haar hand heeft.

'Hij bedoelde het vast niet kwaad', legt m'n vader uit. 'Hij was nu eenmaal kort van stof en maakte wel eens grapjes die kinderen niet begrijpen.'

'Ja, bananen!'

'Toen oma terugkwam, was het al te laat. "Dat kind heeft op het vloerkleed gezeikt", grijnsde opa. Weet je nog, Marie?'

'En of. Geen plas die ik me méér herinner dan die. Ik deed het gewoon waar ik stond, met bibberende knieën. Het liep zo van me af.'

Als we uitgelachen zijn, valt er een stilte.

Mag ik niet bij jullie komen wonen, zal Anissa mij later die nacht – we liggen samen in mijn bed – lachend vragen. Ik gooi het wel op een akkoordje met die ouwe lui van mij. Ach, het zijn de slechtste niet, zal ik haar troosten. Nee, dat is waar, zal ze zeggen.

'Als opa lachte, blikkerde er een gouden tand in zijn mondhoek', herinnert Marie zich.

Ze wéét dat het risico naar bed gestuurd te worden kleiner wordt als ze over opa blijft praten.

'Ja, een gouden tand, dat was vroeger een teken van welstand', zegt m'n vader die zich zichtbaar amuseert.

'Er zit nog een staartje aan het verhaal van daarnet', bedenk ik opeens. 'Weten jullie nog die keer toen hij z'n allereerste hartaanval kreeg, opa? Op een zondag. We waren er allemaal, de hele familie. Oma zat naast hem in de canapé. Ze woonden nog thuis. Zijn hoofd viel ineens opzij, iedereen in paniek, maar wat niemand zag, was dat de brandende sigaret die uit zijn mond viel een gaatje in het vloerkleed brandde. Precies op de plek waar Marie jaren eerder haar plasje had gedaan. Echt waar.'

'Zo zie je maar, in een vloerkleed zit meer geschiedenis dan je wel denkt', besluit Hermine.

We horen een deur dichtslaan.

'Hoi, is m'n ma soms hier?'

'Dries jongen, mooi op tijd', doet m'n vader.

'Ik mocht draaien in de Okapi', glundert hij. 'De max, maat.'

'Je bent veel te laat Dries, dat kan niet', zegt Hermine streng.

'Opa is gestorven', sust Marie.

'Nee? Echt? Shit maat, sorry, ik bedoel...'

Hij richt zich tot m'n vader, legt iets plechtigs in z'n stem: 'Eh, innige... shit, hoe noem je dat...?'

We schieten allemaal in een bevrijdende lach.

De grote levensvragen

In de rouwkamer waar opa ligt opgebaard, hangt een apart
sfeertje. Het bed is gedekt met een paarse sprei, opgetrokken
tot onder opa's kin, erbovenuit steekt zijn vaalbleke gelaat.
Zijn handen liggen gevouwen op zijn borst. Links en rechts
van het bed staan enorme kandelaars met brandende kaarsen,
van die dikke witte. De geur van kaarsvet maakt het bijna
gezellig, ware het niet dat áchter opa, aan de muur, een
indrukwekkende Christus aan z'n kruis vernietigend op ons
neerkijkt. Wat een enge man. Ik heb er nog nooit zo een
gezien. Zo'n joekel van een kruisbeeld, bedoel ik. Wij hebben
niets met kruisbeelden. Hermine en m'n vader houden niet
van dat gedoe. Gelukkig maar. God bederft de pret, zegt
Hermine altijd. Zo zie ik hem eerlijk gezegd ook: als een
spelbreker. Het leven lijkt me heel wat leuker zonder zo'n
engerd boven je kop die voor jou uitmaakt wat goed en kwaad
is. Daar beslissen wij tot nader order zelf over, vindt m'n
vader.
Pas nu valt mij een vreemd gezoem op. Het lijkt van onder het
bed te komen. Nogal luguber, maar na een tijdje went het.
'Een vriesinstallatie', legt m'n vader uit, 'om het lichaam van
opa koel te houden.'

'Djeezes', zeg ik. En schrik meteen van mijn uitroep. Die Jezus aan zijn kruis kijkt alsmaar bozer. Zoals ik al zei, ik geloof niet in die poespas, maar je weet toch maar nooit.

'Hoe lang ligt opa hier nog?' haast ik me mijn krachtterm uit te wissen.

'Tot aan de begrafenis, overmorgen.'

Ik verheug mij er al op. Mijn neven en nichten zullen er ook zijn. Ik vind begrafenissen het einde.

'Wordt het een kerkelijke dienst?'

'Ja, oma staat erop.'

'Fijn.'

'Waarom?'

'Zomaar... ik houd wel van dat theatrale.'

'Kun je jouw Latijn een beetje oefenen', glimlacht hij.

'Yammi!' doe ik.

'Opa ligt er vredig bij', zegt m'n vader.

Dat is waar. Hij oogt vriendelijker dan ooit. Om zijn mond speelt zelfs een vage glimlach. Hij ziet er ongevaarlijk uit. En ja, dat is hij ook. Nu.

Ik kan me met de beste wil van de wereld niet voorstellen dat hij de papa van m'n vader is. Zo een volstrekt ander mens. Onbegrijpelijk.

'Hield jij een beetje van je opa?' vraagt m'n vader.

'Niet echt', aarzel ik, bang hem voor het hoofd te stoten, maar onder het oog van die sip kijkende lendendoek aan de muur evenmin tot liegen in staat.

'Hij hield erg veel van jou', zegt m'n vader.

'Heus? En van Marie?'

'Ook natuurlijk.'

'Wel een beetje een rare man, hé?'

M'n vader glimlacht.

'Zeg dat wel.'

'Hoe weet je dat hij ons graag zag?'

'Dat weet ik.'

'Hij liet het niet altijd zien, hé?'

'Niet iedereen kan dat.'

'Wat?'

'Laten zien wat hij voelt.'

Ik knik.

'Jij wel, hoor', zeg ik.

Hij aait even over mijn hoofd. Hij heeft tranen in zijn ogen, merk ik nu pas. Dat is genoeg om ook bij mij de kraan open te zetten. Ik moet maar iemand zien huilen of ik ben vertrokken. Ik bestudeer opa's handen. Ze zijn krijtwit. Er zitten bruine vlekken op. De aders, vroeger dik opgezet, lijken zich te hebben teruggetrokken onder het strakgespannen vel. Het zijn mooie handen nu. Ze zullen nooit meer iets vastpakken, of strelen, besef ik, of een lastige vlieg wegwuiven. Ze liggen stil, in elkaar gevouwen op zijn borst, te genieten van hun welverdiende rust.

Ik begin me wat meer op mijn gemak te voelen. Het lijkt niet erg om dood te zijn.

'Ben jij bang om te sterven, pap?' vraag ik.

'Nogal,' zegt hij, 'maar ik hoop het niet meer te zijn, als het eenmaal zover is.'

'Stom dat we dood moeten', zeg ik.

'Heel stom.'

'Knap vervelend.'

'Je moet maar denken', zegt mijn vader, 'dat het ook voordelen heeft. Ik bedoel, het geeft je leven een zekere spankracht. Het besef dat er ooit een eind aan komt, legt je het vuur aan de schenen. Stel je voor dat het eindeloos doorging. Het leven zou lang zo mooi niet zijn. Het is die eindigheid die aan het leven een tragische schoonheid verleent. Anders zouden we maar voortdobberen, doelloos, eeuwig ergens tussenin.'

Gelukkig is Marie er niet. Die zou hem op dit moment de mond snoeren, vrees ik. *Niet zeuren, pa.* Maar ze was met geen stokken hierheen te krijgen: groot bakkes, klein hartje. *Nog voor geen miljoen ga ik die kamer binnen. Ik was al bang voor hem toen hij nog leefde, laat staan dat ik bij dat creapy lijk ga staan.* Ik, van mijn kant, vind het wijs hier te zitten en naar m'n vader te luisteren. Beetje kinky maar toch... Ik houd wel van wat diepgang, zo af en toe. Dat hoort erbij, vind ik. En dit is toch wel én het goede moment én de gepaste plek om een zalig eind weg te lullen over de grote levensvragen.

'Voor mama kwam de dood natuurlijk veel te vroeg,' vervolgt m'n vader, 'maar opa heeft zijn tijd ruimschoots gehad.'

'Jij gelooft niet in een soort leven na de dood, hè?'

'Ik wou dat ik ja kon zeggen', grijnst hij. 'Soms benijd ik diegenen die erin geloven, maar zelf kan en wil ik het niet. Nee, er is volgens mij geen leven na de dood, al vind ik het vreselijk je dat te moeten zeggen. Het klinkt zo hopeloos', besluit hij bijna verontschuldigend.

Maar ik voel me gerustgesteld door zijn woorden. Dood is dood. Als hij die verschrikkelijke waarheid dragen kan, dan zal ik dat ook doen. Ik voel me opeens heel moedig en sterk, daar, in die kamer, in gezelschap van mijn vader, met de dood binnen handbereik.

'Vreemd niet,' zegt m'n vader, 'ooit was jouw grootvader een kind dat kikvorsjes ving in de sloot en later een jongeman die verliefd werd, trouwde met je oma, een huis bouwde en kinderen kreeg die later ook kinderen kregen, waardoor jij bestaat en zo gaat het maar door. We zijn allemaal even overbodig als onmisbaar. Maar het is geen groot plan of doel van een of andere God. We zijn allen toevalstreffers.' Hij kijkt lang naar grootvader en dan weer naar mij. Er is iets met zijn gezicht. Opeens weet ik wat het is: z'n spotlachje ontbreekt. Dat spotzieke lachje van hem dat voortdurend lijkt te ondermijnen wat hij zegt. M'n vader is een groot tegenstander van mensen die zichzelf ernstig nemen. Wat hem niet belet af en toe met vuur z'n mening te verkondigen. Een mening die hij even later met veel bravoure tegen durft te spreken. Niet uit zwakheid of zo, maar omdat hij vindt dat er maar zelden één waarheid is. De zaken zijn altijd veel ingewikkelder dan ze lijken, luidt zijn devies. Het klinkt misschien raar maar die drang van hem om zichzelf voortdurend te ondergraven, maakt hem in mijn ogen net geloofwaardiger. Ik geloof heilig in m'n vader, ook al is zelfspot en spot in het algemeen zijn handelsmerk. Maar nu laat z'n branie hem in de steek, merk ik vertederd.

'Ik denk', vervolgt hij, 'dat de gedachte te moeten sterven voor sommige mensen zo ondraaglijk is dat het hen ertoe aanzet een God te verzinnen. Mensen kunnen niet leven met het idee dat het allemaal nergens op slaat. Dat ze eigenlijk nergens toe dienen en niet bijdragen tot een of ander groots project, waarvoor ze dan beloond worden met een hiernamaals. Die onrechtvaardigheid, snap je? Te moeten leven met de zekerheid dat je vroeg of laat het loodje legt terwijl het leven zónder jou gewoon doorgaat. Het vergt moed om met die vreselijke waarheid te durven leven zonder een beroep te doen op een troostrijk verhaaltje. Nee, voor mij geen geloof. Liever niet. Er is trouwens al genoeg oorlog gevoerd in naam van dat geloof. Ik ben best trots op mijn goddeloosheid.'

Mijn vaders zacht gesproken woorden vermengen zich met het monotone gezoem van de koelinstallatie en brengen mij in een soort roes. Wat zie ik hem ineens vreselijk graag. Ik bof toch maar.

'Tja,' glimlacht hij, niets vermoedend van wat er in mij omgaat, 'zo is het: je mama en ik hebben je dan wel het leven geschonken, we hebben je ook met de dood opgezadeld. Fijne ouders zijn wij, niet?'

'Jullie worden bedankt', zeg ik.

'Ach, graag gedaan.'

Het lachje is er weer.

'Nooit leven lijkt me anders ook maar niks.'

'Zo is het,' grijnst hij, 'pienter meisje van mij.'

We blijven nog een tijdje zonder een woord te zeggen naar grootvader zitten kijken.

'Hij was gek op mama', zegt m'n vader opeens.

'Wie niet', zeg ik.

'Ja,' zegt hij, 'wie niet. Laat me nog even alleen, wil je? Ik kom zo.'

Het briefje

Dries probeert me in de keuken vierkantsvergelijkingen bij te brengen. Hij speelt daarmee. Logisch als je tien uur wiskunde in de week krijgt zoals hij. Nu ja, logisch... Met twintig uur in de week zou ik er wellicht nóg geen jota van snappen. Om maar te zeggen: 't is alle hens aan dek. Opa wordt dan wel overmorgen begraven, aan de grote overhoring die net die dag gepland is, zal ik – Meelmuis kennende – niet ontsnappen. Opa's die sterven zijn voor haar geen reden om leerlingen te ontzien. Integendeel, ik weet wel zeker dat ze me de dag erna een megamoeilijke overhoring onder de neus zal schuiven. Fucking extra moeilijk omdat ze natuurlijk revanche wil nemen. De gortige bitch. Vanwege de bijkomende inspanning die ze – zo zal ze redeneren – heeft moeten leveren om met name die extra toets te prepareren. Alsof iemand haar ertoe verplicht! Ik bedoel, echt een heks, dat mens. Toch?
Nu ja, het is wat het is. Dries zet alle zeilen bij om mijn algebraïsche kennis wat op te krikken. Ik verzamelde afgelopen weken een paar onvoldoendes voor wiskunde en heb dus dringend behoefte aan een sterk cijfer, wil er geen vette onvoldoende op mijn volgende rapport verschijnen.
'We moeten dus de wortels van de vergelijking vinden', legt

Dries uit. 'Daarvoor kijken we eerst naar de graad van de vergelijking... snap je?'

'Tot hier wel...'

'Goed,' zegt Dries, 'het aantal wortels is gelijk aan...'

Op dat moment stormt Marie binnen. Ze ontdoet zich van haar jas, gooit haar rugzak in de hoek en loopt naar de ijskast.

'Ik verga van de honger', hijgt ze.

'Nu je 't zegt, ik ook,' zegt Dries, 'even pauzeren, oké?'

Voor mij niet gelaten.

'Jij ook iets?' vraagt hij aan mij.

'Nee, dank je.'

'Laat haar, ze leeft van de liefde', weet Marie.

Beiden beginnen boterhammen te smeren. Ik houd me bij m'n glaasje cola.

'Nu ik eraan denk, ik heb binnenkort jullie hulp nodig', zegt Dries. 'Mijn Ariadne II is bijna klaar, willen jullie me helpen bij de lancering? Volgende week of zo.'

'Doop', zegt Marie.

Ik zit, kauwend op mijn pen, afwezig door het raam te staren. Dries maakt wuivende bewegingen voor m'n gezicht met zijn beide armen, de onnozelaar. Ik doe of ik het niet zie.

'Ze is er de laatste tijd niet echt bij, onze Mathilde', doet hij.

'Nee, ze zit met haar gedachten bij haar Eriekje', giechelt Marie. 'Haar nieuwe vlam.'

'Aha,' zegt Dries, 'ken ik hem?'

'Hij is gitarist bij The owners of a shark.'

'O ja, die Eriek, ja die ken ik. Toffe gast. Nogal een speciale, volgt fotografie in Gent. Hij sprak me een tijdje geleden aan in de Okapi. En? Is 't allang aan?'

'Nee,' zegt Marie, 'het is helemáál nog niet aan. Mathilde

heeft haar tijd nodig, je kent haar toch. Maar vertel eens? Wat zei hij allemaal?'

'Wie?'

'Ja hallo, die Eriek.'

'Bwa, van alles, precies weet ik het niet meer. Zozo, die vuile smeerlap maat, mijn nichtje binnendoen zonder er mij iets van te zeggen.'

'Zijn jullie stilaan een beetje uitgeluld over Eriek en mij?' vraag ik quasi boos. Al vind ik het eigenlijk wel leuk om samen met mijn toekomstige over de tongen te gaan.

'Hallo maat,' grijnst Dries, 'die staat hevig.'

'Net goed, want het moment van de waarheid is aangebroken', zegt Marie.

Klinkt best geheimzinnig.

'Wat bedoel je?' vraag ik.

'Dat weet je beter dan ik', zegt ze.

'Wat dan?'

Ik barst zo'n beetje uit mijn voegen van nieuwsgierigheid.

'Houd je niet van de domme, je hebt zijn briefje toch gelezen, of niet?'

'Welk briefje? Wiens briefje?'

'Van Eriek.'

'Ik weet niets van een briefje van Eriek.'

'O nee?'

'Nee. Jij wel? Fuck maat, wil je eindelijk eens zeggen waar je 't over hebt.'

'Eriek vroeg me daarnet of je zijn briefje al gelezen had en wat je ervan vond.'

'Daarnet?'

'Na school. Ik liep even langs bij Stan. Harry en Eriek hingen er ook rond.'

Mijn gedachten springen overal tegelijk heen. Een briefje? Waar? Wanneer? Hoe komt het dat ik het niet weet? Wat staat er dan in dat briefje? Mijn mond valt open van verbazing, er kan ongeveer een brood in, denk ik.

'Shit maat, ze weet het volgens mij echt niet', schampert Dries.

'Ik zou maar eens in de zakken van m'n jas kijken als ik jou was', zegt Marie doodleuk.

Ik stuif naar de gang, doorzoek Maries jasje.

'Niet het mijne, het jouwe, stom kuiken.'

'Maar je zei toch...'

'Maar nee...'

'Laat maar.'

Opgewonden inspecteer ik mijn jasje. Niets.

'Welk jasje? Heeft hij gezegd welk jasje?'

'Je rode dat je zaterdag aanhad.'

Op m'n kamer! Ik vlieg de trap op. Linkerzak... niets. Rechts... niets. Binnenzak... geen briefje. Ik begin opnieuw. Ja hoor, een in achten gevouwen, minuscuul propje. Trillend, met bonkend hart vouw ik het open.

Er staat:

Lieve Mathilde,

Ik weet niet hoe ik dit moet zeggen. Al een paar weken, wat zeg ik, máánden, ben ik verliefd op jou. Elke nacht word ik in mijn dromen door jou bezocht. Het is allemaal nieuw voor mij. Nooit eerder ben ik zo van iemand wég geweest. Ik weet er geen raad mee, voel me tegelijk supergelukkig en deep down. Gelukkig omdat jij in m'n leven kwam, down omdat ik vrees dat het een onbereikbare droom zal blijven. Daarom dit briefje. De knoop moet doorgehakt of ik word gek.

Beetje flauw misschien dat ik jou op stiekeme wijze benader en je niet persoonlijk zeg wat op mijn hart ligt. Nee, een vlotte versierder ben ik niet. Al vele keren heb ik moed staan verzamelen in de Okapi, maar ik durf de stap niet te zetten, bang dat je mij zou afwijzen. Niet dat ik me in mijn eer gekrenkt zou voelen of zo, maar de teleurstelling zou ondraaglijk zijn.

Je merkt het, een heldenrol is aan mij niet besteed. Er zit weinig Bruce Willisgehalte in mij. Mijn vrienden lachen mij vierkant uit. Volgens hen is het duidelijk dat ook jij verliefd bent op mij. Jouw zus zegt het ook. Als het niet zo is, vergeet dit briefje dan, maar mocht het – please – wel waar zijn, stap dan zaterdag op jouw lafbek af. Of beter nog: vlieg mij in de armen. Dat doe je namelijk keer op keer in mijn dromen. In slow motion natuurlijk, zodat het eindeloos lang duurt voor we elkaar omstrengelen. Zo lang dat het pijn doet. Zoete pijn. Op de achtergrond kleverige muziek. Violen en zo. Net als in die stroperige Amerikaanse films.

Lieve Mathilde, laat verbeelding werkelijkheid worden. Ik zou de gelukkigste idioot op aarde zijn. Ik weet het, het klinkt voorbarig, maar ik zie je zielsgraag.

Tot zaterdag, ik kus en omhels je in gedachten,

Eriek

PS: Ik ben niet altijd laf, hoor. Om maar iets te noemen: ik slaap met het licht uit en een vlieg doodmeppen, daar draai ik m'n hand niet voor om. Sterk, niet? Ook durf ik je het mooiste meisje dat ik ooit ontmoet heb te noemen.

Ik herlees het briefje zo'n slordige tien keer. Het wordt elke keer beter. Lief, grappig, romantisch, ontwapenend.

Marie staat aan de deur van m'n kamer nieuwsgierig toe te kijken. Ik probeer cool te blijven. Het lukt niet. Integendeel, er ontsnappen mij spontaan een reeks vreugdedansjes, mocht ik kunnen dan liep ik de muren op van blijdschap. Roef roef, ik schiet naar alle kanten. Beetje belachelijk, vrees ik. Ineens besef ik dat Marie hierover aan Eriek verslag zal uitbrengen. Ze doet maar. Of nee, Eriek tot zaterdag in het ongewisse laten omtrent mijn reactie, dát zou pas romantisch zijn.

'Niets zeggen, hè,' fleem ik samenzweerderig, 'we houden hem in spanning.'

Ze snapt het. Vrouwelijke intuïtie.

Ik zweef richting keuken, waar ik een tamtamrecital ten beste geef. Ik roffel op alles waar op te roffelen valt: de tafel, stoelen, het aanrecht, potten, pannen, de kapotte vaatwasmachine...

'Yes, yes, yes!'

'Nog zin in wortels?' vraagt Dries.

'Ben je gek of zo?'

'Meisjes...' doet hij laatdunkend, 'afgeleid door het minste.'

'Yes maat!' krijs ik, wapperend met Erieks briefje.

'Heeft ze de lotto gewonnen?' informeert Dries laconiek bij Marie.

'Hoeveel dagen nog?' vraag ik me hardop af.

'Vier', helpt Marie.

'Bedoel je wanneer de Ariadne II de lucht in gaat?' gokt Dries.

'Nee slimmerd,' zegt Marie, 'niet Ariadne II, maar Eriek I.'

Een gevallen engel

Ik heb me voorgenomen - al is het maar ter wille van m'n vader - heel erg te treuren om opa. Maar de hele bedoening maakt zoveel indruk op mij dat ik er een beetje high van word. Het dreunende orgel, de wierookgeur, het geschuifel van de stoelen, de ijle stemmen van het koor die me bij mijn nekvel grijpen, de verblindende glasramen waar het zonlicht in speelt, de in droefheid gedompelde mensen, de nasale stem van de priester die het voortdurend over *Gods barmhartigheid* heeft (wat een woord!), het bezwerende Latijn, de hier en daar om me heen meegemurmelde gebeden: zeer aangrijpend allemaal voor iemand die niet opgegroeid is met kerkelijke gewoontes, noch met het geklapwiek van engelen. Whaw! Maar dat ik mij opgelaten voel, heeft nog een andere oorzaak. Eriek natuurlijk. In het bijzonder zijn vurige bekentenis. Ik draag het briefje sinds ik het ontdekte onafgebroken bij mij, het brandt ook nu in mijn jaszak. Ik ken de inhoud uit mijn hoofd. Elke zin, elke letter, ja, elk leesteken staat in m'n geheugen gegrift en jaagt een permanent gevoel van opwinding door mijn aders. Ik heb een geheim! Een zoet en teder geheim. Erieks woorden dragen mij. De hele wereld ademt van belofte en zachtmoedig verlangen. Over alles heen hangt een waas van milde schoonheid. Zelfs het Christusbeeld boven het altaar – verlicht door flakkerende kaarsen – oogt dit keer vriendelijk. Ik had dat vroeger met sinterklazen ook: de ene zag er onbetrouwbaar uit, boosaardig zelfs, terwijl ik met een andere spontaan vrede had. Waar het precies aan lag, heb ik nooit geweten. Nu ja, vandaag zou zelfs de duivel in hoogsteigen persoon er in mijn ogen aimabel uitzien. In mijn hart is slechts plaats voor vrede en harmonie. Zelfs wanneer Marie me driftig aanstoot (*ik word hier ziek van die stank, wierook bwah!*), blijf ik een en al extatische glimlach. Niet te doen.

'Hé, hallo, gaat het een beetje?' vraagt ze.

'Ja hoor, fantastisch...'

'Heb jij shit gerookt of wat?'

'Welnee.'

'Fuck maat, doe die verzaligde grijns van je smoel of ik word gek.'

'Rustig Marie, rustig...'

'Djeezes Mathilde, houd op, doe normaal.'

Ze kan briesen wat ze wil, haar ergernis dringt nauwelijks tot me door. Ik vertoef in hogere sferen en ben van plan daar nog lang te blijven. Vol van mezelf ben ik. Gedragen door mijn eigen verliefdheid. Vervuld van zaligheid. *Geloofd zij Mathilde. Amen.*

Wat er verder tijdens de dienst gezegd wordt, ontgaat me al evenzeer. Opa's naam valt een paar keer, maar voor de rest... De hele tijd droom ik weg, bevangen door die onaardse vreugde. Net als in de tijd van de barbies word ik meegezogen door de draaikolken van mijn fantasie. Wég van de wereld ben ik, er hoogstens nog mee verbonden door een soort automatische piloot die mij zo'n beetje door al die fabelachtige, verpletterende indrukken heen loodst. Wanneer opeens de mensen overeind veren, ga ook ik werktuiglijk staan. Het roffelende, schurende gerucht, veroorzaakt door al die gelijktijdig verplaatste stoelen rolt als een dreigende vloedgolf door de kerk. Niemand die er aandacht aan schenkt, maar mij doet het wegstervende geluid trillen op m'n benen van ontzag. Fuck maat, vreemd. Alsof alle impressies die de laatste minuten op mij afgekomen zijn, in dit mysterieuze gegalm een hoogtepunt vinden. Te veel indrukken, te veel prikkels al die tijd. Te overweldigend allemaal. Ineens gebeurt er iets. Ik ga een andere wereld binnen. Misschien om mezelf te beschermen. Weet ik veel. Zoals kinderen doen in hun spel. Ik duik weg in illusie en waan. Noem het met een groot woord zelfbegoocheling. De kerk wordt mijn theater, mijn speeltuin. God mag hier dan de baas zijn, ik ben het die vanaf nu de regie in handen heeft. Alle ogen zijn op mij gericht. Kaarsrecht schuifel ik mee in de rij richting altaar om het bidprentje van grootvader in ontvangst te nemen. Werd ik daarnet nog opgeschrikt door dat verontrustend geluid, nu word ik gedragen door de mooie, hemelse orgelmuziek. Hier ben ik veilig. Als in een droom schrijd ik voorwaarts. Nee, als in een film waarin ik – en ik alleen – de hoofdrol speel, omgeven door wel duizend figuranten. Gracieus, elegant, blik op oneindig, mij vaag bewust van mijn immense belangrijkheid, zweef ik over het middenpad. Alle ogen zijn op mij gericht. Een engel ben ik.

O, wat bevalt die rol mij goed. Kijk hoe ik de bewonderende blikken van de mensen minzaam in ontvangst weet te nemen. Koket en argeloos. Ik zie er vast beeldig uit in mijn mooie, nieuwe jurkje. Een onvergetelijke indruk schep ik. En die orgelmuziek maar zachtjes slepen, die iele stemmen van het koortje maar prachtig zingen, allemaal voor mij. Ik wil dat de langzame processie richting altaar eeuwig duurt. Het gerinkel van de in de schaal geworpen muntstukken, het gekuch van de rouwenden, de monotone, steeds herhaalde woorden van de priester elke keer als hij een soort zilveren deksel tegen iemands voorhoofd drukt voordat zijn hulpje het bidprentje overhandigt, de roerloze aanwezigheid van de kist waar we met zijn allen in een bocht omheen lopen: het is allemaal voor mij in scène gezet opdat ik zou kunnen schitteren in mijn rol. Mijn intentie heel diep om opa te treuren, schiet er totaal bij in. Té vol ben ik van mezelf.

Mijn hart bonkt vervaarlijk ondanks de bedrieglijke rust die in mij is neergedaald. Zelfverzekerd klikklakken de hakken van mijn nieuwe, glanzende schoenen op de kerkvloer en in de maat met mijn voorganger stap ik naar de in paarse gewaden gehulde geestelijke toe. Zelfs God – verbeeld ik me – houdt de adem in.

Ik neem me voor straks onweerstaanbaar elegant, met het prentje in mijn devoot gekruiste handen, naar mijn plaats terug te zweven, een tersluikse, intrieste blik werpend op grootvaders kist. Popelend van ongeduld nader ik de priester. Klaar om ook hem, met een vluchtige kniebuiging en devoot neergeslagen ogen, meedogenloos in te palmen.

Nog even en het is mijn beurt om het bidprentje in ontvangst te nemen. Ik klem een muntstuk in mijn linkerhand. De stem van de geestelijke is nu duidelijk hoorbaar, al begrijp ik nog altijd geen woord van wat hij murmelt. Plotseling komt de vertraagde film tot stilstand: een kras, een scheur, de droom valt aan diggelen. Terwijl ik mijn hand uitstrek naar de schaal, ontglipt het geldstuk mij. Tinkelend valt het voor de voeten van de priester op de grond. Hij heeft gewone zwarte veterschoenen aan, merk ik tot mijn teleurstelling. Ook dat stoorde me vroeger aan sinterklazen. Hun schoenen. Veel te aards, niet passend bij hun heiligheid. Maar veel tijd om mij te ergeren, heb ik niet. In een reflex buk ik mij en duik naar de wegrollende munt waarbij ik half onder 's mans purperen gewaden terechtkom. Mijn zus die me volgt, struikelt over mij en even later liggen we allebei languit voor het altaar. Christus aan zijn kruis – daar heb je hem weer – kijkt misprijzend op ons neer. Ik schaam mij diep, vloek binnensmonds, krabbel overeind, vergeet het bidprentje en stap met rood aangelopen hoofd in de rij. Het muntstuk blijft maar rollen. Onder de stoelen door, als bij wonder nergens tegenaan botsend, komt het met een wijde boog in de middengang terecht, waar het langzaam overhelt en tinkelend en rinkelend, uitgeput van zijn lange reis, neervalt. Links en rechts wordt monkelend gelachen. Iemand aait mij welwillend over het hoofd. Ik krimp vol afschuw ineen.

Strompelend bereik ik mijn plaats, Marie in mijn kielzog.

'Stom kuiken', sist ze.

Ik doe alsof ik het niet hoor.

'Kan nog geen twintig cent in een schaal mikken zo groot als een soepterrine.'

Ik trakteer haar op een gemene, achterwaartse trap.

'Auw!' Ze grijpt theatraal naar haar enkel.

Boze blikken alom.

Ik haat haar. Wanneer we weer op onze stoelen zitten, begint ze aanstellerig het bidprentje te lezen, dat ze – God weet hoe – toch heeft weten te bemachtigen. Ondertussen masseert ze met een van pijn vertrokken gezicht haar scheenbeen. O wat haat ik haar. Maar vooral haat ik mezelf. Gods oordeel is over mij gekomen, besef ik. Hij heeft me gestraft voor mijn zelfvoldane gedrag. Hoogmoed komt voor de val. Shit maat, dat heb ik wel erg letterlijk bewezen. Weg is de betovering, de opwinding, de zelfverheerlijking van daarnet. Schaamte overvalt mij. Diepe, diepe gêne. Het poeh-gevoel. En daarna woede, vermengd met een voorzichtig vleugje medelijden. Medelijden met mezelf. En ten slotte schuldgevoel. Arme opa. Al die tijd niet één keer aan hém gedacht. Waarna weer boosheid. Hij kan de pot op, God. Met zijn priesters met zwarte puntschoenen en zijn bespottelijke Christussen aan hun kruis.

De rest van de mis sluit ik me van het gebeuren af. Ik troost mezelf door naar mijn nieuwe schoenen te kijken. Eindelijk schuifelt iedereen naar buiten. Het zonlicht stort zich weldadig op ons. Klokken luiden. Mannen steken sigaretten op, vrouwen troepen samen, zoenen elkaar, kinderen lopen joelend het kerkplein op, opgelucht dat het voorbij is. Marie hinkt vervaarlijk. Vooral als ze merkt dat ik kijk. Mijn vader schudt vele handen. Zwart staat hem beeldig. Ik ga bij hem staan. Hij legt een arm om mijn schouder. Ik word voorgesteld aan verre familieleden die ik helemaal niet ken. Gekust, betast en bewonderd word ik. Handen worden vol ongeloof voor monden geslagen.

'Nee maar, wat ben jij gegroeid!'

'Mathilde, wat ben jij een mooi meisje geworden!'

Vooral dat laatste doet deugd. Mijn gedeukte zelfrespect kan best wat bijval gebruiken. Hoewel, *mooi meisje gewórden?* Was ik vroeger dan zo lelijk?

Marie, merk ik, heeft het hinken opgegeven. Ze komt haar deel van de aandacht opeisen.

'En is dat Marie? God lieve deugd, mensen mensen, wat gaat de tijd toch vlug!'

Zo gaat het nog een poosje door. Wie zijn al die lui, vragen Marie en ik ons af. Er komt geen eind aan.

M'n vader staat nu met Hermine, Dries en oma een eindje verderop. Marie rent erheen. Ze zegt iets en wijst op haar enkel. Hij wuift het weg. Ze trekt haar schouders op en komt weer naar me toe.

'Hier,' zegt ze, 'voor jou.'

En ze geeft me opa's bidprentje. Blij dat ze er vanaf is.

Zaterdag!

Het scheelt maar weinig of ik mag niet naar de Okapi.

'Opa is nog maar net begraven, blijf dit weekend maar eens thuis', zegt m'n vader.

De grond zinkt weg onder m'n voeten. Ik ben te geschrokken om zelfs maar te reageren. Verlamd ben ik.

'Papa, hang de sul niet uit', bemoeit Marie zich er diplomatisch als altijd mee.

Hermine brengt redding. Ze heeft blijkbaar iets horen waaien in verband met Eriek.

'Ach, laat haar toch, Paul, jouw vader zou het vast goedgevonden hebben, denk je niet? Het is een belangrijke avond voor Mathilde, heb ik begrepen.'

'Belangrijke avond?'

'Moet ik er een tekening bij maken?'

'Mmm... alweer? Toch niet zo'n modelgastje, mag ik hopen? Nu ja, goed dan, maar op een fatsoenlijk uur thuis. En geen geintjes.'

'O, wat is hij toch streng', jent Marie.

Ik knijp Hermine tot moes.

'Hé, en ik dan?' doet m'n vader verongelijkt.

Ik pak hem eens goed vast.

'Wat bedoel je in godsnaam met een modelgastje?' vraagt Marie. 'Zo'n afgeborstelde ijdeltuit die uren voor de spiegel staat en daarna quasi nonchalant in het voetlicht treedt. Zo'n egotripper die vol van zichzelf is en verder zo leeg als een lekke petroleum-tank. Je weet wel, het vlotte gastje, het genadeloos domme versierdertje met de zin voor humor van een manke giraffe...'

'Nou, bedankt hoor', snoer ik hem de mond.

'Waarvoor?'

'Voor de wijze waarop je mijn voorkeur voor jongens inschat.'

'Hij maakt maar een grapje', sust Hermine.

'Dat zou er nog bij moeten komen.'

'Nee nee, ik meen het', grijnst hij. 'Je kunt als vader niet voorzichtig genoeg zijn. Voor je 't weet zit je huis barstensvol met van die losers. Hoe noem je 't, Marie? Wankers, is het niet?'

'Papaa! Doe niet zo hip op jouw leeftijd, je bent belachelijk', zucht Marie, al kan ze nauwelijks een glimlach onderdrukken. 'Please, gedraag je!'

Hij kijkt als een berispte schooljongen. We liggen allemaal in een deuk. Vindt hij zichtbaar de max. Hermine, merk ik, kan haar genegenheid voor hem nauwelijks verbergen. Waarom zou ze ook.

Later op de avond, als ik me in de badkamer sta op te maken, komt ze even poolshoogte nemen. Ze werpt een goed-keurende blik op mijn spiegelbeeld.

Lachend zegt ze: 'De jongens zullen weer vallen bij bosjes, al is dat niet langer de bedoeling, heb ik begrepen.'

'Nee, er moet er maar één voor de bijl.'

'Arme jongen, hij maakt geen kans, zo helemaal in z'n eentje.'

'Ik zie er toch niet als een Marina uit, hé?' vraag ik bezorgd.

'Wees gerust, het is prima zo.'

'Vind je dat bloesje staan op die broek?'

'Perfect.'

'En dat rode jasje?'

'Uit de kunst.'

'Shit Hermine, ik ben nerveus.'

'Ik zie het. Je bent net een veulen dat voor 't eerst alleen naar de wei mag.'

'Niet normaal, hé?'

'Toch wel, tenminste als je verliefd bent.'

'Is het erg zichtbaar?'

'Je hebt van die lichtjes in je ogen, ja. En Marie heeft me een en ander verteld.'

'Wat een kwek toch, die zus van mij.'

'Niets kwaad aan hoor, ze was blij voor jou. Je kent haar. Ze kijkt echt naar je op, dat weet je wel.'

'Ik weet het, 't is een lieverdje. Wat zei ze allemaal?'

'Dat het een heel mooie jongen is en dat jullie stapel op elkaar zijn zonder dat jullie nog een woord gewisseld hebben.'

'Daar komt vanavond verandering in. Brrr, ik ben doodzenuwachtig. Had jij dat ook vroeger?'

'Nou...'

'Jij kon er wel weg mee hé, jij, met de jongens... ik bedoel mannen...'

'In 't begin waren het jongens, hoor', lacht ze.

'Heb je er veel gehad?'

'Ik mag niet klagen.'

'Aan elke vinger één zeker?'

'Hoe kom je erbij?'

'Je had vast veel succes, dat wéét ik gewoon. Mis je dat niet nu... ik bedoel... een man... aandacht?'

'Tja...'

'Iemand waarmee je je verbonden voelt.'

'Heb ik met jullie toch.'

'Iemand in bed als het koud is...'

Ze giechelt, argeloos als een bakvis. Ik besluit even door te duwen.

'Papa bijvoorbeeld?'

'Mathilde, hoe kom je erbij!'

'Zie je wel, je krijgt een kleur.'

'Ik? Helemaal niet.'

'Toch wel.'

'Gekkie.'

'Mij mag je 't vertellen, hoor. Marie en ik willen niets liever, weet je dat?'

'Wat?'

'Nu ja, dat jij en papa iets beginnen samen...'

'Is dat zo? Willen jullie dat? Lief van jullie.'

'En Dries ook.'

'Kijk eens aan.'

'Mama zou het ook de max vinden, weet ik zeker.'

'Denk je dat?'

'Tuurlijk.'

'En je vader, wat zou die ervan denken?'

'Zie je wel!'

'Wat?'

'Dat jij het echt wel wilt.'

'Heb ik dat dan gezegd?'

'Jazeker heb je dat. En natuurlijk wil papa het ook. Jullie zijn twee koppige ezels die het niet willen toegeven, maar jullie zijn gewoon stapel op elkaar, net als Eriek en ik.'

'Aha, heet hij Eriek ?'

'Niet afdwalen, we hadden het over jou en papa. Al aan gedacht hoeveel jullie als stel zouden besparen? Met die twee huizen kost alles dubbel.'

'Dus jij ziet het puur economisch', lacht ze.

'Uiteraard, wat dacht je. Nee, even serieus, het zou... ik bedoel, het klinkt misschien raar dat ik het zeg, maar het zou mama's dood zin geven. Snap je? Jullie hielden allebei zielsveel van haar en nu – na al die jaren – zijn die gevoelens voor mama omgebogen in... sla me dood als het melig klinkt... in genegenheid voor elkaar. Een blinde kan het zien. Die nachtelijke uitstapjes van m'n vader... geef toe dat je jaloers bent... het is allemaal zo stom, hij wil dat eigenlijk ook niet... Weet je nog die keer toen je erg ziek was? Hij was niet van je bed weg te slaan. Hij ziet je graag Hermine, alleen rust er een soort debiel taboe op die liefde van jullie. Iemand moet dat doorbreken. Jij! Papa kan dat niet. Maar jij wel. Met je vrouwelijke charme. Zonde, zo'n mooie vrouw als jij... hoe noemen ze dat... een oude vrijster... dat kán toch niet. Wil jij dan geen... liefde meer? Of seks?'

'Je bent wel op dreef', lacht Hermine.

'Ik sla spijkers met koppen, geef maar toe.'

'Als jij het zegt.'

Ineens is het ernst.

'Je weet niet hoe belangrijk het voor mij en Marie is, Hermine.'

Er valt een stilte. Hermine lijkt aangedaan. Ze buigt het hoofd, slaat de ogen neer, glimlacht bijna verlegen. Net een jong meisje. Ik verberg mijn ontroering.

'Zullen we een plan bedenken?' stel ik voor.

'Wat bedoel je?'

'Om m'n vader erin te luizen. Weet je wel, vrouwen onder

elkaar, we halen hem over de brug. Marie doet vast ook mee. En oma. Hermine zou een goede vrouw voor mijn Paul zijn, zegt ze altijd. Iedereen is ermee bezig, hoor.'

'Blijkbaar.'

'Wel?'

'Wel wat?'

'Hebben we een deal?'

'We zien wel.'

'Nee, niet opnieuw op de lange baan schuiven. We maken er werk van, oké? Jullie hebben nog twintig, wat zeg ik, nog dertig mooie jaren samen. Leven doe je maar één keer. Wordt het niet hoog tijd om eens een paar knopen door te hakken?'

'Je laat het er niet bij zitten, hé?'

...

'Kom op...'

...

'Oké,' zegt ze, 'we maken er werk van.'

'Echt!'

Ik maak een vreugdesprongetje. Iets waar ik sinds enkele dagen een patent op lijk te hebben. Hermine staat me hoofdschuddend aan te kijken.

'Jij bent een fantastisch meisje, weet je dat?'

'Ja, hoor.'

'Kom hier.'

Ditmaal knijpt zíj mij tot moes. Daarna staan we maar zo'n beetje onwennig met onze kont te draaien, geschrokken van al de intimiteiten die we net uitwisselden. Hoogst gênant. Maar tegelijk voelen we ons opgelucht, blij dat het eruit is. Eindelijk!

''t Is al goed, concentreer je nu maar weer op jouw Eriekje', redt Hermine ons uit de bedremmelde situatie.

'Shit ja, Eriek! Djeezes Hermine, ik sta te trillen op m'n benen. Erg hé?'

'Tja, de liefde...' zucht ze gemaakt theatraal, 'het is me wat.'

Oef, we hebben onze luchtige toon weer te pakken.

'Heeft Marie jou van het briefje verteld dat Eriek in mijn jaszak heeft gestopt?'

Ze knikt.

'Wil je 't lezen?'

'Als ik mag.'

'Hier.'

Terwijl ze leest, schik ik mijn kapsel en zet ik mijn lippen wat aan.

'Wat mooi,' zegt Hermine, 'lijkt me een heerlijke jongen.'

'Ja hè', glunder ik.

'Leuke brief van een prachtig lief', rijmt ze.

'Dat zou misschien nog een idee zijn...'

'Wat?'

'Een brief naar papa.'

'Van mij?'

'Ja, waarom niet. Alle remmen los.'

'Misschien...'

'Maar er komt in elk geval actie hè, beloofd?'

'Beloofd.'

Ik ruk me los van de spiegel. We lopen samen de badkamer uit.

'Eriekje, here I come, houd je vast aan de takken van de mast', declameer ik.

Hermine lacht: 'Moedig voorwaarts, zou je vader zeggen.'

De pieren uit de neus

Marie heeft haar matras naar m'n kamer gesleurd en ligt op
mij te wachten wanneer ik thuiskom. Eerst doet ze nogal
korzelig. Waarschijnlijk heeft ze zich liggen verlekkeren op
mijn verhaal dat naderhand weinig om het lijf blijkt te hebben.
Of misschien raakt ze geïrriteerd door mijn dromerige staat
van verliefdheid. Ik kan me dat best voorstellen: niks is
vervelender dan het gezelschap te moeten verdragen van
iemand die smoor is tot over haar oren. Maar tegelijk hangt ze
aan mijn lippen. Mijn lippen die nog verhit staan van Erieks
vurige kussen.

'Vertel, vertél!'

'Rustig, rustig...'

'Kom op, van bij het begin.'

'Goed, ik kwam binnen en Eriek was er al. Hij stond met een
paar vrienden te praten. Ik ben recht op hem afgestapt,
verstand op nul. Zijn vrienden maakten zich uit de voeten
toen ze me zagen aankomen. Je had hen moeten zien
wegstuiven. Alleen Eriek bleef staan. Stokstijf. Ik gaf hem een
zoen, zei dat ik zijn brief prachtig vond en dat ik net zo verliefd
was op hem als hij op mij...'

'En toen?'

'Dat was het dan.'

'Hoezo, dat was het dan?'

'Welja...'

Ze zwijgt verongelijkt, draait me boos haar rug toe.

'Whaw,' doet ze, 'wat een verhaal zeg, hartverscheurend mooi, ik krijg er de tranen van in de ogen.'

'Hé, waarom ga je nu mokken?'

'Ik? Mokken? Ik wil slapen, mag dat?'

'Dus je bent tot halftwee wakker gebleven om te kunnen slapen nu?'

Gekwetste stilte.

'Je doet het erom hè?' sist ze.

'Wat?'

'Mij tergen. Niks zeggen, terwijl je weet...'

'Ja hallo, stel dan misschien eens een paar vragen. Ik bedoel, waar wil je dat ik begin? Zoveel valt er eigenlijk niet te vertellen. Kan ik het helpen. Hij zat niet op een wit paard of zo, er moesten geen draken worden verslagen of duels uitgevochten. Verliefdheid is een saaie bedoening, tenzij je zelf verliefd bent. Snap je? Voor een buitenstaander is er niets aan.'

'Oké dan, wat hebben jullie daarna gedaan?' draait ze schoorvoetend bij.

'Niets. Eén en al glimlach staan wezen, meer niet, vrees ik. Het leek alsof mijn adem was afgesneden. Eriek zei eerst ook niet veel. Het was zalig om daar zomaar idioot naar elkaar te staan grijnzen. Nu ja, vergeleken met wat we er afgelopen week van bakten, een hele stap. Ik bedoel, afstandsgewijs waren we er mijlen op vooruitgegaan. We stonden nu tenminste oog in oog met elkaar. Klaar voor onze eerste grote scène, al deden we er weinig mee. In een film rollen de oneliners er zo uit, maar wij moesten het zonder tekstschrijvers doen, snap je?

'Zeg niet aldoor *snap je*, oké?'

Ik laat haar snibbige opmerking over me heen gaan.

'Kortom, onwennigheid troef daar', vervolg ik.

'Krampachtigheid alom. Erieks brief, dáár lag het natuurlijk aan. Die hing zo'n beetje als Gods eigen orakel boven ons hoofd te zweven. Weinig aan toe te voegen, alles gezegd. Elke poging om wat er in die brief stond achteraf te overtreffen, was bij voorbaat gedoemd te mislukken. Dus zwegen we wijselijk.'

Marie gaat weer op haar rug liggen, ten teken dat ze er opnieuw helemaal bij is.

'Niet dat de stilte pijnlijk was. Maar toch...'

'Ik snap het. En dan?'

'Even later begon Gilles te draaien. Kwam goed uit. Twee uur aan één stuk hebben we als gekken staan dansen.'

'Danst hij goed?'

'Ja hoor.'

'Dacht ik al. En daarna?'

'Toen zijn we gaan wandelen in het park.'

'Om te gaan vrijen zeker.'

'Zeker niet.'

'Staan tongen?'

'Wat denk je.'

'En?'

'Wat en?'

'Kan hij er een beetje weg mee?

'Als de beste.'

'Hij lijkt wel perfect, dat Eriekje van jou.'

'Wat wil je, dat ik hem afval?'

'Nee.'

'Wel dan.'

Mijn beurt om een beetje geïrriteerd te klinken. Niet zonder gevolg want Marie herstelt zich onmiddellijk.

'Zeg 'ns, hoe zit dat nu eigenlijk met dat tongzoenen? vraagt ze. 'In diezelfde films waar jij het daarnet over had, lijkt het allemaal zo makkelijk. Nooit zit er een neus in de weg of zo. Maar hoe weet je zonder regisseur of je jouw hoofd een kwartslag naar links of naar rechts moet draaien als je eraan begint?'

'Niet bij nadenken. Gewoon doen. Bij ons zat het meteen goed.'

'Had ik het niet gedacht.'

'Ja zeg, ik kan het ook niet helpen. Moet je me maar de pieren niet uit de neus halen.'

'En hoe lang moet zo'n kus nu eigenlijk duren om goed te zijn? Wanneer houd je op? Els beweert dat je erbij moet tellen. Stilletjes in jezelf. Tot twintig, zegt ze, dan is het schoon genoeg. Doe je 't langer dan begin je te kwijlen, beweert ze.'

Ik lig plat. Marie blijft doodernstig. De materie houdt haar blijkbaar erg bezig.

'Hoe komt Els daarbij?' vraag ik.

'Van haar zus, Mia, die is een jaar ouder.'

'Allemaal nonsens, je moet je gewoon laten meevoeren', zeg ik. 'Niet te veel nadenken. En zeker niet tellen. Dat lijkt me compleet geschift.'

'Els en ik gaan binnenkort oefenen.'

'Wát oefenen?'

'Nou, muilen...'

'Met elkaar?'

'Waarom niet. Heb jij nooit geoefend met een vriendin voor je 't bij een jongen deed?'

'Eerlijk gezegd, nee.'

'Vind je 't gek dan?'

'Nu ja, oefening baart kunst. Je hebt vriendinnen voor iets. Ze is toch niet lesbisch, Els?'

'Nee joh. Ze heeft een vriendje. Maar die durft niets. Daarom wil ze eerst met mij oefenen. Handig toch? Kan ze het daarna aan hem leren.'

'Slim bekeken. Waarom oefen je niet met Stan?'

'Mmja... misschien... wat hebben jullie nog meer gedaan?' ontwijkt ze.

'Gepraat daarna. Zonder ophouden. De ban was... hoe zeggen ze 't ook weer? ... gebroken. Hij valt voor dezelfde muziek als ik, voor dezelfde films, hetzelfde soort humor... Echt de max. Het klikt tussen ons. Niet normaal. Je hebt hem toch niet gezegd wat hij allemaal tegen mij moest zeggen?'

'Ben je daar weer?'

'Het is echt niet normaal. Alles wat hij zei, klonk vertrouwd. En tegelijk gaf hij er elke keer een originele wending aan. Een leuke draai, weet je wel.'

'Een leuke draai, weet je wel', aapt ze me na. 'Djeezes Mathilde, houd op. Straks ga je nog *ik had zoiets van* zeggen.'

'Hé, houd jij nu eens op. Ik ben gewoon enthousiast, mag het soms? Trut.'

'Sorry.'

'Al goed.'

'Misschien wou hij zich alleen maar interessant maken. Je weet wel, jongens...'

'Nu klink je net als papa. Nee, zo is hij niet, Eriek.'

'O pardon, ik wou je niet beledigen. Even vergeten dat hij de perfectie zelve is.'

'Je kunt het niet laten, hè', lach ik, niet van plan mij nog langer te laten opnaaien.

'Ik ben gewoon stikjaloers', grijnst ze.

'Je hebt jouw Stan toch.'

'Dat is niet hetzelfde', bekent ze in een zeldzame, onomwonden bui van vertederende kwetsbaarheid. 'Ik bedoel, wij zijn nog kinderen, Stan en ik. Hij hangt wel de stoere beer uit, maar eigenlijk durft hij me amper aan te raken. Maar best trouwens want ik ben net zo bang als hij.'

'Trek het je niet aan, toen ik zo oud was als jij speelde ik nog met de barbies', troost ik haar.

'Ja, da's waar', glundert ze.

'Nog nieuws van het thuisfront?' vraag ik.

'Dries z'n raket is eindelijk klaar. En Frederick is langs geweest. Hij moest je wat vragen in verband met iets op school. Hij belt je morgen wel, zei hij.'

Ik rek me uit. 'Mmmmm... ik moet slapen, morgen studeren... biologie en Latijn, bwek! Heeft Hermine nog iets gezegd?'

'Nee, waarom?'

Ik vertel Marie over ons gesprek in de badkamer.

'Vet,' zegt ze, 'doop maat, maar we moeten het warm houden, anders wordt het weer niets.'

'Precies, dat heb ik tegen Hermine ook gezegd.'

Ik doe het licht uit, ga op m'n rug liggen, vast van plan om heerlijk te dromen.

'Heeft Eriek iets over mij gezegd?' vraagt Marie.

'Shit ja, dat heb ik nog niet verteld. Hij vindt jou de max, echt waar.'

'Niet slijmen.'

'Geloof je 't niet? Hij kan niet over jou zwijgen. Ik wou dat ik ook zo'n zus had, zegt hij.'

'Ik vind hem anders ook wel te doen.'

'Afblijven hè, hij is van mij.'

...

'Marie...'

'Mmm?'

'Ik ben gelukkig, denk ik.'

'Proficiat. Houden zo.'

...

'Fokko.'

'Fokko.'

Rook? Waar rook?

'Ik weet niet, zouden we het wel riskeren?' aarzelt Dries.
Hij heeft er blijkbaar geen goed gevoel over. Ons eerst met
veel blabla optrommelen en dan op de valreep gaan twijfelen.
Net iets voor hem.
'Als er wat misgaat, neem ik het wel op mij', sust Marie.
Makkelijk gezegd. Als het erop aankomt, krijgen Dries en ik
het natuurlijk op ons brood.
De Ariadne II (Ariadne I werd een paar weken geleden door
Hermine in beslag genomen: veel te gevaarlijk!) is eigenlijk
een gedemonteerde oude fietspomp gevuld met *explosief
poeder*. Wat dat explosief poeder precies inhoudt, wil hij liever
niet kwijt. Keukengeheimen. Voor mij geen punt. Het liefst
wil ik er zo weinig mogelijk van weten. Vanaf het begin ben
ik niet gerust over het zaakje. De twee over elkaar heen
schuivende aluminium hulzen van de fietspomp – voor zover
Marie en ik het begrijpen – vormen de trappen van de raket. In
het staartgedeelte zit het poeder. Via het luchtgaatje van de
pomp leidt een van kaarsenpit gevlochten dertig centimeter
lange lont naar het ontstekingsmechanisme. De ontploffing in
het staartgedeelte moet de andere huls (de eigenlijke raket) de
ruimte in slingeren. Dat althans is grofweg de bedoeling.

Dries die gekleed is in een soort witte doktersjas, gunt ons – wanneer hij in zijn laboratorium rondlummelt – doorgaans nauwelijks een blik, maar dit keer is hij de attentie zelve. Ik, van mijn kant, vind het maar *zozo*. Jongensgedoe. Veel drukte om niets. Nooit mogen we ergens aankomen. Ja, professor Gobelijn zijn maatglazen en reageerbuizen afwassen, dat wel. Typisch. Maar zoals ik al zei, nu de lancering nadert, bakt Dries plots zoete broodjes. Blijkbaar vertrouwt hij het zaakje zelf niet. Wellicht is Ariadne II hem een beetje boven het hoofd gegroeid en wil hij liever niet alleen voor de gevolgen opdraaien indien het mis mocht lopen. Ja, ik heb 'm door, denk ik. Hij knijpt 'm gewoon. Marie doet erg enthousiast. En eerlijk gezegd, nu het moment van de waarheid nadert, ben ik geneigd mij door haar te laten meeslepen. Altijd de eerste om te klagen dat er in mijn leven nooit wat gebeurt, dus... niet zeuren, *en avant* ermee, laat de avonturen maar komen. Het zit me op dat vlak de laatste tijd toch al mee. Een raketje kan er heus nog wel bij.

Het ziet er allemaal heel echt uit. Met onderdelen van oude meccano heeft Dries een lanceerbasis gebouwd. De Ariadne II staat klaar in de steigers. Dries' werktafel bij het raam vormt het startplatform. De raket ligt een beetje schuin, met z'n snuit naar het geopende venster gericht. Hermine is boodschappen aan het doen, m'n vader naar Antwerpen een map tekeningen gaan inleveren bij zijn uitgeverij. De kust is vrij, we zijn er klaar voor. Marie repeteert nog even. Zij mag aftellen. *Ten, nine, eight...* en zo tot *one*, daarna neemt Dries het over. Al twee dagen komt er niets anders over haar lippen: *ten, nine, eight...* Ze wil op het cruciale moment geen fout maken.
Aan mij de twijfelachtige eer om de lont aan te steken. Ik heb

zo'n beetje het gevoel dat Dries die verantwoordelijkheid wat graag bij mij legt. Zelf zal hij *egnition* afkondigen. Het klinkt allemaal erg definitief.

Ik houd de aansteker in de aanslag. Mijn hand beeft lichtjes.

'Nu', zegt Dries.

Marie begint te tellen.

'...Three, two, one...'

'Egnition!'

De lont sist als een slang. We zoeken dekking achter het bed van Dries. In de spiegel van de kleerkast zie ik onze gezichten weerkaatst, wit van emotie, neuzen gekruld van de spanning. Het haar van Dries – stijf van de gel – staat in pieken rechtop, alsof hij zich bij voorbaat een hoedje schrikt. Met gebalde vuisten kijken we toe. Er gebeurt lange tijd niets. Marie wil gaan kijken. Dries houdt haar tegen.

'Wachten. Veel te gevaarlijk.'

Opeens verschijnen witte vuursterretjes onder aan de raket. Een rookpluim. Een knal. De geur van verbrand plastiek. Ariadne II valt van zijn voetstuk, begint sissend alle richtingen uit te kronkelen. De lanceerbasis valt om. Er volgt een steekvlam. Gevolgd door een soort angstaanjagend gereutel. En rook. Veel rook. Daarna nog een knal. Er vliegt van alles door de kamer. We duiken onder het bed. Het bureau vat vuur. Er zit een zwartgeblakerd gat in het tafelblad zie ik in een flits.

Marie: 'Djeezes.'

Dries: 'Doe iets!'

Ik: 'Wát dan?'

Het lijkt voorbij. Ariadne II blijft na een paar laatste stuiptrekkingen bewegingsloos liggen. Sist en reutelt dan zijn laatste adem uit.

'Ik ga kijken', zegt Dries.

'Zou je dat wel doen?'

De vlammen lijken geluwd, maar we zien elkaar niet meer staan door de rook. Een doordringende stank vult de kamer.

'Ga water halen', beveelt Dries. 'In de badkamer, vlug. Een handdoek! Doe iets!'

Hij doet zelf niets.

Ik loop naar de badkamer. Er wordt aangebeld. Beneden op straat horen we geroep van verontruste buren. We kunnen hen door het open raam duidelijk verstaan.

'Is daar iemand boven? Wat gebeurt er? Al die rook. Joehoe, is daar iemand? We bellen de brandweer.'

'Shit, ze bellen de brandweer', zegt Marie.

Ik gooi vanaf een veilige afstand een natte handdoek over wat er van Ariadne II overblijft. Gesis. Nog meer rook.

Net wat we nodig hebben.

De stem van Hermine heeft zich intussen bij het geroezemoes van de buren gevoegd.

'Wat is er gebeurd? Dries. Dries!'

'We hebben de brandweer al gebeld, mevrouw.'

'De brandweer. O God. Dries! Dries! Mathilde. Marie!'

We kijken elkaar aan, zoeken een uitweg. Maar die is er niet. Iets lijkt in gang gezet dat niet meer te stoppen valt.

'Ik ga kijken', horen we Hermine zeggen.

We staan daar maar. Apathisch laten we het onheil over ons heen komen.

Gestommel op de trap. Hermine gevolgd door twee buurmannen.

Marie gaat voor ons staan om zoals beloofd de eerste schokken op te vangen.

Dries schikt de handdoek over het gat in zijn bureau. Ik wil Ariadne II verstoppen onder mijn trui, maar het ding – wat

ervan overblijft – zit vast. Versmolten met het linoleum
bureaublad, zo blijkt. Daar komen ze, we zetten ons schrap.
Het is er niet de plaats, noch het moment voor, maar ik voel
een hinderlijke lachkramp opwellen. Ik kan er niets aan doen.
Mijn mondhoeken beginnen te trillen. Die van Dries ook.
Zenuwen. Marie maakt zich breed, kijkt nog even achterom
naar ons. Haar wanhopige blik ontmoet de mijne. Ze begint te
giechelen. Ik proest het bibberend uit. Het hoofd van Hermine
verschijnt in het deurgat, daarachter twee dreigende gestalten.
'Wat is er gebeurd? Zijn jullie ongedeerd? Waar komt die rook
vandaan? En die stank?'
In de verte klinkt een loeiende sirene. Steeds dichterbij.
'Zeg eens wat! Wat hebben jullie uitgespookt? Waar komt al
die rook vandaan?'
'Rook?' vraagt Dries. 'Welke rook?'
Ik houd het niet meer.
'Wat sta jij daar te lachen, Mathilde!'
'Sorry Hermine.'
Haar oog valt op het bureau van Dries.
'O God, wat hebben jullie uitgespookt? Die raket weer, durf ik
te wedden.'
'Het is mijn schuld', piept Marie.
Niemand luistert.
De mannen die Hermine vergezellen, dringen de kamer
binnen, duwen ons opzij, inspecteren het tafelblad.
Ik heb de hik. Nu en dan overvalt mij een lachstuip. Erg
vervelend.
Dat vindt Hermine ook.
'Vooruit, naar beneden jullie', schreeuwt ze ons toe. 'Uit mijn
ogen!'
De eerste brandweerwagen arriveert. De hele buurt staat

samengedromd bij de voordeur. Ramptoeristen.

We stommelen de trap af. Gehelmde brandweermannen komen ons tegemoet gelopen. We laten hen passeren. Aan de grond genageld blijven we staan, onze rug tegen de muur gedrukt. Alsof we er achterwaarts in weg willen kruipen. Verdwijnen, oplossen, verdampen. Om ergens ver hier vandaan weer tot leven te komen. Weg van deze schande. Zo meteen word ik wakker, denk ik.

Brommende mannenstemmen boven onze hoofden plegen overleg. Hermine kermt erbovenuit.

'O die snotapen, ze zullen ervan lusten.'

We dalen verder af. Besluiteloos blijven we in de gang ronddrentelen. Hoofden gebogen. Bang elkaar aan te kijken. Brandweermannen weer naar beneden. Een ervan blijft staan. Twee lopen naar buiten.

'Alles in orde,' roepen ze hun collega's toe, 'loos alarm.'

'Ik ben de commandant. Vertel eens wat er gebeurd is,' verzoekt de andere.

Hij klinkt vriendelijk, kijkt ons bijna samenzweerderig aan. Marie neemt het woord. We vallen haar bij waar nodig.

'Kinderen, kinderen', spreekt de commandant berispend. 'Laat het een les zijn. Speel nooit met vuur. Nu is het gelukkig goed afgelopen, maar voor hetzelfde geld...'

Hij zwijgt veelbetekenend.

'Het spijt ons meneer', tjilpt Marie.

Hij strijkt haar even door het haar met die enorme handschoenen klauw van hem. Ik ril in Maries plaats.

'Die scheikundedozen, ze moesten ze verbieden', gromt de commandant.

Scheikundedozen... Dries kijkt beledigd, maar houdt wijselijk z'n mond.

'Mevrouw,' richt hij zich tot Hermine, 'mocht u weten hoeveel keer we vanwege dat soort speelgoed al hebben moeten uitrukken. Enfin, 't is niet erg. Eind goed, al goed', besluit hij. Hij kijkt ons nog even streng aan, glimlacht dan en vertrekt.

'Mannen, ingerukt, terug naar de kazerne', brult hij.

En tot de omstanders, lichtjes verstoord: 'Mensen, ga naar huis, hier valt niets meer te beleven.'

De deur valt in het slot.

'Nu gaan we 't krijgen', fluistert Dries.

'Het interesseert me niet wie dit allemaal bedacht heeft', haalt Hermine uit. 'Uit mijn ogen. Jullie zijn alle drie gestraft. Ik zal het er straks wel over hebben met jullie vader', richt ze zich tot Marie en mij. 'Naar bed alle drie. Zonder eten. En geen woord meer.'

We druipen af. Opgelucht dat het voorbij is. Maar ook een beetje trots om al het tumult dat we veroorzaakt hebben. Ik beeld me de gezichten in van Frederick, Gilles, Anissa en Laura als ze morgen zullen horen dat we erin geslaagd zijn de brandweer te laten uitrukken. Geen kleintje toch. En Eriek, wat zal hij trots zijn op mij. Dat ik hier met een bleke neus sta te drentelen, hoeft hij niet te weten.

Gisteren het brandalarm gehoord? Dat waren wij.

We gaan achterom. Zelfs bij ons thuis hangt de stank van verbrand linoleum. Het zit in onze kleren. We slepen een extra matras naar de logeerkamer om met zijn drieën samen te kunnen slapen. Ik heradem. Vanavond nog de preek van m'n vader en dan hebben we 't gehad, denk ik opgetogen.

Een halfuurtje later komt tante poolshoogte nemen. Ze duwt de deur open, staart ons een poosje vernietigend aan zonder een woord te zeggen. Schuldbewuster dan wij ons drieën – durf ik wedden – heeft nog nooit iemand gekeken. Verbeeld ik

het mij of trilt er even een glimlachje om Hermines mondhoek?

Ik zal me vergist hebben. Met een smak knalt ze de deur weer
dicht. Niemand van ons zegt iets. Minutenlange stilte. Het is
Marie die uiteindelijk uit haar schulp komt.

'Whaw', zegt ze.

'Sssst', doet Dries.

'Nou jong', fluister ik.

'Ja, bananen' mompelt Dries.

'Djeezes.'

'Ghoh.'

'Poeh.'

Opgestuwd naar ongekende hoogten

We hebben geluk. M'n vader komt pas na twaalven thuis. In
Antwerpen z'n vriend Frans tegen het lijf gelopen. Samen iets
gaan drinken waarna het een beetje uit de hand was gelopen.
Wanneer hij uiteindelijk rond middernacht zijn entree maakte,
bleek Hermines boosheid vanwege het ternauwernood
afgewende brandje al plaats te hebben gemaakt voor een veel
giftiger woede. Een raketaanval op haar huis, tot daaraan toe,
maar m'n vader die het zonder iets van zich te laten horen
schandalig laat maakte, nee, dat vroeg om vergelding.
Urenlang had ze zich nagelbijtend zitten opvreten. In haar
brein waren vreselijke scenario's aan het gisten gegaan.
Verhalen waarin verleidelijke blondines de hoofdrol opeisten.
Stuk voor stuk hadden ze 't op m'n vader gemunt.
Ze was nu eenmaal jaloers van aard, Hermine. Niets aan te
doen. Toen de onverlaat eindelijk arriveerde, liep ze hem in de
tuin handenwringend tegemoet. We hingen gedrieën uit het
raam en konden alles volgen. M'n vader - verwonderd haar op
dat uur in het pikkedonker te zien opduiken - trachtte haar te
kalmeren en mee naar binnen te loodsen.
'Nee,' weerde ze hem af, 'niet in jouw huis, kom jij eerst maar
eens mee naar het mijne, ik moet je iets laten zien.'

Na een korte inspectietocht verschenen ze opnieuw in de tuin, op de vlucht voor de brandlucht die – aldus m'n tante – nog altijd niet te harden was. Ze kuchte en kermde dat het een aard had. Wat een theater.

'Gaat het?' informeerde m'n vader bezorgd, duidelijk onvast op z'n voeten. 'Wat is er precies gebeurd, vertel. Die apen, ze zullen er van lusten morgen, dat beloof ik. Ik zal ze eens flink de levieten lezen.'

Nou, zo'n vaart zou het niet lopen. Hoezeer m'n vader ook de indruk wekte stoutmoedig op represailles aan te sturen, een kind kon zien dat hij het niet echt meende. Nu ja, misschien méénde hij het wel, maar het was overduidelijk dat hij er vooral op uit was zijn uitstapje met z'n vriend Frans te vergoelijken. Dat er zich tijdens zijn afwezigheid bijna een ramp had voltrokken en dat Hermine hem dat kwalijk nam, zat hem hoegenaamd niet lekker. Raar hoe de dingen soms lopen. Opeens nam het gesprek – dat binnenshuis verderging – een prachtige, dat wil zeggen voor ons uiterst voordelige, wending. Dries, afgezakt naar de keuken om zijn rommelende maag te vullen, kon de conversatie woord voor woord volgen. Later bracht hij verslag uit aan Marie en mij. Wat bleek? Hoe meer m'n arme vader onder zijn misstap trachtte uit te komen, hoe meer m'n tante hém – en niet langer óns – beschuldigde.

Hermine, mokkend: 'Ik zal maar niet vragen waar je uitgehangen hebt. Je had me wel eens kunnen inlichten.'

M'n vader, ietwat moeizaam, met dubbele tong: 'Het spijt me Hermine, zoals ik al zei, ik ben Frans tegen 't lijf gelopen, vlak bij m'n uitgeverij. Ik heb m'n tekeningen afgeleverd en daarna zijn we samen een pint gaan pakken. Ja, en toen zijn we nog iets gaan eten en voor ik er erg in had…'

Hermine, gnuivend: 'Zal wel. Gebruikt hij een nieuw parfum, Frans? Ik kan het ruiken tot hier. Goedkoop spul. Zeker van een of andere del.'

M'n vader: 'Je verbeeldt je maar wat, Hermine. Die rook heeft blijkbaar jouw reukvermogen aangetast.'

'Man, houd toch op. Je hebt geluk dat je huis er nog staat. Het zou wat moois geweest zijn. Je kot in de fik terwijl je lag te flikflooien met een of andere lellebel.'

'Ik zeg toch dat ik met Frans een pint...'

Hij kreeg de kans niet zijn zin af te maken. Hermine moest stoom afblazen en dat zou hij geweten hebben.

'Correctie, niet jouw kot, het mijne! Al zou dat van jou wellicht ook in de vlammen zijn opgegaan. Als er tenminste nog een béétje gerechtigheid...'

En zo ging het maar door. M'n tante schotelde hem het hele verhaal tot het kleinste detail voor. Gezeten op het puntje van haar stoel deed ze haar relaas, waarbij haar toon alsmaar grimmiger werd. Zo van: *was jij thuisgebleven in plaats van bij andere vrouwen de grote Jan uit te hangen, dan was er wellicht niets gebeurd.*

M'n vader hoorde haar gelaten aan. Hij had het opgegeven haar tegen te spreken. Veel zei hij niet. Hij had hem serieus om, beweert Dries wanneer hij het ons later gniffelend vertelt. Hij en Frans hadden er blijkbaar flink de beuk in gezet. Af en toe lalde hij er iets tussendoor. Voor zover hij erin slaagde Hermine te onderbreken. Niet te stoppen, was ze. Ze dikte het hele verhaal aardig aan. Net goed: hoe meer ze haar betoog in de verf zette, hoe groter m'n vaders schuldgevoel. En hoe groter m'n vaders schuldgevoel, hoe beter voor ons. Het ontnam hem alle lust ons tot verantwoording te roepen. Ja, hij zat er echt mee in z'n maag. Levieten? Niks levieten... Z'n preek de volgende dag: een preekje van niks.

Hermine daarentegen blijft mokken. De rest van de week zegt ze amper een woord, houdt grote schoonmaak, wervelt door beide huizen tot ze weer eens glimmen als nooit tevoren. M'n vader van zijn kant slooft zich uit om Hermine op te monteren, koopt bloemen, bereidt exquise gerechten, trakteert haar op een kaartje voor een operavoorstelling, kruipt kortom door het stof om een wit voetje bij m'n tante te halen. En wij? Wij houden ons wijselijk gedeisd en komen er wonder boven wonder goedkoop vanaf.

Tja, soms zitten de omstandigheden gewoonweg mee. Dries en Marie – al beseffen ze het natuurlijk niet – mogen me dankbaar zijn. Ik ben er vrijwel zeker van: er bestaat een verband tussen verliefdheid en geluk. Liefde zet onverklaarbare krachten in werking. Ik ondervind het elke dag. Alles lijkt zich naar mij te schikken. Om het in sporttermen te zeggen: de bal rolt voor mij. De dingen lijken ineens amusanter, mooier, lichtzinniger dan voorheen. Alles lukt, in m'n voordeel, niets zit mij (en mijn dierbaren) nog dwars. Niet alleen ontsnappen we wonderbaarlijk aan een reprimande van m'n vader, we krijgen op de koop toe elke dag extra lekkers op ons bord en kijk, Hermine en papa groeien met de minuut dichter naar elkaar toe. Of dat te wijten is aan m'n vaders nederige kruiperijen, laat ik in het midden. Feit is: het past allemaal wonderwel in onze planning om die twee naadloos aan elkaar te koppelen. Kortom, eind goed al goed, een brandje met voorspoedige gevolgen. En van brandjes gesproken: tussen Eriek en mij laaien de vlammen hoog op.

Niet te doen. Vergeleken bij de Ariadne II zijn wij een raket naar de maan. Ongelofelijk wat verliefdheid met een mens uithaalt. Knap vervelend voor je omgeving, veronderstel ik. Ik bedoel, Eriekje vóór en Eriekje na, er valt geen land meer met mij te bezeilen. Het lijkt vast nergens op. Maar djeezes, wat is het zalig om helemaal weg van de wereld te zijn. Mij in de houdgreep van de liefde te weten. Alsof ik continu door duizenden speldenprikken gegeseld wordt. O zoete, betoverende pijn. Er wringt zich een kracht uit mij los die mij verbaast, verwondert, met verstomming slaat. Zaken die voorheen een karrenvracht energie opeisten, lukken nu in een handomdraai. Piekeren en tobben? Geen tijd voor. Op een roetsjbaan zit ik, in een duizelingwekkende vaart schiet ik richting geluk. Mijn spieren jeuken, mijn vel tintelt en mijn hoofd lijkt een verhitte ketel waarin de mooiste gedachten klaarstomen op het zachte maar nimmer versagende vuurtje van mijn verliefdheid. Shit maat, als dat eeuwig kon duren. Soms, heel soms, steekt nog een oud stemmetje de kop op. *Hé Mathilde, waar ben je mee bezig? Wat bezielt je?* Maar meer dan een meewarige glimlach weet het mij niet te ontlokken. Zonder slag of stoot geef ik mij over aan de roes. Ik laat me wiegen op golven van vreugde. Ze komen en ze komen maar, zonder ophouden. Er is geen angst dat er een einde aan komt, geen schrik dat het stopt. Zoals de zee eeuwig haar schuimkoppen op het strand gooit, zo herhaalt de liefde zich in mij, golf na golf, in een machtige, eindeloze cadans. Ik zou erin verdrinken als daar die boei niet was: mijn Eriek, mijn baken, mijn wondermooie jongen die mij drijvende houdt en opstuwt naar nooit gekende hoogten.

Ja, sorry... zoals ik al zei, het lijkt nergens op.

Enfin, ongeveer in die toestand bevind ik mij wanneer The owners of a shark hun uitgesteld optreden geven in de Okapi. Ik sta op de eerste rij en kijk ademloos toe. Eriek lijkt in grote vorm. Hij gaat echt tekeer op z'n gitaar. Wow maat, zo ken ik hem niet. Wanneer zijn koortsige blik zich onverwacht in de mijne boort, word ik bijna onwel. Elk haartje op mijn lijf gaat rechtop staan. Het moeten er een paar tienduizend zijn. Nooit geweten dat ik ze had. Anissa vertelt achteraf dat ik hem zo'n beetje heb staan opvreten, de hele tijd, met mijn ogen, Eriek. 'Je was gewoon fantastisch', zegt ze. 'Iemand anders. Ik was bang geëlektrocuteerd te worden, alleen al van gewoon naast jou te staan. Een paar duizend volt hing er in de lucht. Hoe je kéék! In opperste verrukking. Je mond zo ver open dat mijn tasje er makkelijk in kon.'

Ik ben niet de enige die enthousiast is. De Sharks kennen veel bijval en nadat ze een halfuur covers hebben gespeeld, wagen Eriek en zijn kompanen zich aan een paar eigen nummers. Nogal heavy stuff dat mij normaliter niet erg zou bekoren. Ik ben nogal nuffig in mijn muziekkeuze. Alleen dEUS mag hard gaan, al heeft dat meer met Mauro te maken. Ik val blijkbaar voor gitaristen. Wow maat! Eriek is echt keigoed. Hij speelt de stenen uit de grond. Ik benijd hem. Hoe hij langzaam wegglijdt in extase. Eerst kijkt hij me nog af en toe aan, maar na een tijdje keert zijn blik zich naar binnen. Wilde solo's volgen elkaar op. Helemaal weg lijkt hij. Op een andere planeet. Neem me mee, smeek ik binnenin. Toe, neem me mee.
En ja hoor, het gebeurt. Hij néémt me mee. Langzaam stijg ik op en sluit ik me bij hem aan. Mijn hoofd – altijd vol rommel – raakt leeg, alle gedachten zijn op en is er alleen nog muziek.

Mijn hart vibreert op de beat van de drummer. Het jagende gitaarspel raakt mijn ziel aan, blaast de laatste weerstand weg. Ik schrei achter mijn ogen van ontroering en puur geluk. Ik ben vrij, van alles los. Ik ben daar waar Eriek is. Een weerloze pop aan het koordje van oppergod *muziek*. Elke ademtocht een rilling van genot. Wijd open maak ik mij voor de harde, bijna loeiende klankakkoorden die er met bakken tegelijk worden ingeramd. Ik sta op het punt een flauwte te krijgen, als The owners het opeens over een andere boeg gooien: een ballad.

De plotselinge stilte klinkt oorverdovend. Met een smak word ik terug op aarde gegooid. Eriek speelt met vaste hand de beginakkoorden van het rustige en toch opzwepende nummer. Zachtjes beroeren zijn tere vingers de snaren. Net voor de zanger inzet, stapt mijn mooie liefje naar de microfoon en zegt – heel cool, alsof het om een tête-à-tête gaat en er zich geen tweehonderd man in de zaal bevindt – *Mathilde, dit nummer is speciaal voor jou.* Ik verzin het niet, dat zegt hij dus echt! Terwijl hij me strak aankijkt. Voor iemand die al ineenkrimpt van gêne als er op haar verjaardag happy birthday wordt gezongen, kan dat tellen. Mijn hart pompt in één klap een paar hectoliter bloed naar mijn hoofd. Ik bedoel, ik kan nu voor de rest van mijn leven met gezag meepraten over hoe het voelt een beroerte te krijgen. Zowat heel de Okapi gaapt mij aan. Djeezes, heeelp! Maar tegelijk ben ik trots dat het niet mooi is. Opgetild word ik. In een roes ben ik. Verrukt. Compleet gaga.

Na afloop gooi ik mij in Erieks armen.
'Doe me dat nooit meer aan', fluister ik.

'Toch wel,' grijnst hij, 'jij bent nu eenmaal mijn muze. Vond je 't een goed nummer?'

'Geniaal', zeg ik.

'Ik heb het maandag geschreven, we hebben er de hele week op gerepeteerd. Het lijkt traag, maar er zit meer tempo in dan je denkt', vertelt hij opgewonden.

Ik kan hem wel opeten.

'Al blijft het een buitenbeentje, normaal gaan we veel harder zoals je hebt gehoord. Maar het opent nieuwe perspectieven. Leo, onze zanger, vindt het ook de max van een song. Eindelijk een nummer waar ik mijn stem achter kan zetten. Schrijf er zo nog maar een paar voor dat lief van u, zei hij.'

'Doen', zeg ik.

'Ja, ik zal wel moeten, Leo bolt het anders af bij ons. Hij dreigt er al een tijdje mee.'

'Ik zorg wel dat hij blijft', fleem ik.

Eriek lacht. Hij is opgetogen, trots op zijn groepje. En dolverliefd op mij. Ik zie het aan zijn ogen. We gaan met z'n allen spaghetti eten bij de Italiaan. 't Is een toffe bende. Anissa en *Har de verschrikkelijke* laten er als vanouds geen gras over groeien, al laten Eriek en ik ons dit keer evenmin onbetuigd. *Lebbergewijs*, bedoel ik. Mijn prachtig liefje is echt de max. Keitof, onwaarschijnlijk mooi en supergrappig. Het wordt een nacht om in te kaderen. Leo heft bij de tiramisu zelfs een serenade voor mij en Anissa aan. Ik heb me nooit gelukkiger gevoeld, blijer, beter in mijn vel.

Geen idee wat het noodlot voor mij in petto heeft. Hoe zou ik. Ik heb amper tijd om mijn geluk te meten, mijn vreugde te bevatten.

'Kom, nog een laatste glas in De Kroon', roept iemand.

Maar De Kroon is dicht en het afscheid nabij.

Het is al bijna drie uur als Anissa en ik naar huis gaan, giechelend, strompelend van blijdschap. Onder een kroonluchter van sterren zweren we elkaar eeuwige vriendschap.

'Nooit gedacht dat ik nog een groupie zou worden', schatert Anissa.

'En ik dan, muze!' zeg ik. 'Kan dat eigenlijk wel, een muze die met een ordinaire groupie over straat wandelt?'

'Ach, muze of groupie, we willen toch allemaal gewoon met de jongens neuken, of niet?' proest Anissa.

We gieren het uit.

Een
met een staartje

M'n vader en Dries staan te kokkerellen in de keuken: varkenshaas in rode wijnsaus, hún specialiteit. Hermine en ik dekken
de tafel als Marie rond zes uur – dat wil zeggen anderhalf uur
later dan normaal – het huis binnenstormt, hijgend, helemaal
overstuur.

'Moet je horen...'

'O, je leeft dus nog.'

'Als je dat zo kunt noemen.'

'Wat is er gebeurd?'

Ze gooit haar rugzak op de grond en gaat ervoor zitten. Wij
benieuwd.

'Waar moet ik beginnen?' puft ze.

'Bij 't begin misschien.'

Ze richt zich tot mij.

'Weet je nog dat ik jou vertelde dat Els en ik ons gingen
oefenen in tongzoenen?'

Ik knik.

M'n vader: 'Pardon?'

Ik: 'Wacht nou even, papa.'

Marie weer: 'Wel, dat hébben we dus. En we zijn betrapt.'

'Door wie?'

Verbruggen.'

'Nou, dat had erger gekund.'

'Dat wel, maar...'

'Waar?'

'In de toiletten, na de lesuren.'

Dries en ik: 'Méén je niet!'

Marie knikt. Haar gezichtsuitdrukking houdt het midden tussen verslagenheid en triomf.

Dries en ik: 'Shit maat!'

M'n vader: 'Ahum... jullie tante en ik hebben, geloof ik, behoefte aan iets meer uitleg. Zou het mogelijk zijn...'

'Het gaat er zwaaien, papa', snoert Marie hem de mond.

'Eventjes recapituleren,' zegt m'n vader, 'jij en je vriendinnetje hebben staan kussen...'

'Muilen pa...'

'...Staan zoenen in de toiletten en zijn daarbij betrapt door een leraar... Hoe heet hij...?'

'Verbruggen, al bij al een meevaller.'

'Op heterdaad?'

'Zo kun je 't wel noemen ja.'

'Waarom deden jullie dat?'

'Gewoon.'

'Gewoon?'

'Nou ja, om het te leren. Niemand leert je die dingen. Ik kan 't toch moeilijk oefenen met jou. Wel?'

'Ben je niet een beetje te jong voor die dingen?'

'Kom op pa, maak het niet erger dan het is, 't was gewoon... nou ja gewoon... ja zeg, weet ik veel, je hoeft me niet zo aan te kijken, ik zit nu al met een kanjer van een poeh-gevoel, oké?'

'En wat zei Verbruggen?' red ik m'n zus.

'Nou, die schrok zich rot natuurlijk. Maar weet je, Verbruggen is het probleem niet. Ik bedoel...'

'Ja maar, hoe reageerde die man? Was hij boos, dreigde hij met sancties?'

'Nee papa... ja... nou ja, weet ik niet. Hij zei in elk geval dat het niet kon, of zoiets. Ik denk dat hij er vooral geen raad mee wist. Maar om nu te zeggen... Hij zou er morgen met de directeur over praten. 't Zou een staartje krijgen, zei hij. Ik schoot in de lach, door dat woord "staartje". Ik weet ook niet waarom. Ik zág dat staartje ineens. Snap je?'

'Ik vrees van niet.'

'Laat maar. Wat ik al de hele tijd wil zeggen is dat Verbruggen het probleem niet is. Verbruggen is oké, daar gaat het echt niet om. Ik bedoel, ze gaan ons toch niet van school gooien om zoiets onnozels. Nee, het probleem is Els. Of liever die rotpa van haar. Els denkt dat de directeur met haar ouders zal gaan praten. En daar is ze als de dood voor. Zó bang is ze voor haar vaders reactie dat ze... dat ze...'

'Dat ze?'

'Dat ze thuis is gaan vertellen dat Verbruggen haar lastigviel in de toiletten. En toen kwam ik zogezegd binnen en daarvan schrok Verbruggen zo erg dat hij met dat verhaaltje van dat tongzoenen op de proppen kwam. Snap je, zijn woord tegen het onze. En nu wil Els dat ik haar verhaal bevestig. Ze is dus doodsbang voor haar vader. Maar ik heb haar gezegd... Ik bedoel, was het nu Bessens, die zuurpruim, geweest die ons betrapt had, maar Verbruggen... ik heb haar gezegd dat ik niet meedeed.'

'Lijkt me vanzelfsprekend.'

'Ja maar, papa, je ként die vader van Els niet... echt een spoeft... als hij hoort wat Els en ik uitgespookt hebben, dan... Els is zo niet, geloof me, Els is een tof meisje, maar die vader

is een nachtmerrie. De verhalen die ze mij al verteld heeft.
Wat moet ik doen, papa? Ik kan m'n vriendin toch niet in de
steek...'

Tranen. Dikke tranen.

'Maar meisje toch, kom hier.'

M'n vader neemt Marie in zijn armen.

'Trek het je niet aan. 't Komt allemaal in orde. Ik zal eens met
die vader praten.'

'Nee, niet doen, papa', snikt Marie. 'Niet doen!'

'Dan niet.'

'Ben je boos?'

'Welnee, meisje.'

'Ik ben niet lesbisch, hoor.'

'Echt niet? Ook niet een klein ietsjepietsje?' doet hij
teleurgesteld.

Marie lacht door haar tranen heen.

'Wat moet ik doen, papa?'

'Niets. Afwachten. Dat je er die leraar inluist, daar is
natuurlijk geen sprake van. Enfin, in dit geval toch niet.'

Ze schudt het hoofd.

'Misschien moet *ik* maar eens met die Verbruggen praten.
Wat denk je, Hermine?'

'Je zou hem kunnen uitleggen hoe de zaken ervoor staan. Als
hij hoort dat Els hem beticht van handtastelijkheden, is hij
misschien geneigd de boel zo te laten.'

'Zoek het telefoonnummer van die Verbruggen eens op',
beveelt m'n vader.

Dries en ik vliegen naar het telefoonboek. We vinden het
natuurlijk super wat er allemaal gebeurt.

Op hetzelfde moment rinkelt de telefoon. Iedereen verstijft.

M'n vader neemt op.

'Hallo?'

Hij drukt de hoorn tegen z'n borst.

''t is Els' vader', fluistert hij.

'O nee', kreunt Marie.

M'n vader drukt de meeluisterknop in.

'Met de vader van Marie?' vraagt een metaalachtige, autoritaire stem.

'Jawel, spreekt u mee.'

'U weet wellicht waarover ik bel?'

'Tja, dat is te zeggen...'

'Kijk meneer, ik weet niet wat ú ervan denkt, maar ik laat dat niet zo. Ik heb dat kereltje, die Verbruggen daarnet gesproken en hij weet wat hem te wachten staat. Een proces wordt het. Ik hoop dat uw dochter zo fair zal zijn voor haar vriendin te getuigen.'

'Ik vrees...'

'Die smeerlap kwam – zoals mijn dochter had voorspeld – met een verhaaltje opdraven. U houdt het niet voor mogelijk... onze dochters zouden hebben staan zoenen in de toiletten. Stel u voor, de viezerik. Enkel in het hoofd van een perverse maniak kan dergelijk verhaal rijpen... Hallo, bent u er nog?'

'Jazeker, ik...'

'Maar hij zal boeten, de vetzak. Boeten zal hij.'

'Ik begrijp uw woede meneer eh...'

'Slagmulders.'

'...meneer Slagmulders, maar heeft u er misschien rekening mee gehouden dat het verhaal van die Verbruggen wel eens het juiste zou kunnen zijn. Ik bedoel, u weet hoe dat gaat, die meisjes doen soms iets verkeerd en dan gaan ze gauw gauw iets verzinnen om...'

'Wat zegt u? U gelóóft dus die perverse...'

'Meneer Slagmulders, ik geloof mijn dochter, daar gaat het om. Zij heeft spontaan opgebiecht wat uw dochter spijtig genoeg niet aan u durfde op te biechten, namelijk...'
'Nee maar, ik geloof mijn oren niet. *Mijn* dochter doet zoiets niet, meneer. Mijn dochter zoent geen andere meisjes. Mijn dochter namelijk is een deftig, welopgevoed...'
'Daar twijfel ik geen moment aan, meneer Slagmulders. Ik ken Els een beetje. Een aardig meisje, maar we moeten van die dochters van ons ook geen heiligen maken. Ik denk...'
'Het maakt mij niet uit wat u denkt, meneer. Ik laat die schande niet over mij komen. En ik verbied Els verder nog contact te hebben met uw dochter.'
'Wacht even. De logica van uw redenering ontgaat mij. Ofwel gelooft u uw dochter en dan is er geen enkele reden waarom u haar omgang met Marie zou ontzeggen, ofwel gelooft u Verbruggen, maar dat doet u dus duidelijk niet.'
'...'
'Meneer Slagmulders?'
We horen hem luidruchtig naar adem happen, de wacko.
Ineens is hij er weer.
'Ik beschouw dit gesprek als beëindigd, meneer. Ik wens met mensen van uw slag niets van doen te hebben.'
Dat laat m'n vader niet over zijn kant gaan.
'Mensen van mijn slag zijn niet bang voor de waarheid, meneer Slagmulders, ook al past die niet altijd in het eigen kraampje. En uiteindelijk, meneer Slagmulders, zeg eens eerlijk, waar práten we over, twee meisjes die voor de fun een tong draaien na school. We zijn toch ook jong geweest of niet?'
'Ik heb naar mijn weten nooit staan zoenen op school, laat staan op die leeftijd en laat nog meer staan met iemand van mijn eigen geslacht.'

In zijn stem klinkt afgrijzen. Wat een enge man. Het lijkt wel of er iemand in koelen bloede vermoord is.

M'n vader tegen ons, hoorn tegen de borst: 'Wat een kniesoor zeg, wat een mispunt, die kerel.'

Daarna opnieuw tegen Slagmulders: 'U hoeft uzelf niet met kruistekens te beslaan, meneer Slagmulders, die twee zijn heus niet lesbisch. En trouwens, wat dan nog verdomme. Ik schaam mij in uw plaats, meneer...'

Hermine fluisterend: 'Paul, houd je kalm, je hebt gelijk, maar laat je niet gaan...'

'Het is maar dat men mij hier tot kalmte aanmaant, ik zou anders... ik heb te doen met uw dochter, meneer. Echt waar. Misschien moet u zich maar eens afvragen waarom dat arme kind zo'n vreselijk verhaal opdist. Ik zal u zeggen waarom, meneer Slagmulders. Omdat ze bang is u de waarheid te vertellen. Omdat ze bang is voor u, meneer. Ik wrijf het u niet graag onder de neus, maar u vráágt er gewoon om.... Hallo?'

Tegen ons: 'Hij heeft opgehangen, de klootzak.'

Wanneer hij de hoorn op het toestel legt, moet ik mezelf tegenhouden of ik spring in zijn armen. Zo goed dat hij er die sul van langs gegeven heeft. Ik ben trots op hem.

M'n vader kijkt naar Hermine.

'Ik heb me aangesteld, hè?'

'Welnee, zo'n gortzak, maat', zegt Dries.

'Trek het je niet aan, hij is begonnen', glimlacht Hermine.

De telefoon rinkelt opnieuw.

'Toch maar eerst eens diep inademen', raadt ze hem aan.

'Hallo?'

Marie drukt de meeluisterknop in.

'Hallo meneer, met Jacob Verbruggen hier, leraar chemie van

Mathilde, maar het betreft hier uw jongste dochter...'

'Meneer Verbruggen, ik kan al raden waarom u belt.'

'O, heeft uw dochter u al... Luister meneer, ik smeek u mij te geloven, het is niet wat u denkt, ik eh...'

'Meneer Verbruggen, voor u verdergaat, ik denk helemaal niet wat u vreest. Mijn dochter heeft mij onmiddellijk de waarheid verteld. Maar ik heb intussen wel een telefoontje gehad van de vader van Els.'

'Daar vreesde ik al voor. De lijn was de hele tijd bezet. Meneer, u moet me geloven. Ik...'

'Meneer Verbruggen, zoals ik al zei, ik geloof u.'

'Godzijdank.'

'De heer Slagmulders daarentegen...'

'Ja kijk, die man heeft me daarstraks opgebeld. Ik weet niet wat hem bezielt. Zijn dochter heeft hem blijkbaar verschrikkelijke dingen verteld. Hij beschuldigde mij van de afschuwelijkste...'

'Heb ik ook gehoord. Enge man. Niet voor rede vatbaar. Ik zou er mij maar niet te veel van aantrekken meneer Verbruggen. Als het erop aankomt, zal Marie getuigen hoe de zaken wérkelijk gelopen zijn. Al denk ik niet dat het nodig zal zijn.'

'Hoezo?'

'Ik denk niet dat de zaak een staartje krijgt.'

Marie proest het uit. Dat staartje weer.

'Dat hoop ik, dat hoop ik, maar...'

'Als we allemaal ons gezond verstand gebruiken, dan zie ik niet in...'

'Akkoord, maar ik vrees dat Els' vader niet geneigd is om...'

'Toch wel. Gelooft u mij maar. Hij wéét dat zijn dochtertje liegt.'

'Dus u denkt niet dat hij zijn dreigementen...?'

'Denk ik niet, nee. Tenzij u natuurlijk de zaak zelf op de spits drijft. Heeft u al met de directeur gesproken over de meisjes?'

'Nee, ik zou dat morgen gedaan hebben.'

'Gedaan hébben?'

'Welja, ik denk niet dat het... zoals de zaken er nu voorstaan... aangewezen is om...'

'Voilà, dat bedoel ik nu met gezond verstand. Dus u legt die meisjes niets ten laste als ik het goed begrijp?'

'Eh, nee, het lijkt me beter...'

'Zo erg was het overigens ook niet, wel?'

'Eigenlijk niet, nee...'

'We zijn allemáál jong geweest, toch?'

'Ja natuurlijk. Maar u moet begrijpen, als leraar ben je nu eenmaal verplicht...'

'Weet ik, weet ik, het spel van Angèle nietwaar...'

'Het wát?'

'Laat maar. Dus de zaak wordt als afgedaan beschouwd?'

'Als het van mij afhangt...'

'Goed zo. Ik zorg wel voor de rest. Die Slagmulders zal u niet meer lastigvallen. Meneer Verbruggen, nog één ding... nu ik u toch aan de lijn heb... zoals u weet, is scheikunde niet direct het sterkste vak van mijn dochter Mathilde...'

'Eh, nee...'

Hermine, boos: 'Paul, durf niet. Doe dat nou niet.'

M'n vader, onverstoorbaar, met een knipoog naar ons: 'Hoe zat het trouwens met haar laatste toets? Niet veel bijzonders zeker?'

'Nou... voor zover ik me herinner, niet echt nee...'

'Toch niet onder de helft mag ik hopen?'

Dries, Marie en ik zijgen neer, vuist in de mond. Hermine schudt het hoofd.

'Onder de helft?... Nee... eh... dat nu ook weer niet.'

'Zo mag ik het horen. En als u later lesgeeft aan Marie, ik bedoel, stel dat ook zij, net als Mathilde, mocht worstelen met uw vak, dan...'

Verbruggen, lachend: 'U laat er geen gras over groeien, moet ik zeggen.'

'Blij dat u mij begrijpt.'

'Pedagogisch lijkt het mij niet erg te kloppen, maar...'

'Strategisch daarentegen...'

'Zeg dat wel.'

'Ach, een vaderhart is soms zwak, nietwaar.'

'Ik zou – met alle respect – dat van u maar eens laten nakijken.'

'Meneer Verbruggen, uw medeleven verbaast mij.'

'Zo ben ik nu eenmaal.'

'Die twee hebben elkaar gevonden', fluister ik tegen Marie.

'Nu ja, voor wat hoort wat,' vervolgt m'n vader, 'tenslotte heeft Marie vanavond uw hachje gered, niet?'

'Een pak van mijn hart, echt waar', bekent Verbruggen. 'Ik sta erop dat u haar daarvoor bedankt. U kunt zich niet inbeelden hoe opgelucht ik ben. Die man was werkelijk in staat mij te laten vervolgen voor zedenfeiten. Ik weet niet of u begrijpt hoe ik me voelde. Geloof me, de wereld verging in twee minuten. Ik heb zelf kinderen. Hoe zou ik hen nog in de ogen hebben kunnen kijken. Nee meneer, echt, ik dank uw dochter op mijn beide knieën voor haar oprechtheid.'

'Heel attent van u, meneer Verbruggen. Ik bel zo meteen die Slagmulders op. Ik zal hem uitleggen dat hij er alle belang bij heeft de zaak verder zo te laten. Zoals ik het begrepen heb, vindt hij die tongdraaierij een schande voor zijn goede naam. De schlemiel ziet u nog liever hangen dan dat de goegemeente te horen krijgt dat zijn dochtertje heeft staan zoenen met een vriendinnetje. Dus als hij hoort dat de hele affaire in de doofpot gaat, houdt hij zich heus ook wel gedeisd. Desnoods dreig ik een beetje met de grote klok. Nee, maak u verder geen zorgen, ik neem die kniesoor wel onder handen.'

'Ik kan u niet genoeg danken. Als ik ooit iets voor u kan doen? Behalve de cijfers van uw dochters bijkleuren...'

M'n vader, bloedserieus: 'Dat was maar een grapje natuurlijk. Ik zou niet willen dat mijn dochters op welke wijze dan ook van een voorkeursbehandeling zouden genieten.'

Verbruggen, al even afgemeten ernstig: 'Natuurlijk niet.'

Waarna beiden het uitproesten. Ja, werkelijk dikke mik tussen die twee. M'n vader geeft nog één keer gas bij.

'Ach, geen dank beste man, al sla ik een mooie deal nooit af, dus mocht u uw dankbaarheid – ik zeg maar wat – werkelijk niet kunnen intomen, dan ben ik altijd bereid – ik zeg alweer maar wat – een goede fles wijn in ontvangst te nemen, ofschoon...'

'Paul in godsnaam, stop daar nu mee!'

'...ofschoon een goede sigaar evenmin te versmaden valt...'

Dries, Marie en ik liggen in een deuk. Ook Verbruggen zit zich zo te horen op de dijen te kletsen van het lachen. M'n vader grinnikt tevreden van puur plezier om zichzelf, wijst naar de hoorn waaruit knorrende geluiden komen van de billenkletsende Verbruggen en maakt met z'n duim het zó-gebaar.

Mijn leraar chemie heeft blijkbaar definitief z'n hart gestolen.

'Meneer Van Schoonvoorde, u bent kunstenaar is het niet?' neemt Verbruggen de draad weer op. Hij tracht ernstig te blijven, maar er zit nog altijd lach op z'n stembanden.

'Wat staat mij anders te doen met zo'n naam,' monkelt m'n

vader, 'tekenaar lijkt me overigens een beter woord. Ik maak illustraties voor wetenschappelijke en pseudo-wetenschappelijke uitgaven. Kortom, ik maak mooie plaatjes, u weet wel, flora en fauna, dat soort dingen. Heerlijk werk. Af en toe waag ik me aan iets kunstzinnigers, maar veel stelt dat niet voor. Het is alweer vijf jaar geleden dat ik nog wat tentoongesteld heb. Maar ik kan een aardig stukje tekenen, dat wel.'

'Moet u horen, mijn moeder wordt binnenkort zeventig, misschien zou het wel leuk zijn om... Mag ik eens naar uw werk komen kijken?'

'Natuurlijk. Altijd welkom.'

'Nou, tot genoegen dan en nogmaals bedankt.'

'Tot genoegen, meneer Verbruggen. Hopelijk zien we elkaar binnenkort.'

Gejuich alom.

M'n vader: 'Die hadden we goed aan de haak, hé?'

'De max, pa.'

'Echt goor, je verdient een standbeeld.'

'Verbruggen, maat, op z'n knieën...'

Hermine: 'Een schande is het. Je zo laten kennen, Paul. Pure chantage, dát was het. Tot tweemaal toe dan nog.'

'Wel een wijze vent, die Verbruggen. Erg inschikkelijke kerel. Nee écht,' grijnst m'n vader, 'ik méén het. En dat voor iemand die in het onderwijs staat.'

'Hij heeft een prachtige stem,' mijmert Hermine, 'een bariton, het zou me niet verbazen als hij zingt.'

'Is dat zo? Niet op gelet', zegt m'n vader verstrooid, ietwat misnoegd. Op zijn triomferend gelaat staat duidelijk te lezen dat alle lofbetuigingen vandaag naar hem horen te gaan.

'Zit daar niet zo zelfvoldaan te grijnzen. Moet je kijken, hij voelt zich de held van de avond', plaagt Hermine die al net zo trots is op hem als wij.

'Is hij ook. Papa is mijn held', roept Marie.

M'n vader laat het zich welgevallen.

'En nu die varkenshaas', zucht hij theatraal. 'Een vader is nooit klaar.'

'Doen wij wel, doen wij wel', roepen Marie en ik, gegrepen door een zeldzame aanval van onbaatzuchtigheid. 'Kom je, Dries?'

Later op de avond slikt Slagmulders – zoals m'n vader voorspeld heeft – zijn beschuldigingen in en likt z'n wonden. 'Zo, die zong duidelijk een toontje lager', zegeviert onze held nadat hij de hoorn heeft opgehangen.

Marie en ik vechten om op z'n schoot te kunnen zitten. Iets waar we ons normaal gezien te goed en járen te oud voor achten. Uiteindelijk nemen we vrede met elk een knie. Hij geniet ervan. Wij ook. Even is het net als vroeger, toen we nog niet onze *cool* hoefden te bewaren. Een tijdperk geleden. Het hardop toegeven zullen we natuurlijk nooit, maar we vinden het zalig hem nog eens om de hals te kunnen vliegen.

'Fokko', zegt hij, wanneer hij ons instopt.

'Fokko, pa.'

Zoals hij is er maar één.

Visioenen op
de Graslei

Eriek laat me Gent zien, de stad waar hij studeert. Enthousiast wijzend, uitleg gevend, loodst hij me door het gezellige centrum. Hij lijkt wel een gediplomeerde stadsgids, betaald door het gemeentebestuur.

'Maf stadje', zegt hij. 'Later, als ik beroemd ben, de Sharks voor volle zalen spelen en mijn foto's in alle bladen staan, kom ik hier wonen.'

Ik kijk hem onderzoekend aan. Zijn stem klinkt ernstig, maar zijn blik verraadt zelfspot. Meent hij het nu of niet? Ik houd wel van dat soort dubbelzinnigheid. M'n vader heeft er een patent op, Eriek blijkbaar ook. Een mysterieus vriendje, wat wil een meisje nog meer?

'Een mens moet toch dromen', lacht hij.

'Dat ding staat je anders wel cool', zeg ik, doelend op het fotoapparaat dat om zijn hals bungelt. 'Wel altijd iets om je nek hangen jij hè, is het geen gitaar dan is het...'

'Een Canon D70,' verkondigt hij terwijl zijn ogen spleetjes worden, 'mijn trouwe kameraad.'

Ik schiet in de lach. *Mijn trouwe kameraad*, klinkt wel héél erg manhaftig, om niet te zeggen verwaand.

'Je méént het', zeg ik.

'Nee,' zegt hij, 'net niet, ik doe gewoon een beetje stoer. Westernhelden hebben het altijd over hun trouwe kameraad als ze hun colt 45 tevoorschijn halen. Snap je?'

'O,' zeg ik, 'op die manier. Je bent het neefje van Billy The Kid.' Hij grijnst, vindt het grappig dat ik hem een beetje uitlach.

'Maar ik ben er wel trots op,' zegt hij, 'duur spul, ik heb er jaren voor gespaard.'

'Het ziet er erg professioneel uit', kom ik hem tegemoet, vertederd door zijn jongensachtige pronkzucht.

'Vind je 't vervelend als ik een paar foto's maak?' vraagt hij.

'Laat zien wat je kunt', zeg ik.

Eerst schiet hij maar wat lukraak in het rond, daarna houdt hij meer en meer de camera op mij gericht. Aanvankelijk vind ik het nogal hinderlijk, in de kijker lopen is niks voor mij. Maar dan komt Eriek langzamerhand in vorm en hoest een parodie op van zo'n blitse Theo Flitser die denkt dat hij bij Playboy werkt en miss April in het vizier heeft. Knap gênant, ik schaam me te pletter. Maar als hij even later over the top gaat, krijg ik er ook zin in. Compleet geschift, mijn lief. Hij heeft echt flair, brengt me aan het lachen, verleidt me met z'n camera, laat me dingen doen die ik uit mezelf nooit zou durven.

'Je bent keisexy', zegt hij, een opgefokte Rambo imiterend, luid genoeg dat voorbijgangers het kunnen horen. 'Kom, relax baby, let the beast go!'

De meeste passanten zien de grap ervan in, een paar twijfelen. 't Is dus wel echt een joekel van een fotoapparaat. Héél indrukwekkend.

'Ja prima,' vervolgt hij in geestig gekuist Gents waarbij hij de 'r' duchtig laat rollen, 'dat *fronske* boven uw linkerwenkbrauw is de max, houden zo. Staar nu *nekeer* mistig in de verte, gelijk de Mona Lisa en al. Yes, yes! The camera loves you baby.'

Mensen houden de pas in, blijven rondhangen, kijken toe...
'Smijt u, komaan meiske, smijt u.'
Eerst sta ik nog onzeker te schutteren, maar dan ineens voel
ik me bevrijd. Foert, denk ik, als mijn Eriekje show wil, zal hij
show krijgen. Tot mijn eigen verbazing geef ik hem van jetje
als een volleerd model. Aanstellerig neem ik pose na pose
aan. Klik klik klik, zegt de camera. Eriek is verrukt over mijn
vertoning. Stoutmoedig kijk ik in de lens. Introvert, extrovert,
devoot of supercool, zwoele griet of ijskonijn: het hele
repertoire gaat erdoor. En Eriek er maar doorheen lullen...
'whaw! en yes! en goed zo wijveke...'
Ik heb de tijd van mijn leven. Een paar toeschouwers – jonge
gasten, waarschijnlijk studenten – spelen het spel mee,
moedigen mij luidkeels aan.
'Komaan wijveke, laat u gaan!'
En ik die normaal al in de grond kruip als er nog maar iemand
naar me wijst, weet van geen ophouden. Zalig. Het kost me
geen enkele moeite. Achteloos speel ik al mijn troeven uit,
pruillip incluis. Fuck maat, ik sta te kijken van mezelf. Hoe
krijgt hij het gedaan, mijn Rambomannetje?

Schaterend, nog nahijgend strijken we neer op de Graslei. We
hebben er dorst van gekregen. De terrasjes puilen uit, maar
zoals het altijd gaat als je maar verliefd genoeg bent, komt er net
een tafeltje vrij wanneer we arriveren. Voldaan plof ik neer en
geef mijn ogen de kost. Zo'n beestig pleintje maat. Dat – besef ik
ineens, happend naar adem – is wat mij over twee jaar te
wachten staat. Studeren in Gent, op kot gaan, vrijheid blijheid...
Druk commentariërend bekijken we de foto's die Eriek het
afgelopen uur heeft gemaakt. Ik wil dat hij er een paar wist,
maar Eriek denkt er nog niet aan.

'Hoe kan ik jou nu wissen,' zegt hij, 'ik sterf nog liever.'
De verliefde bakvis in mij zit aldoor te giechelen. O, wat had ik
daar tot voor kort een hekel aan en wat vind ik het nu heerlijk
om onnozel te zitten kakelen en ginnegappen alsof m'n leven
ervan afhangt. Ik vertel Eriek het verhaal van Marie en
daaraan gekoppeld het telefoongesprek van mijn vader.
'Shit maat,' zegt hij, 'wijze pa heb jij.'
Een vriendelijke ober – natuurlijk is hij vriendelijk, iederéén is
vandaag vriendelijk – brengt twee pintjes en een schoteltje
met olijven. Ik trakteer. Ik *moet* trakteren, al was het maar om
lucht te kunnen geven aan mijn euforie. Twintig cent fooi.
Voilà.
'Dank u wel juffrouw, wat een mooie dag hé?'
Ik knik heftig, ineens sprakeloos van geluk. Eriek en ik
klinken, voederen elkaar een olijf, glimlachen idolaat.

Nieuwsgierig kijk ik rond. Echt een gave plek. Ik zuig de hele
bedoening gulzig in me op. Het binnenwater met de bootjes,
de liefelijke trapgevels van eeuwenoude huizen waarvan de
daken blikkeren in de zon, wel honderd parasols – gele,
groene, rode – zetten het plein in lichterlaaie, overal lachende,
relaxte mensen nippend aan drankjes, keuvelend, gebaren
makend, het goed met elkaar vindend, en daartussen,
helemaal vooraan, op de voorgrond, recht tegenover mij,
onontkoombaar, de prachtige, dwingende kop van mijn
hemels lief. Eriek, met zijn onwaarschijnlijk mooie ogen die
mij onafgebroken aankijken, taxeren, koesteren. Alles, maar
dan ook alles lijkt in scène gezet opdat onze verliefdheid erbij
zou kunnen floreren. Zelfs de geluiden, het lenteachtige
geroezemoes, het frivole belgerinkel van een voorbijrijdende
fietser (zie hem zwaaien naar iemand), het gewapper van de

vlaggen op de kade, flarden van een zomerdeuntje, God
weet waar vandaan, alles, alles draagt bij aan dit zalige
geluksmoment dat zich diep in mijn geheugen grift opdat het
nooit zou worden vergeten.

'Tof hier, hè', zeg ik.

'Ja', zegt Eriek, zijn hand op de mijne. 'Mijn dierbaarste plek...
en nu zit ik hier met jou.'

Ze kunnen het zien. Ik weet het zeker. Iedereen die hier zit en
dit moment met mij deelt, kan zien hoe oorverdovend
gelukkig ik ben. Ik zou maar één keer met mijn pink tegen
Erieks glas hoeven te tikken of iedereen, het hele plein, zou
abrupt de adem inhouden en zich naar ons toekeren,
nieuwsgierig naar wat ik te verkondigen had. Ik ben Mathilde
zou ik zeggen, en dit is Eriek, mijn liefje, we kennen elkaar
nog maar pas, maar ik weet nu al dat hij de ware is. Kijk naar
hem, is hij niet de allerknapste jongen van de hele wereld. En
iedereen zou instemmend knikken en het glas naar ons heffen
en iemand zou op zijn vingers gaan fluiten, waarna er
spontaan applaus zou losbarsten, waarop Eriek zou opstaan
om met een verlegen en toch hoofs knikje zijn dank uit te
spreken en omgeven door al die welwillende mensen,
gedragen door hun genereuze ovatie, zouden wij ten slotte
hand in hand wegwandelen, een kanjer van een toekomst
tegemoet. *The end*. Ja, zo zou het zijn.

Ik durf niet te tikken.

'Waarom lach je?' vraagt Eriek.

'Zomaar,' zeg ik, 'binnenpretje.'

Djeezes, denk ik, ik heb het wel erg zitten. Mocht Marie mijn
koortsachtige visioenen kennen, dan ze zou me goed gek
verklaren. En terecht. Maar kan ik het helpen dat ik trots ben

op mijn lief, mijn kaper die mij met zijn prachtige brief raakte in mijn ziel? Kan ik het helpen dat ik barst van vreugde?

Klik, hoor ik.

Ik kijk op. Eriek laat zijn fototoestel zakken. Ik zie zijn pretoogjes verschijnen, daarna zijn mooie, rechte neus, ten slotte zijn brede, spotlachende mond. Een rilling loopt van mijn hals naar mijn staartbeen. Hij checkt de foto, glimlacht en laat me het resultaat zien. Ik schrik. Nooit zag ik een meer flatterende beeltenis van mezelf.

'Ben ik dat?' vraag ik zonder enige zweem van koketterie, oprecht verbaasd.

'Helemaal', zegt hij.

'Wat je allemaal met me doet', lach ik.

'Drinken we nog iets?'

'Tuurlijk. Eentje is geentje.'

'Toen ik die brief naar je schreef, wist ik niet hoe ik het had', vertelt Eriek. 'Ik dacht misschien moet ze me helemaal niet.'

'Wist je dan niet van Marie dat ik er helemaal klaar voor was?'

'Nee, waarom?'

'Nou, ze heeft mij anders wel totaal gaar gestoofd. Ik was al smoor op jou vóór ik je had gezien. Marie ramde het er goed in. Ze kon niet zwijgen over jou. Eriekje hier en Eriekje daar. Volgens mij was ze tot over haar oren verliefd op jou en heeft ze je gewoon aan mij gekoppeld omdat ze je – gezien het leeftijdsverschil – toch niet krijgen kon.'

'Als het maar in de familie blijft.'

'Zoiets.'

'Marie is de max, maar jij...'

'Wat?'

'Jij bent...'

'Een lange spriet zonder borsten.'

'Hoe kom je erbij? Ik vind jou het mooiste meisje dat ik ooit heb ontmoet. En trouwens, ik houd niet van grote tieten.'

'Maar toch evenmin van géén tieten, of wel?'

'Van kleine borstjes, zoals die van jou.'

'Ze groeien vast nog, beweert Hermine. Wat als ze gelijk krijgt, zul je me dan nog graag zien?'

'Hoe bedoel je?'

'Stel dat ik alsnog van die prammen krijg.'

'Je maakt het me wel moeilijk.'

'Nee, mezelf. Ben ik erg goed in, in het mezelf moeilijk maken.'

'Niet doen. Ik zie je graag zoals je bent.'

'Wacht tot je mij wat beter kent.'

'Waarom breek je jezelf altijd af?'

'Sorry, 't zit in mijn natuur.'

'Geen probleem wat mij betreft, het zal mij niet beletten jou lof toe te zwaaien.'

'En jij?' vraag ik. 'Zie jij jezelf graag?'

Hij haalt z'n schouders op.

'Zeg nu zelf,' grijnst hij, 'wat moet ik anders?'

'Snoever.'

'Ik maak een grapje.'

'Weet ik wel.'

Zo gaat dat, bedenk ik, prille koppels tasten elkaar voorzichtig af. Behoedzaam omdat ze nog niet dezelfde taal spreken. Hun woorden – al zijn het dezelfde – dekken vaak een andere lading. Hoe zalig is het niet met vallen en opstaan de ziel van je geliefde te ontwarren. Ironie wordt ernstig ingeschat en wat serieus bedoeld is, komt over als een grap. Nuances gaan verloren en dubbele betekenissen komen niet tot hun recht.

Maar wat dan nog? Je gaat er roekeloos tegenaan, omdat je weet dat alles hoe dan ook te corrigeren valt. De gulle vergevingsgezindheid van pasverliefden. De eindeloze bereidheid tot luisteren en rechtzetten. Prachtig! Het besef dat uit al die kleine misverstanden en zoete spraak-verwarringen vroeg of laat een gemeenschappelijke taal groeit. Golflengtes worden scherpgesteld. Voor je 't weet, blijkt een half woord genoeg. Eén blik verklaart alles. Eensgezindheid is troef. Heerlijk die harmonie, maar toch is het nooit leuker, spannender, adembenemender dan in die raadselachtige beginfase waarin zoveel moet worden verklaard, uitgelegd en bijgestuurd.

'Kom je hier dikwijls?'
'De Graslei? Elke dag.'
'Gelukzak.'
'Ja hè.'
'Jij bent wel een stadsmens hè, jij. Eerst Brussel, nu Gent.'
'Brussel was ook wijs, maar anders. Eenzamer. Harder. Hier wil ik echt wonen.'
'Dan ik ook.'
'Wij samen. Daar, in dat kamertje met het gele pleisterwerk, net onder het dak waar dat venster openstaat.'
Ik tuur naar het kamertje dat hij aanwijst. Net op hetzelfde moment steekt iemand z'n hoofd door het raam. Hij kijkt onze richting uit. Eriek zwaait, de man wuift terug. We proesten het uit.
'Ken je hem?' vraag ik.
'Nee', zegt hij. 'Misschien ben *ik* dat wel, over tien jaar. En jij staat achter mij.'
'In de potten te roeren zeker. Eten klaar te maken voor meneer.'

'Hoe raad je het.'

'Macho', zeg ik, maar ik voel een kriebel in mijn buik. Alsof ik niets lievers zou doen dan hele dagen voor hem koken.

Djeezes, wat bezielt mij?

'Spaghettisaus van kerstomaten en basilicum', droom ik hardop. 'Lust je dat?'

Eriek lacht. De man aan het raam trekt zijn hoofd in en verdwijnt.

'Ik heb je vast aan tafel geroepen', zeg ik.

We zitten nog een tijdje mijmerend naar het okergele huis te staren. Eriek schuift z'n stoel naast de mijne, legt zijn arm over mijn schouder en kust me in de hals. De ober – toevallig getuige – glimlacht en knipoogt me toe.

'Vertel es, wanneer kreeg je mij in het oog?'

Nog zoiets, verliefden – hoe pril hun collectieve geschiedenis ook nog is – voelen altijd de behoefte om naar het begin ervan terug te keren. Ze worden er naartoe getrokken, als een lied naar zijn refrein. Steeds opnieuw keren ze weer naar de duizelingwekkende oorsprong van hun avontuur, waarna ze er mateloos over leuteren. Geen detail mag onbesproken blijven, alles, elke seconde wordt onder de loep genomen en liefdevol herkauwd.

'In de Okapi.'

'Ja, maar wannéér, welke dag?'

'Weet ik nog precies. Het weekend na carnaval. Er was een fuif van de scouts, maar we hadden met de Sharks eerst afgesproken in de Okapi omdat we er contacten wilden leggen met het oog op een optreden. Het was de eerste keer dat ik er binnenkwam.'

'En?'

'Ik zag je meteen.'

'Het zal wel.'

'Echt. Ik weet nog dat ik Harry aanstootte, maar hij viel meer voor Anissa.'

'Was die er ook, Anissa?'

'Zeker weten. Mocht Harry toen geen liefje gehad hebben, dan zouden we elkaar trouwens veel vlugger ontmoet hebben.'

'Waarom?'

'Nou ja, je kent hem ondertussen, hij zou Anissa meteen versierd hebben en ons op die manier op sleeptouw hebben genomen.'

'Ik snap het. Wie was er nog meer? Ik probeer me te herinneren welke avond het was. De week na carnaval, zeg je. Na de krokusvakantie dus...'

'Die grote met zijn vetkuif.'

'Alex. Echt?'

'En Dries. Ja Dries, ik dacht dat hij je broer was.'

'Is hij ook min of meer. En jij was dus in gezelschap van je groepje? Dat ik jullie niet opgemerkt heb.'

'Schande.'

'En wat deed je toen je me zag?'

'Niets speciaals. Gewoon. Naar je kijken. Stiekem. En je vervloeken omdat je mij geen blik waardig gunde.'

'Ik zie nooit iemand. Erg hè.'

'Héél erg.'

'Shit maat, had ik het geweten.'

'Tja...'

'O, kijk nu, mijn Eriekje voelt zich tekortgedaan. Met terugwerkende kracht nog wel.'

'Niks van', grijnst hij. 'Nu ja, een beetje misschien. Geef toe, 't heeft wel een tijd geduurd voor je mij in de gaten kreeg.'

'Ja, en dan nog dankzij m'n zus. Had Marie mij niet attent op jou gemaakt...'

'Heb je al eerder vriendjes gehad?'
'Nee. Ja. Niet echt. Ik bedoel, 't stelde niks voor. Eentje... Max heette hij... we hebben elkaar niet eens gezoend. En jij? Meisjes in overvloed zeker?'
'Waarom denk je dat?'
'Zomaar. Ik kan me niet voorstellen dat er één meisje is dat "niet" verliefd op jou wordt.'
'Jawel,' grijnst hij, 'jij, wekenlang.'
'Ja, maar zoals ik al zei, ik had je niet gezien.'
'Zo oogverblindend zal ik dus wel niet zijn.'
'Of misschien juist wel. En?'
'Wat?'
'Meisjes...?'
'Mja, nee, een beetje zoals jij, niet echt wat je noemt... je weet wel... ik bedoel, toen ik jou zag, was het...'
'Zeg het!'
'Nu ja, alsof er vanbinnen een vuurpijl afging.'
'Pats boem.'
'Pats boem ja.'
'Djeezes, stel je voor dat ik je was misgelopen. Stom kieken dat ik ben. Je had mij wel kunnen aanspreken...'
'Durfde ik niet. Je leek zo... onbereikbaar. Ongenaakbaar.'
'Ongenaakbaar? Ik?'
'Wat dacht je toen je mijn briefje las?'
'Pats boem.'
'Echt?'
'Helemaal betoverd was ik.'
'Nou, toen ik Marie naar jouw reactie vroeg, bleef die

op de vlakte. Ik dacht shit, ze moet me niet.'

'Dat was zo afgesproken. We wilden jou een beetje gaar stoven, snap je?'

'Smeerlappen.'

'Ja hè', giechel ik.

'Fuck maat, vanaf de dag dat ik dat briefje in jouw jaszak stopte tot het moment waarop jij naar me toekwam in de Okapi, heb ik geen uur geslapen, weet je dat?'

'Dáárom zag je er als een zombie uit.'

'Kijk, daar heb je hem weer.'

De man van daarnet is weer in het raamkozijn verschenen.

'Hij komt een boertje laten.'

'Het was vast lekker.'

Eriek steekt zijn duim omhoog. De man beantwoordt het gebaar.

'Wow, heb jij telepathisch contact met die gast of zo? Ik bedoel, dat hij ons meteen opmerkt tussen al die mensen. Cool toch?'

'Komt door jou,' zegt Eriek, 'wie kan er nu náást jou kijken?'

'Hé, charmeur.'

'Parel van de Graslei', lacht Eriek.

'Zot', zeg ik.

'Oké,' grijnst hij, 'ik zal het maar bekennen, ik heb hem ingehuurd om indruk te maken op jou.'

'Niet waar', pruil ik.

'Kom parel,' lacht hij, 'we moeten ervandoor, ik heb vanavond repetitie met de Sharks.'

En al is het dan zónder applaus, mateloos verliefd wandelen we hand in hand de toekomst in. De ober achter ons aan met Eriek zijn trouwe kameraad.

'O shit, dank je, dankjewel.'

Zo, dat weet ik nu ook, behalve dat hij de liefste en de mooiste is, blijkt hij ook een vergeetkous te zijn. Natuurlijk komt er net een tram aangereden wanneer we bij de halte aankomen. We kijken er niet eens meer van op.

Prinselijk bezoek

Verbruggen houdt woord. Volgende week komt hij m'n vaders
tekeningen bekijken. Hij heeft bloemen bij zich voor Hermine.
Hij denkt dat ze de vrouw des huizes is, stamelt als een
schooljongen wanneer ze hem vriendelijk terechtwijst.
'Excuseer, ik dacht...'
Allemaal met die innemende bariton van hem.
'Geeft niets,' glimlacht m'n tante, 'er zijn er wel meer die zich
vergissen. Ik neem de bloemen straks wel mee naar hiernaast.
Ze zijn prachtig. Erg bedankt.'
Marie en ik kijken elkaar aan. Noem het vrouwelijke intuïtie.
Vlak voor onze neus gebeurt iets waar we dan nog geen
duidelijk zicht op hebben, er gaat alvast een belletje rinkelen.
Het begint allemaal bij de manier waarop tante Hermine naar
de keuken zweeft om de bloemen van Verbruggen voorlopig in
de afwasbak te droppen. Haar voeten raken nauwelijks de
grond. In een oogwenk is ze terug om zich opnieuw over
onze gast te ontfermen. Die laat zich m'n tantes aandacht
welgevallen. Nu hij beseft dat Hermine eigenlijk een vrouw op
vrije voeten is, sluipt er onmiskenbaar een kentering in zijn
gedrag. Niet dat hij plotseling als een haantje tekeergaat, maar
toch. Hoewel hij erg hoffelijk en gereserveerd blijft, stort hij zich

met stuntelige, jongensachtige ijver in een nauwelijks verholen charmeoffensief jegens m'n tante. Voeg daarbij de licht verstoorde blik van m'n vader – duidelijk op zijn qui-vive – en een oen kan zien dat hier iets aan het broeien is. Iets waar munt uit te slaan valt. Op welke manier precies weten Marie en ik op dit moment nog niet, maar dat er muziek in de situatie zit, lijkt ons zo klaar als een klontje. M'n zus knipoogt mij toe, ik terug. M'n vader ontkurkt een fles en schenkt in. Verbruggen neemt plaats in de tweezit, m'n tante gaat naast hem zitten. Beiden kruipen zo ver mogelijk uit elkaar, maar op zo'n nadrukkelijke manier dat het wel lijkt of ze op elkaars schoot gaan zitten. M'n vader neemt er grijnzend nota van en dwingt zijn mond in een minzame plooi. Djeezes, hij zit gewoon te sterven van jaloezie, besef ik ineens en tegelijk (eureka!) gaat mij een licht op. Ik zie aan Maries brede glimlach dat ze nog steeds op dezelfde golflengte zit. Hier wordt fuck nog aan toe geschiedenis geschreven!

'Oja, voor ik het vergeet, ik heb ook iets voor u meegebracht', richt Verbruggen zich tot mijn vader. Hij haalt een aluminium koker uit z'n binnenzak. Een klein broertje van de Ariadne, zo lijkt het wel, maar bij nader toezien blijkt het een verpakte Havanna te zijn. Wel een joekel. Met een brede glimlach overhandigt Verbruggen het geval aan m'n vader. Die schroeft het dopje eraf, diept de sigaar op uit de huls, ruikt eraan, twijfelt even en besluit dan toch het gevaarte op te steken. Een vredespijp lijkt welkom.

Voor ons heeft hij natuurlijk niets mee, Verbruggen. Had anders wel gemogen. Ik zou wel weten wát: voor Marie pakweg een handboek *Tongen in tien lessen* en voor mij de examenvragen van chemie. Maar nee dus. Djeezes, ik mag er niet aan denken. Over drie weken beginnen de eindejaarsproefwerken. Voor Eriek al over veertien dagen. Er zou een wet moeten bestaan die verliefden ontslaat van de examenplicht en hen het recht verleent dagenlang in vervoering rond te lopen zonder iets noemenswaardigs uit te spoken. Gewoon smoor zitten wezen en geen fuck uitvoeren, tenzij oeverloos geluk afstralen op de minder met liefde bedeelde medemens, teneinde die laatste te troosten en al. Ik bedoel dat het leven ook schoon kan zijn en zo. Niet alom treurnis en onmin en dagelijkse banaliteit. Ja, als ze dan al één plicht zouden mogen hebben, de verliefden, dan wel met hun groot hart de kille wereld opwarmen. Iets wat nu helaas het privilege is van uitlaatgassen en ozongaten.

Is het de sigaar? In elk geval krijgt m'n pa zijn goede humeur terug. Rookpluimen uitblazend zegt hij: 'Wat een eikel toch hè, die Slagmulders. Hadden we die bij zijn pietje, of niet?'
'Mag je wel zeggen', gniffelt Verbruggen.
'Kinderen, kom erbij zitten', zegt m'n vader. 'Of zijn jullie bang voor deze man?'
We hebben ons inderdaad op de achtergrond gehouden tot nog toe. Hoe gaat dat? Leraren en leerlingen weten nooit hoe ze zich buiten de schoolmuren tegenover elkaar moeten gedragen. Maar door mijn vaders toedoen breekt het ijs. Hermine excuseert zich voor een paar ogenblikken. 'Ben zo terug', zegt ze. Dries gaat op verzoek van Verbruggen m'n vaders tekeningenmap halen. Terwijl Marie en ik borrelhapjes aanslepen, verdiept onze leraar scheikunde zich in de map. De inhoud bevalt hem zichtbaar. Hij besluit twee tekeningen te kopen, één voor zichzelf en één om aan z'n moeder cadeau te doen.

'Daar moet op geklonken worden', vindt m'n vader. 'Kinderen, haal nog eens een fles wijn.'

Verbruggen is heel goed te doen. Tussen m'n vader en hem is 't nu definitief dikke mik. Ze zitten te dollen als twee kwajongens. Het broeierige sfeertje van daarnet lijkt verdwenen en heeft plaatsgemaakt voor jolige gezelligheid. Dries, m'n zus en ik nemen strategisch de driezit in beslag. Hermine, die zich blijkbaar is gaan opdoffen, verschijnt even later in een kort, zwart, aansluitend jurkje met daaronder 'fuck me botjes' die haar beeldig staan. Djeezes, de slet maat! In een oogwenk kantelt de atmosfeer opnieuw. Daar heb je de haantjes weer.

'Hé,' zegt m'n vader, 'in 't nieuw, waar hebben we dat aan verdiend?'

Hermine glimlacht koket. Verbruggen kan z'n ogen niet van haar afhouden, al doet hij nog zo z'n best het niet te laten merken. Ik bestudeer m'n vader. Hij doet alsof z'n neus bloedt, maar wanneer hij per ongeluk zijn glas omstoot – hij stoot nooit z'n glas om! – blijft hij doodgemoedereerd zitten. Wat krijgen we nu? Niet alleen stoot hij nooit een glas om, áls hij er een zou omstoten, en dat doet hij dus nooit, zou hij nooit of te nimmer op z'n krent blijven zitten. Om de dooie dood niet.

'Geeft niet, het tafelkleed was toch al vuil', grijnst hij.

Wat zegt hij nu? Het tafelkleed was helemaal niet vuil! Ja, nu wel natuurlijk. Er klopt iets niet. Zelfs op het tapijt onder het salontafeltje zitten wijnspatten. Normaal zou hij als een gek naar de keuken stormen, zout strooien op de vlekken en die met engelengeduld te lijf gaan met een vochtige doek. Daarna zou hij de keukendoek uitwassen onder de kraan en opnieuw gaan deppen alsof z'n leven ervan afhing. Deze procedure zou hij een keer of vijf herhalen. Ja, zelfs al was de koning op bezoek, deppen zou hij. *Excuses Sire, momentje, even de boel schoonmaken, zo terug.* Niet nu. Geen depwerk. In plaats daarvan schenkt hij zich nog eens vol en verroert verder geen vin. Echt niet gewoon. Een buitenstaander zou er niets van merken. Wij wel degelijk. Z'n dure, getufte vasttapijt onder de wijnspatten: zoiets maakt hem compleet overstuur. Hij is een maniak in die dingen. Open geest, m'n pa, vrijdenker tot en met, in wezen een man die de complexiteit niet schuwt, maar aan zijn interieur mag niets mankeren. Niks mag rondslingeren, rommel is uit den boze. Poten van tafels, stoelen en fauteuils moeten altijd precies in hun 'afdrukje' staan dat ze in de loop der jaren in het tapijt hebben gesleten. Alles op zijn plaats. Geen gedoe. En vlekken! Vlekken zijn helemaal een teer punt. Uren kan hij staan deppen, die man. Wat is er in godsnaam aan de hand? Hij durft Hermine en Verbruggen geen moment alleen laten, dát is het. Niet dat hij er verslagen bij zit. Integendeel, hij is nog altijd in grote doen. We liggen allemaal plat als hij zijn wedervaren met Els' vader nog eens vertelt. Hier en daar dikt hij het verhaal zalig aan. Hilarisch. Hij heeft tijdens het praten zijn voeten op de vlekken gezet, merk ik. Als om ze voor zichzelf te verbergen. Niets aan de hand. De sfeer lijkt weer lekker ontspannen, maar wanneer Verbruggen een halfuurtje later opstapt – nadat hij Hermine nota bene een handkus heeft gegeven – vliegt m'n vader alsnog naar de keuken en kan het depwerk beginnen.

'Je mag hem wel, hè', gromt hij tussen neus en lippen.
Hermine: 'Wie?'
M'n vader, dep-dep-dep: 'Verbruggen, wie anders?'

'Nou...'

'Kom, geef het maar toe, je hebt een oogje op hem.' Dep-dep-dep...

Hermine beperkt zich tot een glimlachje.

'Zwijgen is toegeven', zegt Marie.

'Nou ja,' bekent ze, 'het is een aardige man, niet?'

'Lepe Galliër, bedoel je.'

Hermine met een knipoog naar Marie en mij: 'Hij weet een vrouw aan te pakken, dat is duidelijk. Gezien hoe hij afscheid nam?'

'Met prinselijke charme', val ik haar bij.

'En dan die stem', mijmert m'n tante.

'Wreed hè mens,' koldert Marie, 'dat gaat recht naar de buik, nietwaar, zo een timbre. Daar ben je niet goed van, dat kerft in de ziel, zo'n stem. Is 't niet?'

'Ja, hallo, overdrijven jullie niet een beetje', gnuift Dries.

Hij snapt er weer niets van.

'Verdomme, te laat,' dep-dep-dept m'n vader, 'die vlek gaat er nooit meer uit.'

'Daar zijn machines voor', sus ik.

'Waarom niet eigenlijk,' mompelt m'n vader, 'ja waarom niet eigenlijk.'

'Wat?'

'Wel ja, die Verbruggen...'

'Wat dan?'

'Lijkt me een uitstekende partij. Knappe man, gescheiden, zin voor humor... ja, waarom niet eigenlijk?'

'Je plaat blijft hangen', lacht Hermine.

Potlood, gom
en nicotine

Liefste Eriek, als ik 's morgens mijn ogen open, lacht de
wereld mij toe. Ik wil uit mijn bed springen, uit mijn vel.
Maar hoe ik ook popel, ik lijk wel verlamd. Dus blijf ik
liggen en doe mijn ogen weer dicht. Ik houd mijn adem in,
mijn hart bonst, mijn spieren jeuken.
Verliefd: nooit eerder in die mate... bijna doet het pijn. Ik
wist niet dat pijn zo zalig kon zijn... zelfs het verhaaltje
van die vlinders blijkt te kloppen, ik voel...

'Papa, hoor 's, bij honden spreek je van een meute of een
horde, hoe zeg je een hoop vlinders?'
'Aan het schrijven? Een brief?'
Ik knik.
'Goed zo. Briefschrijven kan niet genoeg worden
aangemoedigd. Dat sms-gedoe van tegenwoordig, ik haat het.
Om maar te zwijgen van dat... hoe heet het... chatten! Bwah!'
Ik zit in m'n vaders atelier, een gezellige, ruime zolderkamer
die de hele bovenverdieping overspant. Ik heb er mijn eigen
hoekje, vind het prettig om hier onder de pannen wat te zitten
lezen of mijn schoolwerk te maken terwijl m'n vader aan
zijn tekeningen werkt. Er hangt een geur van potlood, gom

en nicotine. De huisgeur zeg maar, maar dan in een geconcentreerde versie: een zalig aroma dat zich gaandeweg ook in de truien en hemden van m'n vader heeft genesteld. Geen enkel parfum dat daar tegenop kan. De radio speelt zacht, soms jazz, meestal klassiek. M'n vader kent hele lappen Bach en Mozart uit het hoofd. Hij fluit feilloos mee. Ik weet niet hoe het komt, maar als hij dat doet, kan ik wel griemen van geluk. Dan kan er in de wereld niets misgaan. Vaak zeggen we geen woord tegen elkaar. Hoeft niet. M'n vader staat gebogen over zijn tekentafel, zijn gezicht is lichtjes vertrokken van concentratie. Af en toe knipoogt hij me toe, glimlacht even, werkt verder. Fluit zachtjes. Soms vraagt hij me naar een tekening te komen kijken. Ik vind het altijd even prachtig. Ik wou dat ik ook zo mooi kon tekenen. Ik kan niets. 'Zwerm,' zegt hij, 'een zwerm vlinders.'

...ik voel een hele zwerm van die beestjes in mij tekeergaan. Is het daarom dat ik de hele dag vreugdedansjes maak? Wil ik opstijgen, word ik opgetild door wel duizend vlinders? Bontgekleurde vlinders van geluk...

'Djeezes...'
Ik verfrommel m'n blad, mik de prop in de papierbak bij de vier andere. Vijf pogingen om iets deftigs te schrijven en nog altijd even ver van huis.
'Gaat het niet?'
'Nee, ik kan niet schrijven.'
'Vast wel.'
'Drie, vier lijntjes lang haal ik een respectabel niveau, daarna gaat het stijl bergafwaarts.'
'Dan houd je 't toch bij drie, vier lijntjes. Kort maar krachtig.'

'Pfff... misschien is schrijven niet zo'n goed idee als je verliefd bent.'

'Best mogelijk. Extreme gemoedstoestanden leveren zelden artistieke hoogstandjes op. Een schrijver hoort nuchter, bijna afstandelijk tegenover zijn schrijfsels te staan.'

'Nou, dat sta ik dus duidelijk niet.'

'Me dunkt.'

'Papa?'

'Ja?'

Shit, daar ga ik weer. Bemoeial eersteklas. Niks aan te doen, ik kan het niet helpen.

'Ben jij – ik bedoel na mama – nog op iemand verliefd geweest?'

'Nou...' ontwijkt hij.

Ik ken hem: liever doodvallen dan hierover te praten. Alsof hij bang is... alsof er een vloek rust... ik besluit door te zetten.

'Komaan pa, jij die altijd zegt dat er over alles gepraat moet kunnen worden tussen ouders en kinderen, knijp er nu niet lafweg tussenuit. Mama is ondertussen bijna tien jaar dood, zo taboe kan het onderwerp toch niet meer zijn.'

'Tja, je hebt gelijk, maar... hoe zal ik het zeggen, je mama was niet om 't even wie... ik bedoel...'

'Houd toch eens op van mama een heilige te maken. Weet je, ik wil geen standbeeld van een moeder, ik wil een moeder van vlees en bloed, ook al is ze er dan niet meer. Het leven gaat door, pa.'

...

'Djeezes, hoor mij, sorry hoor, waar bemoei ik me mee. Wat ik bedoel is...'

'Ik weet wat je bedoelt, Mathilde', zegt hij schor.

'Zie je wel, nu kijk je triest.'

Hij vermant zich, plooit z'n gezicht in een lach.

'Jij bent verliefd voor twee jij, is het niet?' gooit hij het roer om.

'Reken maar. Voor tien! Volkomen gaga, finaal tureluurs ben ik, compleet van de kaart...'

'Je bedoelt totaal van slag?'

'Ik zou zelfs méér zeggen: lijnrecht geschift.'

Opeens ernstig: 'Er is niets aan Eriek dat me niet bevalt, pa. We kunnen goed met elkaar praten. Ik voel me op mijn gemak bij hem. We denken hetzelfde. Het is allemaal perfect. Angstaanjagend bijna. En zo'n mooie jongen! Hoe zo iemand kan vallen op een magere spriet als ik.'

'Je bent geen magere spriet. Je bent een prachtig, slank meisje dat op het punt staat te ontluiken. Die jongen heeft gewoon ogen in zijn kop.'

'Ja, het zal wel. Wacht tot je hem ziet, papa. Ik weet zeker dat je hem oké zult vinden. Alles aan hem vertedert mij, maakt me blij. De haartjes op zijn armen, de krul bij zijn mondhoeken als hij lacht, de ernst in zijn blik, het putje in zijn kin...'

'Heb ik ook hoor', pruilt m'n vader quasi jaloers.

'Wat?'

'Een putje in mijn kin.'

Hij grijnst. Maar ik laat me niet van de wijs brengen, negeer zijn spotlachje, ga onverstoord verder.

'...het timbre van zijn stem, zijn stem die zo mooi mijn naam zegt, het is allemaal zoals het moet zijn...'

'Ja hallo,' grinnikt hij, 'wie had het daarnet over standbeelden? Je bent er hier anders ook eentje aan 't oprichten.'

'Sorry.'

'Ik pest je alleen maar wat.'

'Weet ik wel.'

'Al moet ik je wel waarschuwen. Hoe hoger de sokkel, hoe dieper de val. Kijk maar naar wat mij overkomen is.'

'Je hebt gelijk, maar aan de andere kant... mama is al tien jaar... ik bedoel, de tijd is er toch overheen gegaan...'

Hij knikt.

'Ik weet het', zegt hij, 'en toch...'

Ik voel me helemaal week worden.

'Pak mij eens vast, papa', zeg ik. 'Knijp eens hard. Ik zie je zo graag.'

Als hij me loslaat, merk ik dat zijn blik een beetje mistig staat. Hij glimlacht niettemin kranig. Eigenlijk wel een seut, mijn pa. Voor een man toch. Krijgt glazige ogen van het minste. Marie en ik lachen hem er wel eens om uit, al vinden we 't diep in ons hart natuurlijk vertederend, die breekbaarheid van hem. Sentimentele mannen: we lusten er pap van. Jongens met het hart op de tong krijgen een tien van ons. Alles liever dan coole binken zonder meer.

Ik sla onbeholpen het stof uit zijn kleren.

'Sorry pa, wie ben ik om jou de les te lezen.'

'Nee nee, je hebt gelijk. Je hebt gelijk, Mathilde, mama moet van haar voetstuk af.'

Nu of nooit, spreek ik mezelf moed in. Komaan Mathilde, frontaal op het doel af, doorduwen nu, geen medelijden.

'Hermine', zeg ik.

'Hermine?'

'Hermine ziet je graag, papa. En jij haar.'

'Dat klopt, maar...'

'Maar?'

'Wat heeft dat ermee te maken?'

'Alles.'

'Wat bedoel je?'

'De liefde, pa... geef de liefde waar ze recht op heeft.'

'O maar Hermine en ik, dat is anders. Ik bedoel niet zoals jij denkt dat het is.'

'Bullshit, pa.'

'Hoho...'

'Niks hoho.'

'En trouwens, ik denk dat Hermine een oogje heeft op die Verbruggen.'

'Op jou zul je bedoelen.'

'Op mij?'

'Houd je niet van de domme, pa. Haal die Verbruggen nu niet uit de kast. Zeg eens eerlijk: stel dat ze inderdaad op Verbruggen zou vallen, stel – doet ze nooit, maar kom – stél dat ze bij hem zou gaan wonen...'

'Ja... ga door.'

'Doet ze nooit, dat weet je net zo goed als ik, maar stél...'

'Ja, hallo, wat dan?'

'Geef maar eerlijk toe: je zou het verschrikkelijk vinden. Je zou jezelf voor je kop slaan...'

'Je bedoelt...'

'Wat ik zég, pa. Je gaat er gewoon van uit dat Hermine eeuwig een trouwe vriendin blijft en voor jou zorgt zonder dat jij van jouw kant... ik bedoel, meneer laat het zich welgevallen, meneer laat zich verwennen terwijl hij zich zelf zuinig op de vlakte houdt. Hermine is lief voor jou, Hermine is de goedheid zelve, maar als het erop aankomt... waar blijf jij... beetje laf toch? Of niet? Geef toe, na al die jaren is ze onmisbaar in jouw leven geworden. O wee mocht Hermine er morgen tussenuit knijpen. Dan ben je voor de tweede keer weduwnaar.'

Zo, die zit, vind ik. Daar heeft hij vast niet van terug.

'Ik geef toe dat ik... nu ja, dat ik bepaalde gevoelens koester voor jouw tante, maar...'

'Houd nu eens op met *maren*, pa.'

'Waar stuur je eigenlijk op aan, doordrammertje?'

'Dat je wel eens uit jouw schulp mag kruipen, meneer de twijfelaar. Het is zo hemeltergend duidelijk: Hermine en jij, jullie horen samen en daarmee basta. En mama – voor je er zelf over begint – mama zou het fantastisch vinden.'

'Bemoeialletje hè jij', grijnst hij.

Maar ik laat me niet inpakken. Als ik eenmaal gelanceerd ben, is er geen houden meer aan. Dan ga ik door tot het bittere eind.

'Jij bent een superpa, een betere als jij bestaat niet, maar is het dan zo ondenkbaar dat je...?'

'Dat ik?'

Yak maat, wat ben ik een walgelijke regelnicht, besef ik ineens.

'Dat je een andere vrouw neemt', ga ik niettemin door.

Klinkt vreselijk. Waar ben ik mee bezig? Shit maat, walgelijk. Nu ja, so what? Hoe zegt m'n vader het ook weer? Ouders voeden hun kinderen op, kinderen hun ouders.

Hij schraapt z'n keel. Z'n gezicht heeft een vreemde, verslagen uitdrukking. Ben ik te ver gegaan? Heb ik hem verdrietig gemaakt? O, wat heb ik een hekel aan mezelf.

'Ik had die dag moeten rijden, Mathilde.'

'Wat bedoel je?'

'Toen mama verongelukte. Ik was thuis aan het werk. Ze vroeg of ik boodschappen wilde halen. Ik weigerde, en toen...'

Hij wendt het hoofd af. Onbeholpen. Ik krijg moeite met slikken.

'Djeezes papa, al die jaren geef jij jezelf de schuld van mama's dood...'

'Als ik niet had geweigerd, leefde ze nog.'

'Papaa! Als dat jongetje niet achter z'n bal had aangelopen... ik bedoel, het is niemand zijn schuld en zeker de jouwe niet.'

'Ja, dat zeg ik ook voortdurend tegen mezelf.'

'Gekkenwerk, dát is het. De schuld van mama's dood op jou nemen. Djeezes pa, waar zit je nu met dat verstand van jou? Het is absurd.'

'Weet ik. En toch. Soms zitten de dingen zo diep, zoetje, daar heb je geen idee van. Daar sta je met je verstand machteloos bij.'

'Beloof me dat je zo niet meer zult denken.'

'Of anders...?'

Ik haal m'n schouders op, kijk hem niettemin strijdvaardig aan.

Hij glimlacht. Ik terug.

'Wel?' dring ik aan. 'Beloof je het?'

'Ik zal het proberen.'

'En laat je Hermine niet afsnoepen.'

'Hermine is oud en wijs genoeg om zelf...'

'Ja precies, maar jij ook.'

'Oké, wijsneus. Schrijf nu maar verder aan je liefdesbrief. Wanneer krijg ik hem trouwens eens te zien, die aanbidder van jou?'

'Goed dat je 't vraagt. Morgen. Mag hij blijven eten?'

'Ha, eindelijk.'

'Ik heb hem gewaarschuwd dat jij een rare bent.'

'Goed zo.'

Het hol van de leeuw

't Is niet dat ik gespannen ben of zo, maar ik betrap er mezelf wel op dat ik als een kip zonder kop door het huis stuif. Niet om te doen. Ik schik zelfs kussens her en der en controleer of er stof ligt op de vensterbanken. Duidelijk een teken dat er iets mis is met mij. Ik onrustig? Welnee, alleen maar bloednerveus. Op van de zenuwen. Ik check voor de tiende keer of de tafel wel netjes gedekt is. Ze mag iets feestelijks hebben, vind ik, nu mijn Eriekje komt. Het extra bord doet me naar adem happen. Leg ik er een bloemetje op of gaat dat te ver? Ik hoor in gedachten Marie al: *wat moet die rozenstruik op tafel?* Djeezes, ik ben wel degelijk zenuwachtig. Niet zo'n beetje. Ik verwacht Eriek nu elk moment. Met opzet wat vroeger met hem afgesproken, kan hij eerst een beetje acclimatiseren. Een echt plan heb ik niet. Ik neem hem mee naar m'n kamer, daarna zien we wel.

In afwachting ijsbeer ik dus rusteloos van de living naar de keuken en terug. Fuck Mathilde, blijf nu toch eens kalm, spreek ik mezelf toe. Het komt allemaal wel in orde. Eriek en Hermine, dat zal vast goed klikken. Ze heeft risotto gemaakt, met bospaddenstoelen. Eriek is vegetariër. Nadat we samen de tafel hebben gedekt, is ze zich hiernaast gaan omkleden.

Spannend hè, je vriendje voor 't eerst op bezoek. Wat zal ik
aantrekken? Ik voel me al net zo opgewonden als jij. Lieve
Hermine, haar samenzweerderige toon vertederde mij. Nee,
aan haar zal het niet liggen. Met papa weet ik het nog zo niet.
Ik ken hem een beetje, hij zal Eriek uittesten. Fuck maat, ik
wil dat het gesmeerd loopt tussen die twee. Ach, waar maak ik
me zorgen om? Natuurlijk komt het goed. De bel! Ik spring
ongeveer drie meter hoog. Mijn hart bonkt in mijn keel.
Rustig. Rustig. Diep ademhalen. Ja, zo...
Ik draal nog even voor de spiegel. Zit alles een beetje goed?
Marie moest me bezig zien. Met knikkende knieën begeef ik
me naar de deur, tegelijk barst ik zo'n beetje van opwinding.
Zo meteen kijk ik mijn Eriekje in de ogen en laat ik hem
officieel binnen in mijn leven.
'Hoi.'
'Hoi.'
Nooit eerder in de geschiedenis van de mensheid ging er méér
schuil achter een neutrale groet als nu, vandaag, hier, achter
dit ingehouden 'hoi'. Een bonte verzameling gevoelens dringt
zich aan mij op, gaande van simpele blijheid tot blinde
devotie. Het régent werkelijk indrukken. Al valt het mij niet
aan te zien, ik ben helemaal verlamd door Eriek die daar zo
achteloos voor mij op de stoep staat.
Djeezes, wat een knappe jongen toch. Het blijft me verbazen.
Nu ik hier op eigen terrein oog in oog met hem sta, valt het
me nog meer op: dit is gewoon een eindeloos mooie jongen.
Zijn blik boort zich in de mijne. Totaal verlamd blijf ik hem
aanstaren. Hij heeft z'n gitaar bij zich, wat hem nog meer
allure geeft.
'Mag ik binnenkomen', lacht hij, 'of blijven we hier gewoon zo
staan?'

'Sorry, ja natuurlijk.'

Hij kust me. Ik voel zijn natte neus tegen mijn wang, ik ruik zijn vertrouwde geur en voel zijn adem in mijn nek. Er lopen rillingen over mijn rug.

'Ik ben wat laat, maar we hebben nog gerepeteerd. Vanwege dat optreden morgen. Je komt toch?'

'Natuurlijk. Anissa ook.'

'Te gek.'

'Ga je weer dat ene liedje spelen?'

'Wat denk je?'

'Maar niet opdragen aan mij hè, ik word daar niet goed van.'

'Maak je niet ongerust. Waar laat ik mijn gitaarkast?'

'Hier in de gang.'

'Ik heb niets bij mij. Had ik niet iets moeten meenemen? Een bloemetje voor je tante of zo?'

'Maar nee gij.'

'Ik ben wel een beetje zenuwachtig. Kun je 't zien?'

'Nee, behalve dat je lijkbleek bent en overal transpireert.'

'Echt?'

'Grapje. Je ziet er cool uit.'

'Nou, zo voel ik me anders niet.'

'Kom, er is nog niemand thuis. We gaan naar mijn kamer.'

'Ja,' zegt hij, 'laat me jouw vertrekken maar eens zien. Ik ben benieuwd.'

In een flits zie ik mijn kamertje voor mij. Is het niet te meisjesachtig? Of juist te weinig. Een kamer zegt alles over je persoonlijkheid, heb ik ergens gelezen. Nooit eerder stond ik erbij stil dat iemand mijn heiligdom zou taxeren.

'Je ziet er prachtig uit', zegt hij.

'Echt?'

Ik bloos van top tot teen. Maf maat, ik sta te trillen op mijn benen. Hermine haalde me over om een jurkje aan te trekken. Staat je beeldig, zei ze. Ik was niet overtuigd, ik ben geen jurkjesmens. Nu ben ik blij dat ik haar raad heb opgevolgd. Bovendien kreeg ik haar laarsjes in bruikleen.

'Whaw', zegt Eriek.

'Zot', zeg ik.

Hij pakt me vast boven mijn heupen, heft me van de grond en zwiert me een paar keer in het rond.

'Mijn prima ballerina', lacht hij.

Voorzichtig zet hij me neer en kust me opnieuw. Ik draai als een tol.

'Kom', zeg ik.

We lopen de trap op.

'Gaaf huis', zegt Eriek rondkijkend.

'Vind je?'

'Voilà,' zeg ik, 'welkom in mijn hutje.'

Eriek inspecteert gulzig, tegelijk wat onwennig m'n kamer.

'Dit is mijn eerste meisjeskamer', grijnst hij.

'En?'

'Mooi', zegt hij. 'Lief.'

'Toch niet te truttig?'

'Nee, juist niet. Hoe kan een kamer waar een poster van dEUS hangt er truttig uitzien?'

Hij gaat op bed zitten. Ik naast hem. Hij veert op om naar mijn verzameling vlinders te kijken. Nu ja, verzameling, ik heb de kastjes ooit gekocht voor een prikje op een rommelmarkt. Eigenlijk heb ik er niet veel mee, met die vlinders, maar 't is waar, ze ogen wel mooi.

'Bij mij zitten ze in mijn buik', glimlacht Eriek, lichtjes spottend maar toch lief, zodat het niet slijmerig klinkt, maar

net beestig. Er schiet weer zo'n scheut door mijn middenrif.
Fuck maat, die jongen is zó cool.
'Ik probeer al dagen een brief naar jou te schrijven', zeg ik.
'En? Mag ik hem lezen?'
'Nee, het wil maar niet lukken. Ik wil het goed doen.'
'Je maakt me nieuwsgierig.'
'Je zult geduld moeten hebben.'
'Is het een liefdesbrief?'
'Natuurlijk. Er komen vlinders in. Dezelfde die jij in je buik
hebt. Alleen willen ze niet vliegen zoals ik het wil. Snap je?'
Hij knikt.
Shit, denk ik, hij vindt me vast debiel met mijn vlinders. Ik
moet minder praten, mijn mond houden. Rust uitstralen.
'Wil je iets drinken?' stamel ik plompverloren.
Stomme vraag, maar ik weet met mezelf geen raad. Hoe zal ik
hier ooit nog kunnen slapen, nu de geest van mijn Eriekje hier
voor altijd rondhangt? Ik ben stapel op die jongen.
'Straks misschien', zegt hij.
'Wat?'
'Iets drinken.'
'O ja', hakkel ik.
Shit, ik moet mezelf weer worden. Eriek denkt vast dat ik
zwakzinnig ben of zo. Een alzheimerpatiënt is meer bij de
pinken dan ik.
Hij gaat opnieuw met een plofje op m'n bed zitten, naast mij,
onwetend van de verwarring die hij in mij teweegbrengt. Ik zit
maar zo'n beetje onnozel naar hem te lachen. Zolang ik mijn
bek houd, redeneer ik, kan er weinig misgaan. Hij gaat op zijn
rug liggen. Ik ook. Starend naar het plafond liggen we naast
elkaar. Zijn knie rust tegen mijn kuit. Weer word ik overal
haartjes.

'Ik zie je graag', zeg ik.

'Niet half zoveel als ik jou.'

'Zot', zeg ik en kruip verlegen tegen hem aan. Hij streelt mijn hals. Ik hoor zijn adem. Of is het de mijne? Zijn hand aarzelt. Streel maar, toe streel maar Eriek, denk ik, streel maar, ik ben van jou. Even later zijn we verwikkeld in een vurige kus. Daar, op mijn kamertje, achter mijn gesloten ogen, Erieks tong als een zoete aardbei in mijn mond, proef ik het tot nog toe gelukkigste moment van mijn leven. Ik tol, ik duizel, ik word onwel. Ik weet niet wat mij overkomt. De tijd staat stil. Of nee, ik bevind mij buiten de tijd, in het niemandsland dat liefde heet. Er ligt een jongen in mijn bed! Hij ziet me graag en ik hem. Handen gaan op ontdekkingsreis, eerst aarzelend, dan overtuigder, zoekend, vindend, dralend... het is alsof mijn geest dwaas wordt, wegzakt in een waas van lome overgave. Mijn armen worden trage kranen, mijn handen luie grijpers neerdalend op het mooie, gladde lijf van mijn geliefde. Ineens...

'Hé, gespuis daarboven, komt er nog wat van, wij hebben honger!'

Mijn vader. Fuck maat. Eriek schrikt zich rot. Hij schiet overeind en gaat in de houding staan, net alsof de generaal meteen langskomt op inspectie. Ik moet lachen.

'Djeezes', zegt hij.

'M'n pa', zeg ik. 'Niks van aantrekken. Zo is hij nu eenmaal. Groot bakkes, klein hartje. Hij vindt je vast de max.'

'Denk je?'

'Ik weet het zeker', zeg ik. 'Kom, op naar het hol van de leeuw.'

'Oké, ik ben er klaar voor', besluit Eriek manhaftig.

'Ha, daar heb je hem dus, de snoodaard die mijn dochter komt inpikken.'

'Papa, please.'

'Dag meneer.'

'Dag jongeman, Eriek is het niet?'

Eriek knikt.

'Aangenaam', zegt hij.

'Niet zo plechtig vriend. Ik heet Paul en dit is Hermine, Mathildes tante.'

Eriek schudt haar de hand.

'Mathilde heeft me al veel over u verteld', zegt hij.

'Zozo, en over mij geen woord zeker?'

'Papa, please.'

Eriek lacht geamuseerd. Dries en Marie zijn er ook al, merk ik.

'Nou,' zegt Hermine, 'Mathildes mondje staat evenmin stil over jou.'

'Let's not suck each others dick', komt Marie tussen.

Wanneer we haar allemaal verwonderd aankijken, verduidelijkt ze: 'Uit *Pulp Fiction*...'

Niemand reageert.

'Ja, hallo, de film!'

Iedereen schiet in de lach. Echt een ijsbrekertje, m'n zus.

Aan tafel zit de sfeer erin. We hebben het over vegetarisme.

'Altijd planten eten, verveelt dat niet? Lust je ook geen vis?'

'Ik lust alles, alleen geen levende wezens, meneer Paul.'

Meneer Paul, dat vindt m'n vader wel wijs klinken, merk ik.

'Eindelijk iemand aan tafel die me met de nodige egards behandelt.'

'Dus vooral groenten en fruit?' vraagt Hermine.

'We kunnen hem altijd buiten op het gras zetten', grinnikt m'n vader. ' Het gazon heeft dringend een beurt nodig.'

Eriek lacht.

'En rijst en pasta en zo', verduidelijkt hij. 'Maar dit is erg lekker mevrouw, eh... hoe heet het ook weer?'

'Risotto', licht Dries toe. 'Ik vind er niets aan. Prak met paddenstoelen.'

'Ieder zijn meug', zalft Hermine.

'Superlekker', volhardt Eriek.

'We hebben hier kennelijk te doen met een charmeur', grijnst m'n vader.

'Een vegetariër die weet te bekoren, een hoogst uitzonderlijke combinatie', vindt Marie.

'Die jongen is gewoon vriendelijk', komt Hermine tussen. 'Je kunt misschien iets van hem leren jij.'

'Hé, hij kan echt wel tegen een stootje, hoor', val ik mijn lief bij.

'Dat zal hier duidelijk nodig zijn', merkt Eriek fijntjes op. 'Er hangt hier overigens een raar geurtje. Is hier onlangs een raket afgeschoten of zo?'

Iedereen plat. Ik trots op mijn jongen.

'Nee, dat was hiernaast', lacht Hermine.

'Fuck maat, zal 't gaan ja', grijnst Dries. 'Geen oude wonden openrijten alstublieft.'

Elkaar jennen is een gewoonte van het huis. Zalig om te merken dat Eriek zich binnen de kortste keren als een vis in het water voelt in ons gezinnetje. Hij steelt ieders hart, ja ook dat van m'n vader die me – tijdens het gehakketak – stiekem een knipoog toewerpt ten teken dat het goed is. Apetrots ben ik op mijn vriendje. Als we aan het dessert beginnen, lijkt het of Eriek hier al jaren over de vloer komt.

'Je vader en je tante zijn de max', fluistert hij in mijn oor.

Mijn vader heft z'n glas.

'Op Eriek, het lief van Mathilde, hij mag nóg eens komen', toast hij. 'Al wil dat zeggen, kinderen, dat er voor ons barre, vegetarische tijden aanbreken. Maar goed, een mens moet wat overhebben voor zijn dierbaren.'

'We kieperen de volgende keer wel zo'n *vegeburger* in de pan voor hem', lacht Dries.

En daarmee wordt mijn Eriekje definitief geaccepteerd. Als hij zich na het eten even verwijdert om een gsm-oproep te beantwoorden – Harry, over het optreden van morgen – word ik bedolven onder felicitaties.

M'n vader: 'Toffe gast, echt waar.'

Hermine: 'Zalige jongen.'

Dries: 'Ja, gave kerel.'

Marie: 'Ja hallo, klein bier vergeleken bij mijn Stannetje.'

M'n vader: 'Die met zijn vuile praatjes?'

Marie: 'Ja, maar hij eet wel vlees.'

Dipje op de belbus

'Wat scheelt er, je bent zo stil?' vraagt Anissa.

'Ik kan niet tegen openbaar vervoer', grijns ik.

'Nee serieus.'

We zitten op zo'n belbus. Oké, cool is anders, maar een mens moet zich behelpen als de nood hoog is. De Sharks hebben een optreden versierd in een nabijgelegen dorp. Een of andere jeugdclub. De jongens zijn er al. Voor de soundcheck en zo. Wij, muzikantenchicks, arriveren pas wanneer 'the boys' op moeten. Tegen tienen om preciezer te zijn. We gaan voor 't eerst backstage kijken, Anissa en ik. Spannend. De hobbelige weg waar we ons op bevinden, is niet direct *route '66*, de belbus al evenmin een Amerikaanse slee met open dak, maar toch. Het avontuur wenkt. Ik weet het, eigenlijk hoor ik mij de max te voelen. Samen met Anissa op weg naar onze helden. Gisteren die formidabele entree van Eriek bij mij thuis. Reden genoeg om qua gemoedstoestand hoge toppen te scheren. En toch voel ik me wat down. Te veel geluk is niet goed voor een mens, zou m'n vader zeggen. En stemmingswisselingen typisch voor een puber van zestien, zou m'n zus er waarschijnlijk aan toevoegen.

'Hé, zeg eens iets', dringt Anissa aan. 'Daarnet had je de

mond vol over gisteren, hoe gaaf het wel was en zo en nu lijk
je opeens afwezig.'

'Sorry.'

'Is er iets gebeurd dan?'

'Nee.'

'Zeker?'

'Echt niet.'

'Kom op Mathilde, zo ken ik je niet.'

'Pfff...'

'Vertel.'

'Iets met m'n pa. Ik had laatst een gesprek met hem. Nogal
heavy.'

'Toch geen ruziegemaakt?'

'Nee nee, dat niet. Maar je kent me, ik was hem weer eens
aan het pushen om iets met Hermine te beginnen en toen
kwamen we natuurlijk bij mama terecht. Je weet wel, hoe
moeilijk hij het heeft om zich van haar los te maken.'

Anissa knikt. Ze kent min of meer het verhaal.

'Maar dan blijkt gaandeweg – naarmate het gesprek vordert –
dat hij eigenlijk al tien jaar lang worstelt met een kanjer van
een schuldgevoel. Kun je nagaan. Ik bedoel, hij had er nog
nooit met iemand over gesproken. Hoe weinig weten we
uiteindelijk van diegenen die ons nabij zijn...'

Anissa knikt bedachtzaam.

'Maar waarom een schuldgevoel?' vraagt ze.

'M'n moeder zou hem de dag van het ongeluk gevraagd
hebben een paar boodschappen te doen, maar hij wimpelde
haar af omdat hij dringend een tekening klaar moest zien te
krijgen. Nu ja, en toen heeft ze dus zelf gereden met het
bekende gevolg.'

'Je bedoelt dat je vader denkt dat...'

'Door zijn weigering mama is doodgegaan.'

'Fuck maat.'

'Ik zei dat hij gek was, dat niemand schuld had aan dat domme ongeluk. Behalve dat ventje met zijn bal dan.'

'Dat ventje met z'n bal?'

'Heb ik je dat nog niet eerder verteld?'

Anissa schudt het hoofd.

Dus vertel ik hoe m'n moeder van de weg raakte omdat ze moest uitwijken voor een jongetje dat achter zijn bal aanliep. Het kost me nog altijd moeite om dat op te rakelen. Ik haat dat jongetje. Al die jaren al. Diep in mezelf weet ik dat het niet juist is, dat het niet klopt, evenmin als mijn vaders schuldgevoel, maar het is nu eenmaal sterker dan mezelf.

'Nu ja, doet er niet toe,' zeg ik, 'terug naar m'n vader. Terwijl ik hem onder zijn voeten gaf en zei dat het geen enkele zin had zich schuldig te voelen, werd mij ineens duidelijk dat ik zélf al jaren met een joekel van een schuldgevoel zeul.'

'Hoezo, jij ook al dan?'

Ik knik. Weet niet goed waar te beginnen.

'Een immens poeh-gevoel', grijns ik.

'Een wát?'

'Nee, laat maar.'

'Kom op, gooi het eruit, het zal je goeddoen.'

'Ik weet niet... ik kan haar niet loslaten, niet áchter me laten. M'n moeder bedoel ik. Het is alsof ik met één voet klem zit in mijn kindertijd, in die jaren van onschuld toen alles nog... ongeschonden was, intact. Ik kan nog altijd niet accepteren dat het gegaan is zoals het liep. Shit Anissa, moest je weten hoeveel energie, hoeveel gedachten er de afgelopen jaren naar mijn dode moeder zijn gegaan. Allemaal vruchteloos, vergeefs, ijdel. Terwijl ik alleen maar naar een normaal leven verlang, een leven zoals het jouwe, met een vader en een moeder. Een gezinnetje weet je wel. Een leven zonder dode. Waarom is dat verdomme zo vanzelfsprekend voor iedereen behalve voor mij? Waarom moet ik malen over dingen die voor iedereen de normaalste zaak van de wereld zijn en zit ik nog altijd rond te ploeteren in een verleden dat... dat allang niet meer bestaat. Die weggemaaide moeder van mij... belet me...'

'Ik snap wat je bedoelt. Hier, neem mijn zakdoek maar.'

'Sorry hoor.'

'Ben je gek, geeft niet.'

'Dromen van een groots en meeslepend leven, ja, dat wel. Groot bakkes, je kent me. Maar intussen... waarom ben ik zo? Waarom sta ik voor die muur?'

'Heb ik ook, hoor. Zijn we zestien voor, denk ik. We staan allemaal voor die muur.'

'Weet ik, weet ik, maar jullie staan tenminste voor de juiste muur. Die van de toekomst. Ik sta verdomme nog altijd achterom naar het verleden te lonken. Een kind van zeven, Anissa. Ik ben een kind van zeven gebleven.'

'Nou, voor een kind vertel je toch verdacht intelligente dingen, hoor.'

Ik pers er een lachje uit.

'Soms vraag ik me af: zit ik daarom zo te azen op die verbintenis tussen m'n vader en tante Hermine? Opdat alles een beetje normaal zou lijken? Ik bedoel, uit hun samenzijn zou wel eens iets nieuws kunnen ontstaan. Niet iets vaags dat wegsmelt in de brij van het verleden, maar iets concreets, iets grijpbaars dat houvast schenkt. Een heden!'

'Djeezes Mathilde, ik word verdrietig van wat je allemaal zegt.'

'Een dik touw waar mijn leven aan vast te knopen valt. Een

nieuwe start voor ons allemaal. Voor m'n zus, m'n papa, Dries, Hermine en mij. We zijn allemaal door mama's dood getekend.'

Anissa legt haar hand op mijn hoofd, kroelt door m'n haar.

'Bijna zei ik *geketend*', glimlach ik.

'Ik weet niet of het een troost is', zegt Anissa, 'maar hoe erg het ook voor je is, het maakt je mooier. Je bent zo wijs, zo kwetsbaar en sterk tegelijk. Ik kijk erg naar je op, dat weet je.'

'Ga weg.'

'Misschien moet je ophouden na te denken over hoe het geweest had kúnnen zijn en leren leven met hoe het ís. Om maar iets te zeggen: je wordt omringd door fantastische mensen die erg veel van je houden. Je vader, je zus, je tante, Eriek...'

'Vergeet jezelf niet', zeg ik.

Ze raakt m'n hand aan.

'Ik zie je heel graag,' zegt ze, 'jou en ook je familie. Jullie zijn erg fijne mensen. Beetje raar misschien. Getekend, zoals je zegt, maar juist daarom zo... zo anders. Jullie hebben die kilte niet. Die kilte van lieden zoals mijn ouders die geen mededogen kennen. Die iedereen koudweg beoordelen vanuit hun ivoren toren. Misschien moet je wel eerst zelf geschonden worden, voordat je in staat bent je in iemand anders in te leven.'

'Ja, misschien... maar je inleven is nog iets anders dan jezelf overladen met schuld.'

'Ik begrijp dat niet goed,' zegt Anissa, 'hoe kun je jou in godsnaam schuldig voelen aan de dood van je mama? Je pa, tot daar aan toe, maar jij? Je was nog een kind. En bovendien ging het om een dom ongeluk.'

'Precies. Hoe moet ik het uitleggen? Dat het zo stom was, dat ongeluk, daar valt nu net zo moeilijk mee om te gaan. Dat er wel duizend dingen hadden kunnen plaatsgrijpen die bewuste dag tien jaar geleden, om ervoor te zorgen dat er uiteindelijk *niets* was gebeurd. Snap je? Kleine, onzichtbare zaken, banale wendingen zoals die voortdurend, op elk ogenblik, ons leven bijsturen zonder dat we er erg in hebben. Maar nee, dat juist die ene kaart uit de trommel van het toeval moest worden getrokken. Die ene noodlottige kaart uit miljoenen andere...'

'Stom, inderdaad, maar...'

'Wacht, nu komt het. Toen ik, wanneer was het, eergisteren met m'n vader sprak, kwam er ineens een herinnering bij me los. Iets dat ik blijkbaar tot dan toe verdrongen had. Ik was de dag van mama's ongeluk een beetje ziek. Niets ergs, beetje koppijn, wat misselijk. Nu moet je weten, normaal lag ik bij het minste pijntje op apegapen. Ik weet niet of je dat ook had, maar toen ik klein was, vond ik niets heerlijker dan vertroeteld te worden door m'n moeder. Soms veinsde ik dat ik ziek was zonder dat ik het was. Gewoon om lekker bij mama te kunnen blijven. Kortom, ik was al voor veel minder thuisgebleven van school. Vraag me niet waarom, maar uitgerekend die dag hing ik het flinke meisje uit. Was er een vriendinnetje jarig en wilde ik het feestje op school niet missen? In elk geval, ik besloot niet flauw te doen en vertrok...'

'En?'

'Snap je 't niet? Als ik thuisgebleven was van school dan was er waarschijnlijk niets gebeurd. Dan had m'n moeder zich om mij bekommerd en was ze nooit ofte nimmer op dat fatale moment op die fatale plek op dat kutjongetje in gereden.'

'Maar Mathilde! Nu doe je precies hetzelfde als je vader en dat noemde je daarnet absurd.'

'Ik weet het. Met dat verschil... hoe krijg ik het uitgelegd... met dat verschil dat ik het tot eergisteren niet wist. Ik had het verdrongen. Ja, ik liep met een vaag, knagend, onaanwijsbaar schuldgevoel rond, maar pas nu – losgeweekt door m'n vaders verhaal – krijg ik het scherp afgelijnd te zien. Ik herinner het me ineens als de dag van gisteren hoe ik daar stond te twijfelen in de gang. Zou ik me ziek houden of ging ik naar school? Ik had mijn moeder haar leven in handen en wist het niet. Kruis of munt. Ik koos munt en ging naar school.'

'Maar dat is toch te gek om los te lopen!'

'Ik weet het. En toch...'

'Stel dat je tóch was thuisgebleven en je mama reed naar de apotheker om pillen voor jou... ik bedoel, dan had je je vandaag dáárom schuldig moeten voelen. Stop daarmee, Mathilde.'

'Je hebt gelijk. Alleen... ik weet niet of ik het vreselijk moet vinden of juist niet. Het lucht namelijk ook op.'

'Wat lucht op?'

'Me heel duidelijk, heel concreet over iets schuldig kunnen voelen.'

'Dit volg ik niet meer, vrees ik.'

'Ik snap nu ook waarom papa zo aan zijn verhaal vasthoudt. Misschien is het wel heel normaal dat wanneer er iets erg dramatisch plaatsgrijpt, je naar een reden zoekt. Ook al is die ongeloofwaardig. Een reden achteraf om zichzelf met schuld te beladen. Uit lijfsbehoud. Omdat schuld een hanteerbare vorm van verdriet is. Met schuld kun je leven, van verdriet ga je dood. Zoiets...'

'Ik ga nu iets heel raars zeggen', fluistert Anissa.

'Zeg maar.'

'Ik ben bijna jaloers op jou.'

'Jaloers?'

'Omdat je zo wijs bent, zo diepzinnig. Ik voel me een dom, verwend nest vergeleken bij jou.'

'Zo, je wou dus dat je moeder ook dood was.'

'Nee, natuurlijk niet, maar...'

'Grapje hoor.'

'Je komt er wel uit, jij. Weet ik zeker.'

'Denk je? Pfff, ik hoop het. 't Is echt rottig, zo vroeg je moeder verliezen. Als iemand die je boven alles lief is, sterft, wil je zelf ook dood. Maar je leeft! Tegen wil en dank. Meer zelfs, door je intense verdriet leef je heviger dan ooit. Je doet vreemde beloftes. Je zegt tegen jezelf dat je zult leven voor twee. Dat je ook het leven erbij zult leven van diegene die dood is. Niets mag je ontgaan, want dan ontneem je het ook die ander. En van dat andere leven zul je getuigen, je leven lang, omdat het niet zou worden vergeten... Geloof me, flink vermoeiend allemaal, die rommel in je kop, véél te hoog gegrepen bovendien.'

'Ik kan het me voorstellen. Nee, dat kan ik niet. Ik kan het begrijpen, niet voelen.'

'Jij zei dat je jaloers was op mijn... wat was het ook weer... mijn wijsheid. Wel, ik op jouw onbezorgdheid. Onbezorgd kunnen zijn, die keuze zou ik ook willen hebben. Die grote bek van mij en m'n zus, ja ook van m'n vader: allemaal show om ons groot te houden. In de grond zijn we doodsbang dat het nóg eens gebeuren zal. Dat er nog iemand zal doodgaan die ons lief is. Die mogelijkheid wil je met alle geweld uitsluiten, tenietdoen, bezweren. Dat gaat natuurlijk niet. Dus ga je middeltjes verzinnen die je beschermen tegen onheil. Puur zelfbedrog, maar het helpt. Je pint je vast op iets. Je zegt als dit of dat in orde komt, dan zit ik safe, dan is iedereen veilig. Voor Marie en mij is dat het koppelen van m'n vader aan tante Hermine. Daar zijn we heel fanatiek in. Het móét gebeuren, hebben we bedacht. Als die twee voor elkaar kiezen, zijn we gered. Twéé keer kan het toch niet misgaan. Ik heb eens gelezen dat mensen in de oorlog soms in bomkraters gingen schuilen omdat ze ervan uitgingen dat er nooit twee bommen op precies dezelfde plek zouden inslaan. Dát soort lachwekkend geloof is het. Het houdt geen steek, maar het werkt. En als het niet mocht werken, dan hebben we het toch al die tijd geloofd. Zoiets. Een soort troost. Ach, luister maar niet. Het klinkt allemaal kinky en zwaarmoedig, daarom zeg ik er ook haast nooit iets over.'

Anissa kijkt me aan met die warme glimlach van haar. Ze legt een hand op mijn schouder, knijpt even en geeft me een zoen op de wang.

'Ik zeg het nog eens, jullie zijn een beestige bende. En jij bent de tofste van allemaal. Ik zie jou doodgraag.'

'Ik jou ook', zeg ik.

We blozen.

'En trek je niets aan van wat anderen denken. Ik ben trots op jou. Jij bent mijn vriendin met een verhaal.'

'Nu doe je me wat te veel eer aan, vrees ik.'

'Nee nee, ik ben echt trots op je. Mijn ouders vinden jou maar een raar meisje uit een rare familie, dat zegt al genoeg.'

'Is dat zo? Zeg, nu ik eraan denk, hoe zit het met dat wietplantje dat je bij hen binnengesmokkeld hebt?'

'Prima. Operatie gelukt! M'n ma denkt dat het een scheut van een sierplant is. Het staat op een ereplaats in haar serre. Ze verzorgt het met liefde. M'n broer stikte haast toen hij het zag. Ik moest op z'n rug kloppen of hij was erin gebleven. Zelden zo gelachen. Het is onze ultieme wraak op dat stelletje wijsneuzen. Goed hè? Als ze niet braaf zijn, sturen we de drugpolitie op hen af.'

'De max, maat. Mag ik het thuis vertellen? Ze zijn daar gek op dit soort verhalen.'

'Natuurlijk. Doe er maar een schep bovenop. Maak er gerust een plantage van.'

Reisplannen

De weken die volgen wordt Eriek kind aan huis. Hermine heeft het lumineuze idee mijn bed om te ruilen voor een tweepersoonsmatras. Altijd een praktische geest gehad, mijn tante. Daarop is het dat Eriek en ik voor de allereerste keer doen wat miljoenen ons hebben voorgedaan en miljarden ons zullen nadoen, maar – dat spreekt vanzelf – geen twee zoals wij. Hoera, driewerf hoera, een vrouwtje is geboren. Eindelijk laatbloeier af! Niets te vroeg. Ineens gaat het vlug. Er gebeurt van alles met mij, qua fysiek en al. De pil blijft niet zonder effect. Of het zouden Erieks gretige handen moeten zijn die mijn borstjes doen ontluiken. Yes! Ik krijg warempel vrouwelijke vormen. Marie becommentarieert mijn behoedzaam tot wasdom komende boezem op haar geheel eigen manier: *als het zo doorgaat ben je vóór je dertigste een verlepte slet.* Vergis ik me of merk ik daar een spoor van jaloezie? Het valt vast niet mee om je zus ineens voorsprong te zien nemen. Eriek van zijn kant zegent zijn kersverse mannelijkheid in met de aanschaf van een scheerapparaat en begint zich dagelijks te trimmen in de hoop de donshaartjes op zijn kin tot wildgroei aan te zetten. Het haalt voorlopig weinig uit. We kunnen onze pret natuurlijk niet op. M'n vader: *Eriek, jongen, wanneer ga je die snor van jou eens rechtop strijken? De Dali-look staat je vast beeldig.* Geen overtuigender bewijs van wederzijdse verknochtheid dan de schitterende wedijver van de spot. Dus laat mijn lief zich niet onbetuigd. *Meneer Paul, van beharing gesproken, dat vleesaanhangsel van u, wanneer is dat eigenlijk begonnen?* Groots, toch?

Eriek glundert. Hij is in de wolken met zijn nieuwe thuis. 'Beestig', vertrouwt hij me toe, 'om in zo'n nest terecht te komen, zeker als je enig kind bent zoals ik.' Dat we nauwelijks contact hebben met zijn familie, vinden we normaal. Het komt er domweg niet van. Eriek maakt ook niet echt reclame voor z'n ouders. 'Boeiend kun je m'n ouwelui bezwaarlijk noemen', meent hij. 'Goeie inborst, daar niet van, maar saai! Geen greintje humor. Nu ja, vergeleken bij dat maffe allegaartje waar jij deel van uitmaakt toch.' En daarmee is het hoofdstuk afgesloten.

De keren dat ik bij Eriek langsga, zijn te tellen op één hand. Ik word er vriendelijk bejegend, maar hartelijk is anders. Voor mij geen probleem. Erieks mama – Theresa, een wat zweverige vrouw – is maar moeilijk bereikbaar. Ze wordt constant in beslag genomen door alternatieve beslommeringen: aroma-therapieën, lachgroepen, gedoe met klankschalen, dat soort dingen. Eriek wil het er liever niet over hebben. Totaal geschift, noemt hij haar, maar wel ongevaarlijk. Z'n vader blijkt een teruggetrokken, norse man. Ron heet hij. Net als z'n naam is hij kort van stof. Veel meer dan 'goeiedag' heb ik hem nooit horen zeggen. Noch tegen mij, noch tegen Eriek, noch tegen z'n vrouw. 'Die twee leven een totaal apart bestaan', vertelt Eriek. 'Ruzie maken ze zelden, maar harmonieuze momenten zijn al even schaars. Het is hier vooral erg stil', lacht hij, 'tenzij de klankschalen er anders over beslissen.'

Tja, misschien dat er vroeger méér liefde in de lucht hing ten huize Ron en Theresa, maar vandaag in elk geval niet. Het kan Eriek blijkbaar weinig schelen. En nu ja, mij evenmin. Vroeger was vroeger en nu is nu. Alleen oude zakken hebben een verleden nodig om eindeloos op te sabbelen. Wij niet. Wie verliefd is leeft van het 'nu'. Het weinige dat ik weet over Erieks verleden is dat hij hier tot zijn achtste jaar heeft gewoond. Hij ging naar het college. Vandaar dat we elkaar vroeger nooit ontmoet hebben. Ik bezocht het atheneum. Op die leeftijd twee gescheiden werelden. Daarna verhuisde het gezin naar Brussel. Pas onlangs keerde het drietal terug naar de streek van herkomst. Aangezien ze hun vroegere woning bij hun vertrek indertijd verkocht hadden, kochten ze een nieuw huis in een rustig gelegen buitenwijk. Theresa – die het nooit naar haar zin had in Brussel – herleeft nu schuchter tussen haar Bachbloesems, terwijl vader Ron zich meer en meer terugtrekt achter z'n krant. Einde verhaal.

Ook 'mijn' geschiedenis komt nauwelijks aan bod tussen Eriek en mij. Eriek is iemand die het verleden graag laat rusten. Echt zo'n jongen die zich in het 'hier en nu' stort en verder niet moeilijk doet. Net goed. Ik haat lui die me de pieren uit de neus halen. Hij weet dat m'n moeder al jaren dood is en dat Hermine zo'n beetje haar plaats heeft ingenomen. De twee huizen, onze wat vreemde gezins- situatie, de ziekelijke koppelzucht van Marie en mij: hij vindt het allemaal lichtjes bizar maar vooral geinig. Om muffe voorgeschiedenissen, zonderlinge intriges of merkwaardige capriolen van het lot onder het stof vandaan te halen, daar heeft hij geen zin in. Interesseert hem allemaal niet. Wat telt, is wat hij ziet. Dat rare zooitje, zoals hij ons noemt. Erg grappig en al. Supercool. 'Jullie hebben gewoon mijn hart gestolen', flapt hij er op een avond aan tafel uit. Typisch Eriek. Zich niet schamen om dat zomaar – uit het niets – te laten vallen waar iedereen bij zit. *Ik ben graag bij jullie.* Wij worden er stil van, zitten allemaal maar zo'n beetje onwennig voor ons uit te staren. Fuck maat, zo ontroerend. Zelfs Marie geeft voor één keer geen sjoege.

Het schooljaar loopt naar zijn einde toe. Blokken geblazen. We plannen de jaarlijkse zomerreis. Geen beter tegengewicht tegen examenstress dan dromen van verre, exotische bestemmingen.
Natuurlijk is juni ruim laat om aan vakantieplanning te beginnen. De meeste mensen starten er rond nieuwjaar mee. Wij stellen het altijd uit. Reizen is eigenlijk ons ding niet. Er gaat voortdurend van alles mis. Vooral m'n vader is een catastrofe. Nog maar net is hij de grens over of de ene ramp na de andere stevent op hem af met de nauwgezetheid van een precisiebombardement. Reisleed: m'n vader trekt dat aan. Toch begint het telkens in juni bij ieder van ons te kriebelen. Het is sterker dan onszelf. Reisbrochures slingeren opeens overal rond. Palmbomen, blauwe luchten, ongerepte stranden duiken op uit het niets en doen ons dromen.
Welke bestemming er uiteindelijk gekozen wordt, beslist Hermine. Zij en niemand anders hakt elk jaar de knoop door. Veel opties blijven er trouwens niet over, alles is steevast volgeboekt wanneer onze reisdrift op de valreep ontsteekt. Net goed. Anders krijg je van die eindeloze discussies. De één wil naar Griekenland, de ander naar Italië, nog een ander naar Portugal... Begin er maar aan. Alsof het enig verschil uitmaakt.

De meeste toeristen willen gewoon ergens op een kluitje bruin zitten worden. Wáár precies zal hun worst wezen. Als de zon maar schijnt. Wij zijn in wezen niet anders. Al geven we ons graag uit voor cultuurzoekers, in werkelijkheid zitten we het liefst van al op onze luie krent aan het zwembad. Met een boekje, dat wel. Af en toe ondernemen we een obligaat tochtje. Je weet wel, typisch dorpje in het binnenland, romaans kerkje hier, museumpje daar. Meer om onszelf wijs te maken dat we ánders zijn (meerwaardezoekers, het woord alleen al!) dan uit pure ontdekkingsdrift. Doorgaans rijden we tijdens die tochtjes hopeloos verloren en raken we verzeild op de vreemdste plekken. Soms wil dat wel eens meevallen en belanden we in schilderachtige plaatsjes waar amper een sterveling komt. Gewoon mazzel. Columbus heeft tenslotte ook bij toeval Amerika ontdekt. Maar 't is niet altijd prijs. Voor hetzelfde geld rijdt m'n vader zich vast op een of ander luguber industrieterrein en mogen we ons vergapen aan pijplijnen, elektriciteitcentrales of zwartgerookte fabrieksgebouwen. Kunnen we de stank van rokende schoorstenen opsnuiven in plaats van *de bedwelmende geur der lavendelvelden* die hij ons 's ochtends in het vooruitzicht heeft gesteld.

Enfin, dit jaar wordt het Frankrijk, in het bijzonder Nice. We huren een huisje vlak bij de kust voor twee weken. Het zal de eerste keer in mijn leven zijn dat ik iemand die me lief is, zal moeten achterlaten, besef ik ineens. Erieks ouders hebben precies in dezelfde periode een reis gepland. Bij hen wordt het Spanje.

Maar het zijn niet alleen reisplannen die ons bezighouden. Verbruggen is een voorzichtig offensief gestart om tante Hermine te versieren. Nu ja, voorzichtig... wat heet! Hij heeft haar uitgenodigd voor een etentje. M'n tante wou de invitatie eerst afslaan, maar Marie en ik ruiken onze kans. We peperen Hermine in dat ze moet toeslaan om m'n vader jaloers te maken.

'Ik mag die goeie man toch niet misbruiken om jullie vader te bespelen', protesteert ze.

Ik herinner haar aan ons gesprek laatst in de badkamer. Was ze toen niet vastbesloten haar kans te grijpen? Heiligde het doel de middelen niet? Verbruggen zou het heus wel overleven. En trouwens, hij noch m'n vader hoefden toch te weten dat ze gemanipuleerd werden. Nee, deze gelegenheid was echt te mooi om voorbij te laten gaan.

'Jullie zijn me er wel twee', zucht Hermine.

'Je bent toch niet écht stapel op Verbruggen hé?' vraagt Marie bezorgd.

'Ik mag niet ontkennen dat zijn aandacht mijn ijdelheid streelt.'

'Maar papa blijft jouw numéro uno of wat?'

'Dat wel, ja', lacht ze.

'Voilà', besluit Marie op een toon die geen tegenspraak duldt. Vastberaden gaan we over tot actie. Het is zaterdag, dus staat er spaghetti op het menu, het ideale moment om m'n vader aan te pakken. Kerstomaten, koriander, basilicum en verse Parmezaanse kaas stemmen hem mild. Er gaat niets boven een goede timing. Hermine, Marie en ik zijn alleen en bereiden alles tot in de puntjes voor. Niets mag aan het toeval worden overgelaten. Vanavond wagen we onze definitieve move. Eriek zal er ook zijn en is op de hoogte van ons gewaagde plan. Vanzelfsprekend krijgt het zijn steun. Enkel Dries wordt naar goede gewoonte niet bij het plan betrokken. Die zit toch alweer te broeden op een of andere uitvinding en heeft van huiselijke perikelen nauwelijks weet.

Tegen zessen, terwijl de saus staat te pruttelen, houden we in de keuken een laatste algemene repetitie. M'n vader zit nietsvermoedend de krant te lezen.

'Ruikt lekker', roept hij.

Om zeven uur gaan we aan tafel. Het spel kan beginnen.

'Lekker', steekt Eriek van wal.

'Onovertroffen die saus', valt m'n vader hem bij.

'Geen enkel restaurant doet je dat na', boft Marie.

'In de verste verte niet', doet m'n vader nietsvermoedend nog een schepje bovenop. Weet hij veel dat hij erin geluisd wordt.

'Van restaurant gesproken, naar welke tent neemt Verbruggen je mee uit?' informeert m'n zus droogjes.

Hermine doet alsof ze met de vraag geen raad weet. Perfect.

Papa kijkt vragend op uit zijn bord, mond vol saus. Aandoenlijk.

'Weet je dat dan niet?' vraag ik.

'Wat dan?'

'Dat Verbruggen Hermine trakteert op een etentje?'

M'n vader blijft cool, maar ik merk toch enige onrust in z'n blik.

'Zozo, Verbruggen hè? Die laat er duidelijk geen gras over groeien.'

Hermine bloost lichtjes. Prachtig! Hoe krijgt ze 't voor mekaar? Ze kijkt in haar bord en zegt: 'Geen idee waar hij heen wil, maar ik heb vertrouwen in zijn keuze. Zo'n man kent ongetwijfeld zijn wereld.'

Shit, haar stem klinkt onvast, een beetje mat alsof ze een tekst opzegt die ze vanbuiten heeft geleerd. Om de waarheid te zeggen, dat hééft ze ook. We hebben hem de hele middag samen zitten opdreunen. Tot vervelens toe. Wellicht iets té veel. Stom, zo goed begonnen en nu alsnog de mist in. Maar m'n vader heeft niets in de smiezen. Zoals ingecalculeerd doet Hermines spaghettisaus wonderen. Kijk hem genieten. Recht in onze valstrik loopt hij. Al blijft het gespannen afwachten hoe hij zal reageren. Zal hij zich sterk houden of eindelijk kleur bekennen? Na mijn gesprekje met hem in het atelier heb ik er het volste vertrouwen in. Hij laat zich vast niet de kaas van tussen zijn boterham stelen. Of zoiets. Ik ben slecht in spreekwoorden.

Seconden verstrijken. Het lijken minuten. Hij schraapt z'n keel. Nu gaan we 't krijgen...

'Die nieuwe Italiaan op de markt schijnt goed te zijn...'

Shit maat, niet te geloven! Ik kijk hem met vlammende ogen aan, maar hij negeert mijn blik.

'O ja?' piept Hermine.

De teleurstelling druipt van haar gezicht. Dries – de enige die zich niet bewust is van het hoog spel dat hier wordt gespeeld – schept nog eens op. M'n vader tovert zijn spotlachje tevoorschijn. Ik heb zin om hem onder tafel een schop tegen zijn kuit te verkopen, maar ik zit te ver van hem af.

Hermine kijkt me veelbetekenend aan, trekt fatalistisch haar schouders op. Zie je wel, lijkt ze te zeggen, zie je wel met jullie spelletjes. Niks haalt het uit. Het kan jullie vader gewoon niet schelen dat ik met een andere man uitga.

'De Pepermolen is ook goed,' vervolgt hij doodgemoedereerd. 'Een tikje te klassiek van keuken misschien, maar toch goed, én heel gezellig,' voegt hij er fijntjes aan toe, 'ideaal voor een tête-à-tête.'

O kon ik hem nu even apart nemen en hem kort – heel kort – vertellen wat ik van hem denk. De spoeft! Hij verdient het gewoon niet een vrouw als Hermine aan zijn zijde te hebben. De lomperik, de botterik! In plaats van zijn hart te laten spreken, deelt meneer kwistig en behulpzaam adresjes uit, meneer verstrekt nuttige informatie, meneer heeft geen problemen met Hermines afspraakje, integendeel, meneer gooit nog wat olie op het vuur... Nee, dat is het einde. We kunnen het vergeten. Na alle diplomatieke gesprekken die hieraan voorafgegaan zijn, betekent dat toch wel een lelijke afknapper. Ik bedoel, wij ons maar uitsloven en nu dat.

'Als je 't goedvindt, Hermine, nodig ik je daar volgend weekend uit, we moeten eens praten jij en ik.'

Ik kan m'n oren niet geloven. Heeft hij het echt gezegd? Ik kijk naar Marie, Marie naar mij, samen richten wij de blik – zoef, zoef – op Hermine. Die geeft geen krimp.

Dries schept nog eens op. Weet hij veel. Eriek legt onder tafel een hand op mijn knie om mij wat te bedaren. Net goed, want ik merk dat mijn been spastisch op en neer wipt. Ik moet me kalm houden. Een of andere domme, al te enthousiaste opmerking en de boel is verpest.

'Praten? Wij? Waarover?' vraagt Hermine kortaf.

'Dat hoor je wel volgend weekend, Hermine. Niet waar de kinderen bij zijn.'

'Nou, klinkt spannend', blijft ze op de vlakte.

Djeezes, wat is dat toch met die twee. Nu is het Hermine die uit de hoogte doet. Straks verspeelt ze nog haar kans, terwijl ze m'n vader eindelijk heeft waar ze hem hebben wil. Op z'n knieën nota bene. Maar nee hoor, tante hapt niet toe. Eerst nog wat zout in de wond...'t Zijn net kleine kinderen, die twee.

'Als het jou geen goed idee lijkt, moet je 't maar zeggen hoor', krabbelt m'n vader terug.

Als blikken konden doden. Maar Hermine mijdt elk oogcontact

met Marie en mij. Rustig draait ze spaghettislierten rond haar vork. Vergis ik me of speelt er een lachje om haar mond? Wat een lef zeg. We zullen het pad wel effenen, Marie en ik. Net nu m'n vader begint te smelten, gaat ze wat afstandelijk doen. Djeezes, val nu dood, wat een geschift stel, maat.

'Al zou ik het wel op prijs stellen, mocht je mijn invitatie aanvaarden', dringt m'n vader aan.

Is dat het? Wil ze hem horen smeken? O maar dát begrijp ik. Goed zo, Hermine, laat hem maar eens door het stof kruipen, die pa van mij, hij heeft het verdiend.

Er valt opnieuw een stilte. Seconden duren eeuwen. Zeg toch iets, Hermine, het heeft nu lang genoeg geduurd. Zeg toch wat, tart hem niet langer...

Dries: 'Hallo allemaal, is er iets of wat? Jullie doen anders wel fucking raar, weten jullie dat?'

Ja, dat ontbrak er nog aan. Zwijg en eet, maat. Houd alsjeblieft je kop, schep je bord nog eens vol. Djeezes, jóngens!

Marie houdt het niet meer, merk ik. Die zit zo'n beetje te sterven op haar stoel. Zo dicht bij het verlossende einde en nóg dreigt het fout te gaan.

'Natuurlijk aanvaardt ze jouw uitnodiging, pa. Niet, Hermine?' Haar ogen lijken wel kogels.

'Houd je erbuiten, Marie', zegt m'n vader.

'Ja zeg, sorry dat ik leef, hoor.'

Verongelijkt kijkt ze me aan, alsof het mijn fout is. Nee, zo schieten we niet op natuurlijk. Niet afdwalen. Bij de zaak blijven!

Eindelijk kijkt Hermine op uit haar bord. Een stralende glimlach doet het beste vermoeden.

'Natuurlijk, Paul. Wat dacht je? Niets te vroeg overigens om me eens mee uit eten te nemen. Ik bedoel na tien jaar...'

'Fijn,' grijnst m'n vader, merkbaar opgelucht, 'we maken er iets speciaals van.'

Hij glundert. De aanval van Verbruggen lijkt afgeslagen. Het lukt, het lukt!

'Mogen wij mee?' vraagt Dries, altijd te vinden voor een vreetpartij.

'Maar nee oetlul, snap jij dan niks!'

'Wa...'

'Laat maar.'

'Ja maar, mogen we nu mee of niet?'

'Nee-ee!'

Hij haalt z'n schouders op, schuift z'n bord weg.

'Ik ben niet doof', mokt hij.

'Nee, maar wel stom', vindt Marie.

'Komkom kinderen', sust m'n vader.

'Daar moet op geklonken worden', roep ik.

'Champagne!' valt m'n zus me bij.

Dries: 'Wil iemand mij nu eens zeggen wat er gaande is. Verjaart er iemand of zo?'

Ik: 'Zou je niet aan Ariadne III beginnen, jongen?'

Hermine: 'Geen sprake van.'

M'n vader: 'Ik reserveer meteen.'

Eriek: 'Goed zo, meneer Paul, geen gras over laten groeien.'

'En wat doe ik nu met Verbruggen?' vraagt Hermine.

'Hij kan altijd nog iets beginnen met de vrouw van die Slagmulders', grijnst m'n vader.

'Paul, alsjeblieft!'

'Beleefd maar gedecideerd afwimpelen', vindt Marie.

'Wacht, nee, niet doen', bemoei ik me. 'Eerst horen wat papa te vertellen heeft in De Pepermolen. Tot zo lang houd je Verbruggen achter de hand. Wat denk je, Hermine?'

We geven ons nu wel heel erg bloot. Maar wat zou het, de buit is binnen.

'Goed idee,' knipoogt ze, 'al verdient die arme Verbruggen wel beter.'

'Ja zeg, 't is maar een leraar, hoor. Geen medelijden mee hebben', oordeelt Marie.

Gelijk heeft ze.

'Vrouwen...' zucht m'n vader.

'Shit, maat', verklaart Dries zich solidair. Waarméé precies weet hij niet.

Zo verstandig en toch zo dom...

De nacht van de waarheid

Een week later. De examens komen nu wel erg dichtbij. Ik kan me maar moeilijk concentreren. M'n gedachten gaan voortdurend naar Eriek. We proberen elkaar – onder zachte dwang van m'n vader en Hermine – wat minder te zien. Toegegeven, samen studeren lukt niet echt. De roep der hormonen overstemt het weinige gezond verstand dat ons nog rest. Hallo, mag het even, we zijn verliefd! Maar we blijven dus op onze honger. M'n vader en tante Hermine geven flink tegengas. Je moet de kat niet bij de melk zetten, luidt hun devies. Jullie kunnen elkaar straks genoeg zien tijdens de vakantie, oordelen ze, toon eerst maar eens wat jullie waard zijn op school. En meer van die onzin. Het valt me tegen van hen. Niet dat we drastisch van elkaar worden afgezonderd, maar toch. Twee avonden in de week mag er gerampetampt worden, beslist m'n vader met een brede glimlach op z'n smoel, de rest van de week wordt gewijd aan studeren en oefeningen in onthouding. Fuck maat, moet je hem zien grijnzen. De moeial. Hij méént het. Meer nog, hij lijkt het enig te vinden ons dwars te zitten. De spoeft. Ach, zalft hij wanneer ik furieus protesteer, de liefde zal daarna des te zoeter smaken. Weer die brede smile. O, ik haat hem. Wat niet wegneemt dat hij natuurlijk gelijk heeft. Verliefdheid en studeren zijn nu eenmaal dingen die niet bij elkaar passen. Al vraag ik me wel eens af waar het wél bij hoort: studeren? Volgens mij nergens bij. Al zullen er wel nerds zijn die me tegenspreken.

Kortom, er breken saaie tijden aan. Gelukkig zorgen de perikelen rond m'n vader en tante Hermine voor de nodige afleiding. Eindelijk is het zover, vanavond gaan ze eten.

'Zie hem', stoot Marie me aan.

Ik glimlach vertederd.

'Je bent oké, pa', zeg ik.

Hij staat voor de spiegel in de gang – keurig in het pak – en controleert zijn outfit.

'Mooie das', zalft Marie.

'Waar blijft Hermine?' vraagt hij.

'Die wacht op jou.'

'Hoezo? Komt ze niet hierheen dan?'

'Je hoort haar op te halen.'

'Wat?'

'Zoals het hoort. En niet achterom, via de voordeur. Eerst de auto voorrijden en dan aanbellen.'

'Speel ik in een film of zo?'

'Beetje romantiek mag wel.'

'Jezus, wat een gedoe.'

'Wacht maar tot je haar ziet. Je gaat gegarandeerd voor de bijl. Ze heeft hetzelfde jurkje aan waarmee ze Verbruggen op de knieën dwong. Weet je nog? Dep-dep-dep...'

'Onnozelaars.'

'Het is tijd, pa. Voortmaken, een dame laat je niet wachten.'

'Ik ga al, ik ga al. Er zit van alles in de diepvries, jullie redden je wel.'

'Doen we.'

Daar gaat ie dan. Als hij naar buiten stapt, draait hij zich nog één keer om.

'Studeer nog maar een beetje vanavond alle twee. Ik heb de indruk dat jullie er de laatste weken met jullie pet naar gooien. Beloofd?'

'Beloofd.'

'En sta niet zo naar mij te kijken. Ik bedoel, ik ga gewoon iets eten met Hermine. 't Is niet dat ik voor de rechtbank moet komen of zo. Jullie doen net of de wereld vergaat. Ik krijg buikpijn van die blikken van jullie.'

'Dag papa, succes', fleem ik.

'Waarmee?'

'Met je date.'

'Onnozele kiekens.'

'Laat je maar eens goed gaan.'

Mompelend in zichzelf verdwijnt hij.

Aan blokken komen we natuurlijk niet meer toe. We zijn veel te opgefokt, kijken verweesd naar een filmpje en gaan vroeg naar bed. Marie komt bij mij liggen. Het lijkt wel vroeger, de nacht vóór Sinterklaas: zalige, ondraaglijke spanning.

Opgewonden maken we onze voorspelling.

'Het gaat lukken,' zegt Marie, 'ik voel het.'

'Ik zou een vlieg willen zijn', zeg ik.

'Zou hij haar een ring schenken?'

We proberen het ons voor te stellen. Hoe hij tussen voor- en hoofdgerecht zo'n doosje uit z'n vestzak tovert en het met die onweerstaanbare onbeholpenheid van hem aan Hermine overhandigt.

'Lijkt me niets voor hem. Ringen en al.'

'Pas maar op. Hij voelt de adem van Verbruggen in zijn nek. Hij moet zich echt vertonen nu.'

'Verbruggen, maat...'

'Misschien blijven ze wel ergens in een hotelletje overnachten.'

'Dan zouden ze toch iets laten weten.'

'Hoe laat is het?'

'Twaalf.'

'Waar was het ook alweer dat ze gingen eten?'

''k Weet niet meer, De drie molens of zoiets?'

'De wát?'

'Ik zeg toch dat ik het niet meer weet.'

'Ze houden het er in elk geval lang uit.'

'Goed teken.'

'Wacht eens, ik hoor een auto...'

'Nee, niets.'

'Shit.'

...

'Ik ga de twee huizen wel missen.'

'Wie zegt dat ze er één opgeven? Met ons vijven in één huis lijkt me nogal krap.'

'Misschien verhuizen we wel.'

'Zou kunnen.'

'Eigenlijk woon ik hier wel graag.'

'Ik ook. Al lijkt verhuizen me ook wel wijs. Zo'n ander huis waar je langzaamaan je weg vindt, alles nieuw. Ik zie dat wel zitten. Jij?'

'Nee.'

'Natuurlijk, jij haat alles wat nieuw is, jij.'

Marie grijnst. 't Is waar. Als papa een nieuwe auto aanschaft, is ze ontroostbaar. Dan gaat ze – daags voor hij wordt ingeruild – in de afgedankte wagen zitten en spreekt ertegen. Tegen het dashboard. Dat ze het erg vindt, maar dat hij zich geen zorgen hoeft te maken. Dat het wel goed komt. *Een andere meneer zal binnenkort met u rijden en hij zal goed voor u zorgen. Beter dan die ondankbare pa van mij.* En dan legt ze 's avonds een dekentje op de motorkap of wast ze hem eens goed, tot hij blinkt als nieuw. In de hoop schuldgevoel op te wekken bij m'n vader. *Kijk eens hoe mooi hij nog is.* Waarna ze minstens een week niet meer tegen hem spreekt. En als de nieuwe wagen in de garage staat, negeert ze die compleet. Weigert erin te gaan zitten. Pas na een tijdje capituleert ze. Maar soms, jaren later, vraagt ze zich ineens hardop af hoe het met de zwarte Saab zou zijn en dan staan haar ogen dromerig triest.

Met kleding heeft ze 't ook. Ze draagt haar kleren tot ze uit elkaar vallen en dan nóg vraagt ze aan Hermine of het niet hersteld kan worden. In haar kast onderaan staan al haar schoenen van vroeger. Zielige, vuile, versleten exemplaren op een rij. Van klein naar groot. Met opkrullende neuzen vol gaten. Een kerkhof van schoenen. Van iets scheiden, maakt haar verdrietig. Haar troetels: heeft ze nog allemaal. Jouw wereld groeit nog dicht, dreig ik wel eens. Ooit verstik je in jouw verleden. Maar ik vind het wel aandoenlijk eigenlijk.

'We zien wel', zeg ik. 'Als het van mij afhangt, beginnen we een nieuw leven in een nieuw huis.'

'Jij bent wel een regelnicht hè, jij.'

'Ik? Waarom zeg je dat?'

'Gewoon, omdat het waar is.'

'Ik weet niet...'

'Ik hoop dat je je later ook een beetje met mij bemoeit.'

'Waarom?'

'Pfff, dat zal ik nodig hebben, denk ik. Iemand die mij een beetje in de gaten houdt en zo. Anders loopt het vast slecht af met mij. Raak ik in de marginaliteit of zo.'

'Zot.'

'Nee echt, ik meen het. Jij weet zo goed wat je wilt. Ik heb dat niet.'

'Pfff, zo goed weet ik het ook niet altijd, hoor.'

'Je hebt het toch allemaal goed voor mekaar. Nu, met Eriek en zo.'

'Heb ik aan jou te danken. Wie is hier dan de regelnicht?'

'Mja...' giechelt ze.

'Stil, luister...'

...

'Shit maat, tien over één al.'

'Ze kunnen de boom in, ik ga maffen. Ik ben er gerust op.'

'Slaapwel.'

'Fokko.'

'Komt Eriek morgen?'

'Mmm...'

'Brengt hij zijn gitaar mee?'

'Mmm...'

'Leuk.'

'Maak je al vorderingen?'

'Hij gaat me "Knocking on heavens door" leren. Van Bob Dylan.'

'Tof.'

'Het zal toch raar zijn uiteindelijk, denk je niet?'

'Wat?'

'Papa en tante Hermine.'

'Raar maar waar.'

'Ga je haar mama noemen?'

'Nee, hoe kom je erbij.'

'Ze wordt toch een beetje onze mama, hè.'

'Is ze nu al.'

'Djeezes, toch de max, hè. Ik ben echt blij.'

'Niet te vlug roepen.'

'Ze moeten hier niet aldoor aan elkaar zitten prutsen als twee pubers. Daar zou ik niet tegen kunnen. Jij?'

'Ik weet niet. Waarom niet? Ze hebben nogal wat in te halen, na al die jaren.'

'Zouden ze ooit trouwen, denk je?'

'Hoeft niet, gewoon samen is voor mij al genoeg.'

'Oma zal ook schrikken.'

'En of.'

'Mag ik het haar zeggen?'

'Oké.'

'Slaapwel.'

'Slaapwel.'

...

'Ik kan niet slapen.'

'Stil nu.'

'Ik ga eens beneden kijken. Misschien slapen ze hiernaast. Dries maft bij Frederick, dus hebben ze het kot daar vrij. Ga je mee?'

'Morgen horen we het wel.'

'Oké, niet dan...'

...

'Shit, maat.'

'Mmm... wat?'

'Niets. Papa en Hermine...'

Gesnotter
en champagne

Marie is al om zeven uur uit de veren. Ze schudt me wakker,
zwaait met m'n gsm.

'Een berichtje van papa en Hermine. Een berichtje!' gilt ze
triomfantelijk als ik niet onmiddellijk reageer. 'Vannacht om
twee uur verstuurd. Je had je gsm beneden laten liggen,
daarom hebben we 't niet gehoord. Wil je weten wat er staat?'
Ze glundert.

Natuurlijk wil ik het weten.

'Ahum...' doet ze.

'Doe niet flauw, lees voor!'

'Er staat: *willen liever geen pottenkijkers tijdens onze eerste
nacht. Slapen in hotelletje. Nemen de bruidssuite. Morgen rond
de middag thuis. Probeer dan een beetje normaal te doen. Sta ons
niet aan te gapen als twee koeien een trein. Flesje champagne in
de ijskast mag. Dries zal er ook zijn. Is verwittigd. Verder geen
pottenkijkers, oké? Behalve Eriek dan, dat spreekt. Tot straks.
Groetjes, ook van Hermine.*'

'Yes, maat!'

'Koekenbak!'

We doen de high five, maken een vreugdedans.

'Lees nog eens.'

Marie gaat ernstig in de houding staan en leest opnieuw voor...

'Typisch papa.'

'Ja hè, gortdroog, beetje spottend, zo kennen we hem.'

'Maar wel cool.'

'De bruidssuite! Nu ja, da's een grapje natuurlijk.'

'Goor, maat.'

'Dries schrikt zich vast een aap.'

'Ik bel naar Eriek.'

'Ik haal champagne uit de kelder.'

'Zullen we het huis versieren? We hebben nog slingers van je verjaardag.'

'Vind ik maar zielige dingen eigenlijk, treurige lianen, doen me aan carnaval denken. Maar goed, al is het maar om papa een beetje te jennen.'

'Oké, hij kan de pot op met zijn *gewoon doen*. Een feestje is hier op zijn plaats. Kom, we sturen een bericht terug.'

'Ze maffen wel nu.'

'En dan? Wakker maken die twee. Slapen kan altijd.'

Het intikken van onze boodschap gaat gepaard met veel gegiechel en geproest. Vooral over het woordje *verloving* zijn we tevreden. Daar gaat hij gegarandeerd van door het lint. Om van ons slotzinnetje niet te spreken.

Liefste papa en Hermine, gefeliciteerd met jullie verloving. Kom maar gauw naar jullie nestje, daar wacht een verrassing. Natuurlijk gaan we naar jullie kijken als twee koeien naar een trein. Jullie zijn niet voor niets het meest weirdo stel ter wereld. En? Ging het een beetje? Alles geklaard zonder ongelukken? Kuskus. Zijn erg blij. Verwittigen alvast familie, vrienden, buren en kennissen.

Marie en ik liggen in een deuk. Sinds onze barbietijd hebben we ons alle twee niet zo opgewonden gevoeld, zo innig verknocht. We komen zelfs op het idee een taxi te bellen om oma op te pikken.

'Natuurlijk kom ik', zegt ze wanneer Marie haar het grote nieuws belt. 'Voor zo'n goede tijding moet alles wijken. Ik trek mijn mooiste jurk aan. Tot straks.'

Kirrend als een jong meisje fladdert ze twee uur later naar binnen.

'Zijn ze er al?'

'Nee, ze kunnen elke minuut arriveren.'

'Mooi', klapt ze in de handen. 'Prachtig. O wat hebben jullie dat goed gedaan, meisjes. Jullie verdienen een standbeeld.'

Eriek – terug van de bakker waar we hem samen met Dries heen hadden gestuurd om een taart te kopen, de grootste die er in huis was – is nogal onder de indruk van haar.

'Dag jongeman, jij moet Eriek zijn, het vriendje van Mathilde.'

Hij knikt bedremmeld. Voor 't eerst, merk ik geamuseerd, lijkt hij een tikkeltje uit het lood geslagen.

Oma moet alles weten. In welk hotel hebben ze geslapen? Wie had het initiatief genomen? Waar bleven ze nu?

'Is die altijd zo?' vraagt Eriek stilletjes.

'Hoe bedoel je?'

'Nou, kranige tante, toch?'

'Ze maakt indruk, hé?'

'Mag je wel zeggen. Wat een vulkaan.'

'Normaal is ze de rust zelve. Maar ja, hoe zou je zelf zijn, al jaren hoopt ze hierop. 't Is een schatje, hoor, geloof me.'

'Ze zijn er, ze zijn er', joelt Marie.

Inderdaad, daar komen ze aangereden. We vormen spontaan een erehaag bij de voordeur. Geen van beiden weet zich een houding te geven. Wij – het ontvangstcomité – al evenmin. Iedereen staat maar zo'n beetje zenuwachtig te grinniken en rond te draaien. Aandoenlijk allemaal. Marie gooit met rijst. Ietwat voorbarig, natuurlijk. M'n vader gaat uit z'n dak.

'Komaan, naar binnen,' sist hij, 'voor de buren denken dat we gek geworden zijn.'

Iedereen achter hem aan. Hermine knipoogt naar ons.

Dries ontfermt zich in de salon over de flessen, laat de kurken knallen.

'Die gaan verder dan je raket', jen ik.

'Je brengt me op een idee', lacht hij.

Hij méént het. Er wordt geklonken.

'Op Hermine en papa', roep ik.

'Speech', brult Marie.

'Komaan, Paultje,' dringt oma aan, 'laat zien wat je kunt.'

'Jezus, wat een drukte, had ik dat geweten', zucht m'n vader.

'Hij heeft er al spijt van', giert Hermine.

Ik por hem in z'n zij, schenk hem een bemoedigend lachje. Grijnzend, krabbend in z'n haar, capituleert hij. Zodra hij het woord neemt, voel ik een brok in mijn keel.

'Geachte aanwezigen,' begint hij, 'mag ik jullie voorstellen: mijn verloofde Hermine.'

'Hoor hem', glimlacht ze.

Iedereen applaudisseert, Dries en Eriek voegen er wat schril gefluit aan toe en wij – Marie en ik – het nodige gejoel. Oma glundert, slaat een arm om Hermines schouder, drukt haar tegen zich aan.

'Ik heb altijd gezegd dat de vrouw die hier ooit een voet zou binnenzetten van goeden huize zou moeten komen', vervolgt hij.

Ondanks zijn spotlachje neigt zijn toon naar een zekere plechtstatigheid die we niet van hem gewend zijn. Er sluipen woorden in zijn redevoering die op een grappige manier oubollig klinken.

'Pas onlangs ben ik gaan beseffen dat de vrouw die ik in gedachten had, zich al tien jaar binnenshuis bevindt. Soms is geluk zo dichtbij dat je er overheen kijkt. Maar dankzij het jonge volkje hier aanwezig zijn mij de ogen opengegaan. Lieve dochters, beste Dries en intussen ook Eriek, ik ben jullie heel erkentelijk.'

Applaus.

Marie: 'Iets te veel eer voor Dries, maar kom.'

Dries, lachend: 'Hela jij, op je gemak, hè. Dankzij mijn psychologisch doorzicht is de boel hier aan 't rollen gegaan.'

Ik: 'Zalig zijn zij die dwalen.'

'Hoe gelukkig ik me ook voel, ik ben tegelijk ontroerd als ik – hoe kan het anders – op een dag als vandaag moet denken aan Greta. Niemand van jullie zal het mij kwalijk nemen. Op een leeftijd als de mijne zou het dom en verkeerd zijn het verleden af te zweren. Al even dom als het te cultiveren, wat ik helaas veel te lang heb gedaan. Gisteren, toen Hermine en ik ons tot elkaar bekeerden (schril gefluit, gejoel, applaus) gebeurde er iets heel eigenaardigs. Namelijk niets. Ik bedoel, het was de vanzelfsprekendheid zelve dat we elkaar kusten, elkaars hand grepen. Onze harten hoefden zich niet te openen, dat hadden ze al gedaan, jaren voordien. Toen ik dát besefte...'

Hij krijgt het even moeilijk.

'...Nu ja, sommige dingen moeten nu eenmaal hun tijd hebben...'

'Hij begint aan zijn spreekwoorden', sist mijn ontroerde zus.

'...Mijn jarenlange genegenheid voor Hermine bleef altijd overschaduwd door het verleden. Maar laten we wel wezen, het is niet alleen míjn fout dat het allemaal zo lang heeft moeten duren. Ook jij, Hermine, weet wat schroom is.'

Hij kijkt haar liefdevol aan.

'Liefde echter', besluit hij, 'heeft de volle zon nodig. Laten we drinken op onze toekomst, een woord dat hier veel te lang van zijn betekenis is beroofd.'

Hij heft z'n glas.

'Op ons, Hermine, op ons allemaal.'

Er worden tranen weggeslikt, er wordt gesnotterd en gekucht. Kortom, een zakdoekventer zou hier goede zaken doen. Door alle gesnuif en gesnif heen wordt vertederend en moedig geglimlacht.

'Moet je ons zien,' piept oma met een brok in de keel, 'we lijken wel een stelletje idioten.'

Bevrijd schieten we allemaal in de lach.

'Kom hier jullie.'

Oma stapt op m'n vader en Hermine toe en omhelst hen uitvoerig.

'Dat ik dat nog mag meemaken', zegt ze.

De ban is gebroken. M'n vader legt een arm om Hermines middel. Ze geeft hem een kusje in zijn hals. Niemand slaat de ogen neer.

'Djeezes, elkaar niet voortdurend staan aflikken, hè', stuift Marie op.

'Zal ik voor de gelegenheid wat zelfgemaakt vuurwerk afschieten', oppert Dries.

'Houd je maar gedeisd, jij, meneer Ariadne', lacht Hermine.

'Wie hier eigenlijk ontbreekt, is Verbruggen', zeg ik. 'Dankzij hem loopt het plots allemaal op rolletjes.'

'Verbruggen, wat heeft die ermee te maken?' doet m'n vader.
'Toffe peer, mooie stem, maar vergeleken bij mij een geboren loser, toch?'
'Jaloerse flikker jij, ja', hoont Marie. 'Je kneep 'm, geef maar toe, maat.'
Hermine: 'Zeker weten.'
M'n vader, quasi verongelijkt: 'Moeten jullie niet studeren? Over drie dagen beginnen de examens. Ik bedoel, in plaats van jullie vader hier een beetje te staan afvallen. Onnozel grut, stelletje ongeregeld...'
En zo gaat het nog een tijdje door. De stemming zit erin. Eriek speelt 'Jalous guy', Marie en Dries bakken pizza's en op aanwijzing van mijn vader ontkurk ik *twee rode Italianen om u tegen te zeggen.* Wanneer we even alleen staan, geeft hij me een samenzweerderig kneepje in mijn nek en trakteert me op een vette knipoog.
'Yes hè, maat', zeg ik en vlieg hem om de hals.
Weet ik veel wat mij te wachten staat.

Een donderslag
bij heldere hemel

De examens zitten erop. Ik ben geslaagd. Met de hakken over
de sloot. Scheikunde liep los. Klein buisje voor Latijn, maar
met m'n dagelijks werk erbij heb ik net voldoende. Marie is
zoals altijd de primus van de klas. Vervelend, zo'n slimme
zus. Over Dries wil ik het niet eens hebben, die valt buiten de
categorie. Eriek heeft twee herexamens. Maar wel een A op
fotografie. Geen drama, beweert hij, twee domme bijvakken.
Komt voor mekaar. Ik geloof hem. Zo'n beestig lief, maat,
altijd rustig en al. Echt een coole beer. Onverstoorbaar,
zelfverzekerd en toch geen snoever. Al lijkt hij vandaag een
beetje van zijn à propos.
We zitten samen op een terrasje in de zon. Ik ben blij met
mijn herwonnen vrijheid. Vóór ons liggen meer dan twee
maanden vakantie, ademend van belofte. Een eindeloze,
onbezorgde tijd die bulkt van mogelijkheden. Ik voel me top,
sla nauwelijks acht op Erieks eigenaardige gedrag. Al kan ik er
na een tijdje nog moeilijk naast kijken. Hij doet wel erg
zenuwachtig. Kijkt schichtig om zich heen, alsof hij elk
moment iemand verwacht.
'Is er iets?'
'Ik moet je wat vertellen, Mathilde.'

'Vertel.'

'Vóór je het van iemand anders hoort.'

'Kom op.'

'Beloof me dat je niet boos zult zijn.'

'Boos? Waarom?'

'Beloof het.'

'Hoe kan ik dat beloven als ik niet weet wat het is.'

'Ik heb je iets verzwegen.'

'Aha. Wat dan?'

'Zie je me graag?'

'Zot, doodgraag, dat weet je toch.'

Hij zit te schuifelen op z'n stoel. Het valt me nu echt op. Helemaal uit zijn doen. Niets voor hem.

'Wil je eerst nog een drankje?' vraagt hij.

'Nee, kom op, ik brand van nieuwsgierigheid.'

...

'Het gaat over je moeder...'

Er loopt een ijskoude rilling over m'n rug.

'M'n moeder?'

'Niet Hermine, je echte mama...'

'Ga door, Eriek.'

'...Toen ze dat ongeluk had...'

'Hoe weet je dat? Heb ik je toch niet verteld?'

'Weet ik...'

'Wat wil je me nu eigenlijk zeggen, Eriek?'

'Ik was daar...'

'Waar?'

'Toen het gebeurde... door mijn onvoorzichtigheid moest ze uitwijken...'

'O nee...'

'Het spijt me zo...'

'Shit, Eriek, nee...'
'Het spijt me. Luister...'
'Nee, nee, néé! Jij toch niet...'

Hoe ik thuiskom, is mij een raadsel. Als door een dikke mist ren ik blindelings door de straten. Twee keer hoor ik vlakbij getoeter. Rafels van een scheldpartij. Woedende chauffeur. Het kan me niets schelen. Rij me maar omver, denk ik, ik wil dood. Eriek: het jongetje dat ik honderden keren in gedachten heb gehaat. Gehaat met hart en ziel. Dat jongetje is Eriek. Kan niet. Kan niet! Zo luguber kan het lot niet zijn. Flarden van het gesprek flitsen door m'n hoofd. Nu ja, een gesprek was het niet, ik zei geen woord. Eriek hield een monoloog, elke zin die hij op me losliet, stootte als een dolk door mijn hart. *Dries begon er tegen mij over... toevallig... net voor de examens... dat je moeder verongelukt was... ik had nog altijd geen idee, maar 't was of er ineens een alarmlichtje ging branden... ik bleef maar doorvragen... toen hij de plaats beschreef waar het gebeurd was, wist ik het... ik kon het niet geloven...*
Thuis loop ik Hermine tegen het lijf. Ze merkt meteen dat er iets ernstigs aan de hand is.
'Mathilde, wat is er gebeurd? Schatje toch, je ziet lijkbleek. Ik roep je vader.'
Ik beef als een riet, sta te klappertanden in de gang.
Daar is ze al weer. Lieve Hermine, een en al bezorgdheid.
'Hij komt zo', zegt ze. 'Wat is er, schatje? Vertel het eens.'
Ze legt een arm om me heen, loodst me naar de living. Pas nu komen de tranen, voel ik de pijn. Vuil voel ik me, besmeurd. Ik haat hem. Haat hem. Waarom kiest hij juist mij uit honderden meisjes? Waarom? Waarom?
M'n vader komt eraan.

'Wat is er, zoetje? Rustig... huil maar eerst. Huil maar eens goed.'

Ik wil de klok terugdraaien. Ik wil niet dat het gebeurd is. Het is een nachtmerrie. Ik moet zien te ontwaken. Waarom blijft het verleden mij maar achtervolgen? Ik wil dat niet. Ik wil dat niet! *Kort na het ongeluk zijn we verhuisd. M'n vader kreeg elders een baan aangeboden... misschien speelde het ongeval in de beslissing mee... het had mijn ouders sterk aangegrepen... toen we hier jaren later weer gingen wonen, was ik alles vergeten... ik had het verdrongen, denk ik... nee, gewoon vergeten, snap je, er was tien jaar overheen gegaan, dat is een eeuwigheid... ik bedoel, zo lang geleden allemaal... het was iets uit een ander leven... hoe kon ik weten dat jij...*

'Papa', piep ik.

'Rustig maar, rustig maar, je trilt over je hele lijf. Kalmeer, Mathilde.'

Hij drukt me tegen zich aan. Eerst zacht, dan harder. Ik kom niet uit mijn woorden.

'Eriek,' zeg ik, 'Eriek...'

Ik moet braken, wurm me los, loop naar het toilet.

Kokhalzend hang ik over de bril. Hermine knielt naast me neer. Ik schaam me.

'Mama,' zeg ik, 'mama...'

Hermine dept m'n gezicht met haar zakdoek. Ik snuit m'n neus.

'Ik heb mama verraden...' zeg ik.

Met horten en stoten vertel ik wat er gebeurd is.

'Ik sta paf', zegt m'n vader.

'Help me, papa.'

Hij haalt diep adem, ijsbeert een paar keer door de kamer,

ploft naast me neer in de tweezit, legt z'n arm om me heen en
zegt:
'Wat je daarnet zei, dat je mama hebt verraden, is natuurlijk
onzin. Dat wil ik zelfs niet meer van je horen. Maar als ik die...
die gast te pakken krijg...'
'Die jongen wist het ook niet', komt Hermine tussenbeide.
'Daar gaat het niet om', zeg ik.
'De smeerlap', vloekt m'n vader.
'We móéten met die jongen praten', zegt Hermine.
'Nee, ik wil hem niet meer zien. Nooit meer...'
'Ik wel. Ik wil dat kereltje wel eens spreken. Ik wil wel eens
horen wat dat ventje te vertellen heeft.'
'Paul, houd je rustig. Loop niet vooruit op de feiten. Die
jongen had helemaal geen slechte bedoelingen.'
'O nee? Dan moet jij me maar eens vertellen wat die schlemiel
hier in ons huis komt doen? Goed wetende wat er ooit
gebeurd is.'
'Maar dat wist hij toch niet', probeert Hermine hem te
bedaren. 'Hij weet het nu pas, door wat Dries hem vertelde.
Zo is het toch, Mathilde, dat zei je toch?'
Ik haal mijn schouders op, kan niet meer denken, moet aldoor
huilen.
'Verdomme, Hermine, dat doe je toch niet: binnendringen in
een gezin waarvan de moeder door jouw toedoen gestorven is.
Die gast is ziek.'
'Dus jij acht die jongen verantwoordelijk voor de dood van
Greta?'
'Wie anders? Hij deed het natuurlijk niet met opzet, maar het
blijft wel zijn schuld.'
'Hij was zeven, hooguit acht toen het gebeurde.'
'En dus?'

'Hoe kan een kind van zeven schuldig zijn? Dat druist volkomen in tegen jouw eigen mooie theorieën, weet je dat? Jouw theorieën die zeggen dat een kind nooit *schuldig* is...'

'Ho maar, dat is iets anders...'

'Nee, dat is precies hetzelfde. En nog iets: het gaat hier om Mathilde nu. Jouw dochter is volkomen van streek. Ze was dolverliefd op die jongen. Ik kan me voorstellen hoe vreselijk dit voor haar is. Laten we ons om Mathilde bekommeren. Oké?'

'Je hebt gelijk', bindt hij in. Tegen mij: 'Het spijt me, zoetje, ik ben geschokt, maar voor jou is 't nog duizend keer erger.'

'Ik voel me ellendig, papa.'

'Ik begrijp het...'

'Zeg dat het niet waar is... toe zeg dat het niet waar is...'

'Tja, zoetje...'

'Het ging net zo goed, papa...'

'Ik weet het. Ja, huil maar, huil maar, zoetje...'

Waarom? Waarom?

Als ik wakker word, is de nachtmerrie er weer. In alle
hevigheid. Twee weken nu al schuifel ik door die nare droom.
Er is geen ontsnappen aan. Ik ben als verlamd, heb geen zin
om uit m'n bed te komen. Mijn keel is dichtgeschroefd. Ik voel
me futloos en stram, sleur iets logs met me mee. Alsof er
vanbinnen in mij een hoop stenen is neer gekieperd. Eigenlijk
wil ik alleen maar slapen. Liggen. Dood zijn. Niet weten.

Aan de anderen ligt het niet. Iedereen is lief en aardig voor
mij. Maar ik kan niet lief en aardig terug doen. Ik ben het
kwijt. Voorgoed kwijt. Ik ben geschonden. Elke nacht droom
ik van mama. Dat ik dicht bij haar ben. Alleen met haar. Op
een warme, gezellige plek. Ergens aan zee.
Slapen...

Ik kan aan niets anders meer denken. Koppijn. Mijn hoofd
lijkt een schurende, stampende betonmolen die altijd maar
om dezelfde gedachte heen draait, altijd weer en weer om
dezelfde gedachte heen draait...
Het houdt niet op.
Hoe kan ik nog ooit iemand vertrouwen? Hij heeft me

gebruikt. Ik heb hem gestreeld, gekust. We hebben gevreeën.
Ik heb hem met liefde toegesproken. Hém...
Met elke kus, elke streling, elk liefdevol woord heb ik mama
verraden. Ik ben een monster.

'Dit moet zijn tijd hebben', zegt m'n vader. 'De wond is diep,
maar dichtgroeien zal ze.'
Ik geloof hem niet.
'Je moet met Eriek praten, Mathilde', zegt Hermine. 'Ik
begrijp dat je er kapot van bent, maar je wéét dat Eriek het niet
met opzet heeft gedaan, om je te kwetsen of zo. Er zit geen
kwaad in die jongen. Integendeel, hij is er al even kapot
van als jij. Zie je, je verwart twee dingen: de ondraaglijke,
onrechtvaardige willekeur van het lot is zo verpletterend dat je
er Eriek de schuld van geeft, maar hij is er net zo machteloos
aan overgeleverd als jij.'
Ik hoor haar niet.
'Zo is het', treedt m'n zus haar bij. 'Eriek treft geen schuld, hij
is er helemaal kapot van, net als jij. Hij vraagt of hij jou niet
even kan zien. Vijf minuutjes. Om het uit te praten. Hij kan
het begrijpen dat je hem niet meer ziet zitten, maar hij kan
niet leven met de gedachte dat je hem haat.'
Ik wil er niets van weten.

Het zag er allemaal zo goed uit. Hermine en papa, Eriek en
ik...Wordt een mens gestraft als hij zich té gelukkig voelt? Is
geluk een voorbode van onheil? Het zag er zo gaaf uit. Zo
juist... zo perfect...
Waarom moest uitgerekend Eriek dat jongetje zijn? Toeval? Ga
toch weg! Niks toeval. Het was zo voorbeschikt. Het is een vloek.
Waarom, waarom?

Ik haat mezelf. Ik heb de pest aan mijn zelfmedelijden. Ik schiet er niets mee op. Ik ben kwaad, ik ben woedend, maar veel meer nog ben ik geknakt, gekwetst. Waarom doet iemand mij dit aan? Waarom overkomt mij zoiets? Iedereen loopt er blij en opgewekt bij. Het is vakantie, de zon schijnt en zie mij. Zie wat mij is aangedaan!

'Je moet je herstellen', zegt m'n zus. 'We vinden het allemaal vreselijk voor jou, maar er zijn grenzen. Je zegt geen woord, je sluit je op. Zo ken ik je niet. Sorry, maar ik begin de indruk te krijgen dat je van jouw eigen verdriet geniet. Je zwelgt erin. Zo kun je straks toch niet op vakantie gaan. Doe iets, haal de bezem erdoor. Hoe zegt papa het ook weer... zachte heelmeesters maken stinkende wonden.
Jij bent altijd de eerste om schoon schip te maken, je overal mee te bemoeien. Ik bedoel dat niet negatief hé, integendeel, papa noemt je niet voor niets de diplomaat van de familie. Problemen? Haar in de boter? Slechts één adres, Mathilde.
Toe, praat met hem. Het zal je goeddoen. En voel je niet zo schuldig tegenover mama, dat is gewoon belachelijk. Alsof jij kon weten dat Eriek... En trouwens, mama is al tien jaar dood. Wordt het niet stilaan tijd dat we haar een beetje rust gunnen? Dat we haar dood laten zijn. In alle vrede. Ik bedoel, eerst papa en tante Hermine en nu jij... mama dit, mama dat... shit, maat, ik ben dat beu...'

Marie treft de juiste toon. Haar wrevel raakt mij. Steekt me. Ik recht mijn rug.
'Jij was nog erg jong toen mama stierf,' verweer ik me, 'je hebt haar minder gemist dan ik.'

'Ja, hallo, gaan we er een wedstrijdje van maken? Spelen we *mamaatje missen* of zo?'

'Maar nee...'

'Nou dan?'

'Ik...'

'Ik benijd jou, weet je dat?'

'Mij? Hoezo?'

'Jij hebt tenminste nog herinneringen aan mama. Ik niet. Denk je nu echt dat het mij al die jaren makkelijker viel haar te missen? Ik kón haar niet eens missen, snap je? Ik herinner me geen enkel gesprek met haar. Ik was vier toen ze stierf. Haar geur ja, die herinner ik me nog. Vaag... Maar iets concreets, nee...'

'O, op die manier.'

'Op die manier ja. Telkens als ik papa, Hermine, jou, ja zelfs Dries over mama hoorde praten, stierf ik vanbinnen. Het leek wel alsof ik er niet bij hoorde. Ik was ronduit jaloers op jullie herinneringen, op jullie verdriet. Ik heb nooit met iemand kunnen praten over wat ík voelde. Dát bedoel ik.'

'Het spijt me', hakkel ik.

'Maar nee, geeft niets,' verbloemt m'n zus, 'ik ben niet boos of zo. Alleen...'

'Je vindt dat ik me aanstel, hè?'

'Maar nee, ben je gek, ik snap dat je er ondersteboven van bent. Toen ik hoorde van papa wat je overkomen was, kreeg ik zelf een dreun. Ik bedoel, het is gewoon te gek om los te lopen. Hoe noemen ze dat? Iets met ironie...'

'De ironie van het lot.'

'Ja precies. Gewoon freaky. Niemand kan zoiets mafs bedenken en baf, dan gebeurt het.'

Nu zich mededogen bij haar ergernis voegt, voel ik me voor 't eerst in weken een beetje opgelucht. Het oude verbond met m'n zus schenkt me opnieuw houvast. Ze beseft niet half hoe dankbaar ik haar ben.

'Het rare is, ik zie dat jongetje nog altijd in gedachten vóór mij', neem ik haar in vertrouwen. 'Hij was samen met zijn ouders op mama's begrafenis. Ik weet nog dat papa boos op hen was. Wat hebben die hier te zoeken, gromde hij. Het was pijnlijk. Ze kwamen hun deelneming aanbieden, maar wij haatten die mensen. We haatten dat jongetje. En die ouders. Wat konden we anders doen dan hen haten? Natuurlijk deed die jongen het niet met opzet, maar toen dachten wij zo. We zaten vol woede en verdriet en dan ga je...'

'Snap ik heus wel. Ik zou precies zo gereageerd hebben.'

'Maar wat ik eigenlijk wou zeggen: in mijn gedachten – en dat is het rare – is dat jongetje altijd dat hatelijke jongetje van toen gebleven. Nooit is het bij me opgekomen dat hij intussen ouder geworden was. En dan blijkt ineens...'

'Ja, ik begrijp het, vreselijk...'

'Waarom is Eriek niet gewoon iemand anders? Om het even wie, maar niet...'

Ik voel hoe mijn stem wordt afgeknepen, ik kan er niets aan doen, begin weer te janken. Marie troost me.

'Snap je, ik was zo verliefd op hem', huil ik.

Ze omhelst me. We knijpen elkaar tot moes. Ze is bijna even groot als ik, merk ik. Shit, maat, ze mag me niet inhalen.

'Hij ook op jou', zegt ze. 'Het is gewoon stom.'

'Ja, stom', beaam ik. 'Fameus stom.'

'Zal ik iets arrangeren? Jullie moeten elkaar dringend spreken.'

'Maar niet hier, niet met papa in de buurt.'

'Hé, hallo, ik ben niet dom.'

'Marie...'

'Ja?'

'Bedankt.'

'Doe niet onnozel.'

Erieks biecht

'Je moet me geloven,' zegt Eriek, 'nooit, zolang ik je ken, heb ik ook maar één seconde gedacht dat jij iets te maken had met wat er vroeger is gebeurd. Geen haar op mijn hoofd dat jou ermee in verband bracht. Meer nog, ik heb afgelopen jaren nooit meer aan dat vreselijke voorval gedacht, laat staan dat ik...'

We zitten aan een tafeltje in De Kroon. Marie heeft het prima geregeld. Ze is met me meegekomen. Wanneer Eriek arriveert, drinkt ze haar glas leeg en laat ons alleen. *Niet vechten, hè.*

Aanvankelijk mijden we elk oogcontact, pas na een tijdje durven we elkaar stiekem aan te kijken. Eriek ziet er bleekjes uit, vermagerd, schichtig. Ik verbijt een opkomend gevoel van medelijden. Niet week worden, z'n verdiende loon, peper ik mezelf in. Dat hij het maar eens uitlegt. Ik wil alles horen. Alles!

Nu, dat is geen probleem. Eriek wil niets liever dan praten, de storm in zijn hoofd moet eindelijk gaan liggen. Ongeduldig neemt hij het woord.

'Toen Dries over je moeder begon en alles me duidelijk werd, stortte de wereld in, Mathilde. Ik weet niet meer hoe het ter sprake kwam. Ik denk dat ik tegen hem over Hermine begonnen was. Dat ik haar een supertoffe vrouw vond of zoiets. Geweldig en zo. Een echte bom bovendien, voor haar leeftijd. En op de koop toe een heuse mama, ook voor jou en Marie. En toen legde hij uit – Dries – dat ze de zus was van jullie echte moeder, waarna hij over het ongeluk begon. Ik weet niet waarom ik erover dóórvroeg. Iets dreef me ertoe. Je moet me geloven, ik viel compleet uit de lucht. Het zou evengoed tussen óns ter sprake hebben kunnen komen. Misschien was er wel altijd iets dat ons tegenhield om over het verleden te praten. Ik bedoel, je had me dan wel verteld dat je mama was gestorven toen je nog klein was, maar nooit dat ze een ongeluk had gehad. Ik, van mijn kant, heb evenmin iets losgelaten dat jou aan het denken had kunnen zetten. Ik bedoel, vroeg of laat was het toch uitgekomen. Was het niet via Dries, dan wel door iemand anders. Weet ik veel, een buitenstaander die zowel je pa kende als m'n ouders. Nu ja, doet er niet toe. Het *is* uitgekomen, en maar goed ook eigenlijk. Stel je voor dat het nog maanden had geduurd, het zou alleen maar nóg pijnlijker geweest zijn.'

Hij neemt een slok en kijkt me voor 't eerst recht in de ogen. Mijn blik zegt: ga door.

'M'n ouders vermoedden evenmin iets. Ik zeg dat omdat je niet zou denken dat ze je dáárom nooit bij hen uitnodigden. Je weet hoe ik over hen denk, maar 't zijn brave mensen. Gewoon... je weet wel, gewoon... Weinig gastvrij en al. Niet zo open minded als jullie, maar dat ze geen contact zochten, had echt niets met *jou* te maken. Ze zijn daar allemaal niet mee bezig. We leven alle drie ons eigen leventje. M'n vader is getrouwd met z'n werk, m'n moeder met haar klankschalen. Snap je? Met wie ik omga, interesseert hen nauwelijks. Jij was iemand uit "mijn" leven, niet uit het hunne. Je naam – áls die dan al gevallen is – deed bij hen evenmin een belletje rinkelen. Niemand die eraan dacht dat jij... Trouwens, ook jouw vader en Hermine legden de link niet. Wie denkt nu aan zoiets. Zo lang geleden. We wonen dan wel niet in een wereldstad, maar 't is hier nu ook weer geen gehucht of zo.'

'Hoe bedoel je?'

'Nou, dat iedereen hier iedereen zou kennen of zo. Dat die geschiedenis, dat ongeluk, in ieders geheugen zou zitten. Dat is natuurlijk niet het geval. Ja, in het onze wél natuurlijk. Jij, je zus, Dries, Hermine, je pa, ik en mijn ouders: allemaal hebben we eronder geleden, jullie natuurlijk oneindig veel meer dan wij, maar dat onze wegen na die ene fatale clash nóg een keer zouden kruisen, daar hield niemand rekening mee. Zeker niet na zoveel jaren. Mijn ouders vertelden me dat we naar de begrafenis van je moeder gegaan zijn. Zelf herinner ik me dat niet meer. Het was een pijnlijke ervaring voor hen. We waren daar niet welkom. Niet dat ze 't niet begrepen, m'n ouders. Deden ze wel. Ze voelden zich schuldig. M'n moeder vertelde dat ze een paar maanden na het ongeval je vader op straat tegen het lijf liep. Ze wou op hem toe lopen, maar merkte dat hij haar niet herkende. Hij knikte vriendelijk en toen bedacht ze zich. Wat had ze moeten zeggen? Waarom nog oude wonden openrijten, begreep ze. Korte tijd later verhuisden we naar Brussel, en ja, toen was er helemaal geen reden meer om nog op het gebeurde terug te komen. Het klinkt misschien hard als ik het zeg, maar we waren het zo'n beetje vergeten toen we een jaar geleden terugkeerden. Begrijp je het? Ik moest hier na al die jaren opnieuw mijn weg vinden, kende hier niemand meer. Ja, een paar oude schoolvrienden kruisten opnieuw mijn pad, maar toen ik jou

in het vizier kreeg, heeft niemand uit mijn omgeving me ooit
een hint gegeven. Niet één keer. Niemand die een verband
legde. Het had gekund, maar het gebeurde niet. Tot Dries
erover begon...'

'Wanneer was dat?'

'De dag na dat feestje bij jullie thuis, toen je vader die
toespraak hield. Ik kwam Dries toevallig tegen op de markt.
We gingen iets drinken en toen, ineens, babbelend over
koetjes en kalfjes, kwamen we bij jouw moeder terecht.'

'Had Dries niets in de gaten?'

'Hoe bedoel je?'

'Zag hij dat je schrok of zo?'

'Nee, ik heb niets laten blijken, niemand in vertrouwen
genomen. Of toch, mijn ouders, maar pas nadat ik het jou had
verteld. Bijna twee weken heb ik ermee rondgelopen. De
langste twee weken uit mijn leven. Ik heb gewacht tot de
examens voorbij waren om het je te zeggen. Het vrat aan mij.
Je was zo blij met je vader en Hermine. Je straalde. Wat moest
ik doen? Ik werd gek. Ik wist dat ik je zou verliezen... Je zult
het wel hardvochtig van me vinden, maar zoals ik al zei, ik
was dat ongeluk min of meer vergeten. Ik stond er zelfs toen
het gebeurde niet bij stil. Fuck Mathilde, ik was een kind van
acht! Het hele voorval is langs me heengegaan. Op die leeftijd
sluit je je af voor al te ingrijpende gebeurtenissen. Alles zat
diep in mijn geheugen weggeborgen en floepte na al die jaren
opeens weer tevoorschijn. Alsof in een jarenlang verduisterde
kamer ineens weer het licht aanging. Ik wist meteen hoe erg
het was. Hoe vérstrekkend de gevolgen waren, hoe diep de
wond zou zijn. In deze omstandigheden zou het onmogelijk...
ik bedoel dat wij samen... het leek in één klap uitgesloten.
Wat kon ik doen? Ik was wanhopig. Wat ik voor je voelde, viel

zomaar niet onder de mat te vegen. Een nachtmerrie was het.
Je zou me haten. Dubbel haten. Niet alleen omdat je mij
verantwoordelijk achtte voor de dood van je moeder, maar
ook nog eens omdat ik het lef had jou te versieren, na alles
wat er gebeurd was. Alleen een geheide klootzak deed zoiets...
ik bedoel... waarom kon je niet gewoon iemand anders zijn?'
Hij maakt een vertwijfeld gebaar, zijn verhaal stokt.
'Wat voelde je toen je besefte... ik bedoel toen je in de gaten
kreeg...?'
'Ik bevroor. Het deed pijn. Ik kon niets zeggen...'
'Wanneer precies drong het tot je door?'
'Toen Dries over een jongetje begon dat met zijn bal aan 't
spelen was en de straat opliep...'
Hij stokt opnieuw.
'Ga door, Eriek. Dus toen het kwam allemaal terug.'
'Het was eng om terug in de tijd te worden gekatapulteerd.
Vind maar eens jezelf terug in een kind van acht. Niets had ik
nog te maken met dat stomme kereltje dat achter die rotbal
aan holde. En toch viel niet te ontkennen dat ík het was. Ik en
niemand anders. Toen ik dát besefte, Mathilde, ging er een
steek door m'n hart. Stel je voor, tien jaar later voelde ik
schuld priemen. Toen, op het moment zelf, niet. Hoe zou ik?
Ik begreep toen niet eens wat er gebeurde. Zoals ik al zei, het
ging langs me heen. Letterlijk. Probeer het te begrijpen,
Mathilde, tracht het door de ogen van het kind te zien dat ik
was. Wist ik veel. Ik liep gewoon de straat op, achter mijn bal
aan, snap je? Ik was acht...'
Mijn blik dwingt hem verder te gaan. Niet dat ik hem met alle
geweld wil zien lijden, ik heb gewoon behoefte aan zijn biecht.
En ja, hij mag er niet onschuldig van afkomen.
'Pas nu', neemt hij de draad weer op, 'zie ik alles in zijn juiste

proporties. Niet door wat toen, maar door wat nú is gebeurd. Alsof het verleden mij komt halen. *Hela ventje, dacht je te ontkomen of zo.'*

Ik knik. Voor 't eerst krijgt zijn blik iets opstandigs.

'Ja, ik weet het, je verdiende loon zul je zeggen, maar verdomme Mathilde, het noodlot speelt kat en muis met ons. Ik voel me gewoon belazerd, beetgenomen. Ik was verliefd op jou, jij op mij. Zo simpel als dat. Zuiverder, puurder kon niet. Tot ergens hierboven de klootzak die de touwtjes in handen heeft op het vermakelijke idee kwam om mij dat jongetje te laten zijn dat jouw moeder... en jou uitgerekend het meisje wiens moeder werd weggeplukt toen ze zeven was... Shit, Mathilde, het is niet eerlijk, het is gewoon niet eerlijk. Een walgelijke grap. Fuck.'

Hij kijkt me opnieuw radeloos aan.

'Wat herinner je jou verder nog van het ongeluk?' slik ik.

'Niet veel, echt niet. Ik zou je...'

'Vertel me alles wat je weet, Eriek. Alles. Het stomste detail is belangrijk voor mij.'

'Zon... het was mooi weer, lente. Het remmen herinner ik me. Een bijna jankend geluid en nadien een droge klap. Verder niets. Dat m'n moeder me het huis induwde en dat ze vreselijk tekeerging tegen mij. Ze huilde...'

'Heb je de auto gezien, een glimp van m'n moeder?'

'Nee. Misschien wel, maar ik herinner het me niet. Wel dat er nogal wat om te doen was thuis. Mijn moeder was serieus geschokt. Ze moet gedacht hebben, toen ze de remmen hoorde en de klap, dat ik onder de wielen terecht was gekomen. Ze deed nogal hysterisch en dat werd niet beter toen ze zag dat ik ongedeerd was. Er werd een ambulance gebeld. Er kwam een politiecombi voorgereden. Ik weet nog dat het schijnsel van het blauwe zwaailicht een vreemdsoortig licht in de kamer wierp waarin ik was ondergebracht, ook al baadde die in de zon. De ambulance arriveerde met loeiende sirene. Reed later geluidloos weg. Ik werd ondervraagd, maar daar herinner ik me niets meer van. Later werd er niet meer over gepraat. In ieder geval niet in mijn bijzijn. Ik heb er nog wel over gedroomd. Nachtmerries. Later verdwenen ook die. En toen was het weg. Tot Dries het licht aanknipte.'

Hij kijkt me aan, niet langer radeloos. Het praten heeft hem goedgedaan. Zijn blik is gelaten, maar verraadt ook opluchting. Er valt een stilte. Alles is gezegd.
'Even plassen', grijnst hij onwennig, staat op, loopt in de richting van het toilet, keert op zijn stappen terug, gaat voor mij staan, kijkt me oneindig droef aan en zegt: 'Ik voel me zo schuldig, Mathilde. Ik vind het vreselijk dat ik je dat aandoe. Voor de tweede keer aandoe...'

Als hij weg is, schieten de woorden van Hermine me door het hoofd. *Je moet het hem vergeven, geloof me, je zult opgelucht zijn. Het heeft geen zin wrok te blijven koesteren. Dat Eriek weer in je leven opduikt, en dan nog op die manier, is... nu ja... te gek om los te lopen. Maar hij heeft het niet zo bedoeld. Hij was verliefd op jou, Mathilde. Het is hem overkomen. Net zoals het jou is overkomen. Soms gebeuren de vreselijkste dingen zonder dat iemand er schuld aan heeft. Eriek is allang niet meer dat jongetje van toen. En trouwens, zélf dat jongetje moet je vergeven... Wat je toen niet kon, kun je nu misschien wel. Stap over je eigen schaduw, Mathilde. Sta versteld van jezelf. Dan heeft het allemaal nog zin.*

En die van mijn vader.

Hermine heeft gelijk, Mathilde. We moeten ophouden met die wrok. Wrok vreet aan je hart. Het was een ongeval. Een dom ongeval. Mama is dood, we moeten het accepteren. Jij bent net als ik. Je voelt je schuldig tegenover haar. Omdat jij verder leeft en zij niet. We moeten dat absurde gevoel loslaten, Mathilde. Misschien moest gebeuren wat gebeurd is om dat eindelijk ingezien te krijgen. Klinkt melig, ik weet het, maar ik geloof dat het waar is. Ik geloof dat alles nu voorgoed in orde kan komen.

Eriek zit intussen weer voor mij.

'Drink je nog iets?' vraagt hij.

Ik haal diep adem.

'Ik vergeef het je, Eriek', zeg ik. 'Ik begrijp het nu. Het was toeval. Niets meer of minder dan absurd toeval. Een flauwe grap van het noodlot. Ik ben niet langer boos op je.'

'Je beseft niet half hoe...'

Ik leg hem met een vinger tegen zijn lippen het zwijgen op.

'Mijn beurt nu', fluister ik.

Maar ik stok, het kost me moeite om te spreken.

'Neem gerust je tijd', zegt Eriek.

'Het kost me moeite', zeg ik.

'Snap ik heus wel.'

Hij legt zijn hand even op de mijne, trekt ze dan verschrikt terug. We glimlachen verlegen.

'Ik voel me wel opgelucht', zeg ik. 'Dat wel.'

Hij knikt.

'Fijn.'

'Maar het kost me moeite.'

'Wat kost je moeite?'

'Jou te vergeven.'

'Begrijp ik.'

'Het was makkelijker om kwaad op je te zijn.'

Hij knikt opnieuw.

'Maar zoals ik al zei, het lucht op. Over je schaduw heen stappen, noemt Hermine dat. Iets doen waar je zelf versteld van staat.'

'Wijze madam, je tante.'

Mijn beurt om te knikken.

'Zeg me dat ik jou niet kwijt ben, Mathilde', barst Eriek plots los. Het klinkt half smekend, half gebiedend.

Ik ontwijk z'n blik. 'Ik weet het niet. Ik weet het echt niet.'

'Misschien als de tijd er overheen is gegaan, dat we...'

'Misschien.'

'Shit, Mathilde...'

'Djeezes, Eriek...'

Er valt een stilte, maar ze is draaglijk. Eriek perst er een glimlach uit en het lukt me zowaar die te beantwoorden.

'Ik ben blij dat we gepraat hebben', zeg ik. 'Luister, ik vertrek morgen op reis, jij overmorgen als ik het goed heb. Laten we alles maar eens op een rijtje zetten. Wanneer we terug zijn, zullen we zien. Oké?'

'Oké. Ik, eh...'

'Wat?'

'Ik mag nog hopen, hè?'

Ik geef hem een speels klopje op zijn borst.

'Hé, waar is mijn coole gitaarspeler van weleer?'

'Fuck, Mathilde, zeg dat niet.'

'Sorry.'

'Het spijt me,' grijnst hij, 'ik zie alles nogal zwaarmoedig, vrees ik.'

'Zwaarte zakt vanzelf naar de bodem als je er de tijd aan geeft. Dat is precies wat we moeten doen: er de tijd aan geven.'

'Van Hermine?'

'Nee, m'n vader.'

'Hoe neemt hij het op?'

'Nou, je kent hem, eerst was hij woedend op jou. In alle staten. Intussen heeft hij het jou allang vergeven. Er valt eigenlijk niets te vergeven, zegt hij, Eriek treft geen schuld.'

'Zo is het. Viel er maar iets te vergeven. Was het maar zo makkelijk.'

'Ja,' zeg ik, 'zo is het.'

We lopen het café uit.

'Weet je wat ik zo haat?' zeg ik.

'Nee.'

'Koffers inpakken. Ik vergeet altijd alles.'

'Eén ding mag je niet vergeten.'

'Wat dan?'

'Dat ik je graag zie.'

'Lief van je.'

God, wat moet ik mij bedwingen om niet in zijn armen te vliegen. En tegelijk, mocht ik het mezelf toestaan, zou ik blokkeren. Het is te vroeg. Het is verkeerd jezelf daarin voorbij te lopen. Ik ontwijk z'n blik, die allesverterende blik van hem. Ik jou ook, wil ik hem zeggen, ik jou ook en niet een klein beetje, wil ik hem toeroepen... Maar ik kan het niet. Nog niet.

'Vergrijp je niet aan een Franse jongeling, hè', grijnst hij bij het afscheid.

En als ik lach, zegt hij opeens heel ernstig: 'Ik zal je nooit meer pijn doen, Mathilde, nooit meer.'

Afscheid

Als m'n koffers gepakt zijn, spring ik op m'n fiets en rijd met vastbesloten tred naar het kerkhof. Voor 't eerst in lange tijd voel ik me prettig en licht. Ik kan weer ademen, krimp niet langer ineen wanneer Eriek in mijn hoofd opduikt, glimlach zelfs als ik me zijn laatste woorden herinner.

De begraafplaats ligt er vredig bij. Het is voor 't eerst dat ik er in volle zomer kom. Ik laat m'n fiets achter bij de ingang en wandel naar mama's graf. Het is hier echt mooi, valt me opeens op, nu het groen overal welig tiert. En zo rustig, ver weg van alles. Alsof de tijd stilstaat. Zo is het ook, bedenk ik. Hier heerst de eeuwigheid. Prima plek om tot jezelf te komen. Vogels kwetteren opgewekt, geven de stilte een aangenaam geluid.

'Mama,' zeg ik hijgend en puffend, want het is warm, 'mama, ik kom afscheid nemen, ik ga op reis. Heb je 't grote nieuws al gehoord? Zoals het er naar uitziet, gaan papa en Hermine eindelijk de grote stap zetten. Ik wil niet op de zaken vooruitlopen, maar ik geloof dat er nog weinig is dat hen kan tegenhouden. Je zult vast blij zijn het te horen. Ze verdienen jouw zegen, die twee, echt waar. Het zijn net twee pubers.

Hoe ze heimelijk aan elkaar zitten te frunniken. Marie en ik hebben hen al een paar keer betrapt. Moet je meemaken. Als kippen op het erf stuiven ze uit elkaar. Zoef zoef... elk een kant op. Haar in de war, kleren verkreukeld, blikken verwilderd. Belachelijk natuurlijk voor twee volwassenen. Tja, wie had dat ooit nog gedacht, hè?

Mama, ik heb het een paar weken moeilijk gehad. Die jongen, je weet wel, waar je voor moest uitwijken de dag van het ongeluk... die jongen... is verliefd op mij. En ik op hem. Zul je wel gek vinden, neem ik aan. Niet dat ik jouw goedkeuring kom vragen of zo, maar ik wil het je toch maar even zeggen. Djeezes ma, Eriek heet hij. Hoe het allemaal in zijn werk is gegaan, vertel ik je ooit wel. We wisten het niet toen we verliefd werden, ontdekten het pas later. Stom, hè. Zo'n dom toeval. Ik weet niet of we er mee doorgaan, nu we weten wat we weten... het is niet eens een kwestie van willen, maar van kunnen. Ik bedoel, shit ma, hij is het toch maar die jou... snap je... maar hij is zo lief, mama, zo mooi, dat zo'n mooie, lieve jongen... ik bedoel dat hij dezelfde jongen kan zijn die... ik kom er niet uit ma, ik weet niet of we nog ooit zullen kunnen doen alsof er niets gebeurd is... aan de andere kant, ik hoef hem maar te zien of ik bezwijk binnen de seconde. Ik ben smoor op hem. Hij is zo lief. Verstandig ook. En grappig. We kunnen goed praten. En hij ziet me graag. Fuck, mama. Het is zo moeilijk, zo verwarrend. Hij gooit mijn leven voor de tweede keer overhoop. Soms denk ik, had je hem maar niet ontweken. Dan had jij nog geleefd en... Wat moet ik met zulke akelige gedachten?

Het is zo moeilijk om te aanvaarden wat er gebeurd is. Ik weet dat jij het allemaal al vergeten bent. Voor jou hoeven er allang geen schuldigen meer opgevoerd te worden. Leer het mij, mama. Waarom doe ik zo ingewikkeld? Soms denk ik: de doden hebben het makkelijker dan de levenden. Ze hóéven niet meer zo. Nu ja, hoor mij. Straks ga ik nog beweren dat jij beter af bent dan ik. Sorry, ma. Ik moet eroverheen. Dóórheen, zegt Hermine. Het is nu of nooit. Mama daarom... kom ik afscheid van jou nemen. Dus niet alleen omdat ik op reis ga. Ik kom... voorgoed... afscheid nemen, mama. Ik bedoel... ja, wat bedoel ik? Je begrijpt me vast. Je hebt recht op jouw rust na al die jaren. En ik op de mijne. Ik was een slecht verliezer, ma. Ik wou je niet kwijt, sleurde jou overal mee naartoe. Ik kon het niet hebben, snap je, dat je dood was. Dat ik leefde en jij niet. Het woog zwaar al die tijd. Ik kwam maar niet vooruit met al dat verdriet op mijn rug. En nu is het genoeg. Ik heb de laatste tijd veel gepraat met Marie, met Hermine en papa. Veel naar boven gespit. Ik zie je graag, mama. Ik zou je dat willen kunnen zeggen zonder, je weet wel, zonder die schroeiende pijn te voelen. Wacht. Momentje, even diep ademhalen. Haphap... daar gaat ie: ik zie je graag, mama. Rust zacht. Ik ga nog een beetje leven. Goed? Jaartje of zeventig nog. Dag, mama...'

Zó!

Het grind knerpt onder mijn voeten wanneer ik me naar de uitgang haast. Ik huil niet. Ik houd het helemaal droog tot aan mijn fiets. Ik trap gedecideerd naar huis. Een aangenaam briesje duwt me in de rug. De zon aait mijn gezicht. Het is de langste dag van het jaar vandaag, bedenk ik ineens. Ik sluit mijn ogen. Gevaarlijk lang. Net of ik door een gitzwarte muur ga... Opeens, uit het niets: het poeh-gevoel. Ik probeer het van me af te schudden, maar tijdens de rest van m'n tocht naar huis

blijft het me parten spelen. Vreemd... gek... onverklaarbaar.
Maar zo is het poeh-gevoel nu eenmaal: dwars en eigengereid.
Onaangekondigd, uit het niets komt het binnenvallen. Geen
touw aan vast te knopen. Ineens, baf!

Het poeh-gevoel

'Poeh', zei m'n vader. Zomaar, pardoes, zonder aanleiding.
Hij zat aan het stuur, m'n zus en ik achterin. Hij reed ons naar
school. Ik moet tien of elf geweest zijn, Marie acht of zo.
We keken elkaar even aan en trokken onze schouders op. Hij
deed wel meer vreemd, die vader van ons.
'Kennen jullie het poeh-gevoel?' vroeg hij een tijdje later.
'Het wát?'
'Het poeh-gevoel.'
'Nee, niet direct.'
We waren benieuwd.
'Het poeh-gevoel overvalt je wanneer plotseling, uit het niets,
een vervelend voorval in je herinnering opduikt. Een
gebeurtenis waar je met zekere gêne aan terugdenkt. Waarbij
je jezelf belachelijk maakte, of je dom gedroeg, of je schaamde
omdat je over de top ging. Ook kan het poeh-gevoel wijzen op
een oud zeer dat ineens in je wakker wordt, iets vaags van
lang geleden dat zomaar, zonder aanleiding, de kop
opsteekt... zonder dat je er precies de vinger op kunt leggen.
Al kan het ook op iets heel concreets teruggaan. Dat je je
bijvoorbeeld herinnert hoe je op iemand kwaad werd en nu
ineens inziet dat je daar eigenlijk geen reden toe had. Kortom,

dat je veel te hoog van de toren blies en je daar nu te pletter voor schaamt. Snappen jullie?'

We knikten.

'Of gewoon, dat je iets stoms zei op het verkeerde moment. Of terugzwaaide naar iemand die helemaal niet naar jou stond te wuiven. Zoiets.'

Hij kwam op dreef.

'Opeens krimp je ineen', vervolgde hij. 'Je adem stokt. Je tenen krullen.'

Hij vergewiste zich in de achteruitkijkspiegel of we nog luisterden. Dat deden we. Met gespitste oren.

'Net of er in je lichaam een kleine aardbeving tekeergaat. Vijf op de schaal van Richter. Je ziel hikt nog een paar keer na. Dan is het alweer over. Maar niet vóór die kortstondige siddering een uitweg heeft gevonden. En dat is nu net wat van het poeh-gevoel het poeh-gevoel maakt: dat korte, nietszeggende kreetje van gêne dat je pardoes ontsnapt, als een wolkje stoom uit een kokende waterketel.'

We hingen aan zijn lippen.

Marie kreeg een blos op haar wangen. De blos van herkenning. Ik voelde hem ook, die blos. Een raar soort opwinding. Kriebel kriebel. Je werd er licht van in het hoofd.

'Sommige mensen', vervolgde m'n vader, 'weten die innerlijke ontploffing voor de buitenwereld te beperken tot een bijna onopgemerkte stemverheffing, anderen – zoals ik – slaken een kreet. Een plompverloren kreet. Een of andere klankuitstoot. Kort. Als van een adem die wordt afgesneden. Een geluid waarmee je die vervelende herinnering lijkt te willen bezweren: poeh! Maar het kan ook "pah" zijn, of "vvzzt", of "blup".'

'Ik weet wat je bedoelt. Ik heb het ook', riep mijn zus enthousiast.

'Ik ook', zei ik. Ietwat bedaarder, ik was tenslotte drie jaar
ouder.

M'n vader glimlachte, blij dat we hem begrepen hadden. De
school lag nog maar twee straten verderop. Ik wou dat we nog
uren in de auto konden blijven zitten. Soezend op de
achterbank, gezellig babbelend over dingen als het poeh-
gevoel. Het was heel prettig en warm, zo samen in de auto.
Buiten viel de regen troosteloos met bakken uit de lucht.

'Ik heb het veel', zei ik. 'Echt waar.'

'Ik heb het alle dagen', pochte mijn zus. 'Het poeh-gevoel,'
giechelde ze, 'het poeh-gevoel.' En elke keer dat ze het zei,
tuitte ze haar lippen op zo'n grappige manier dat we alle drie
in lachen uitbarstten.

'Nee,' zei ze, de tranen van haar gezicht vegend, 'echt waar, er
gaat geen dag voorbij of ik heb het poeh-gevoel.'

'Dat is goed', zei m'n vader. 'Mensen die het veel hebben, zijn
uit het goede hout gesneden. Alleen botte, zelfgenoegzame
mensen hebben het nooit.'

'Wat zijn botte, zelfzame mensen?' vroeg Marie.

'Zelfgenoegzaam', verbeterde m'n vader, 'dat wil zeggen dat
ze ingenomen zijn met zichzelf, dat ze zichzelf de beste
vinden, beter dan anderen, dat ze zichzelf nooit in twijfel
trekken en overal los doorheen lopen zonder links of rechts te
kijken, of rekening te houden met iemand anders.'

We bereikten de schoolpoort. Door ons gebabbel waren we
aan de late kant. We klommen supersnel over de voorstoel,
gaven m'n vader een zoen en wisselden de zalige warmte in
de auto voor de ijzige kou van die hatelijke maandagochtend,
die door m'n vaders uitleg toch nog iets betoverends had
gekregen.

'Vergeet het niet: poeh!' riep hij ons na.

'Poeh', riepen we terug.

Toeterend reed hij weg. Alsof ook de auto een paar keer 'poeh' zei.

De hele ochtend bleef ik met dat woordje in mijn hoofd zitten. Tijdens de pauze trachtte ik het aan een paar vriendinnen uit te leggen, maar niemand begreep waar ik het over had. Ik zocht m'n zusje op, wat ik anders nooit deed. Niet dat ik het niet wou, maar het hoorde niet. Groot bij groot, klein bij klein. Zo ging dat op school.

Ook Maries klasgenootjes hadden er niets van begrepen.

'Die stomme trutten', hoonde ze. 'Ze snappen er niets van.'

We vonden troost bij elkaar.

'Poeh' deden we, bij wijze van groet. Ons gegiechel trok de aandacht, maar we deden of we het niet merkten.

Op dergelijke momenten voelden we ons een beetje boven de rest verheven.

'Als daar later maar geen poeh-gevoel van komt', fluisterde Marie ernstig.

Ik kon haar wel opeten.

Later, tijdens de les wiskunde ging het weg.

Van wiskunde kreeg je een punthoofd.

Van wiskunde kreeg je het bwah-gevoel.

Gered door de Denen

Het huisje in de buurt van Nice maakt deel uit van een verkaveling vakantieverblijven gelegen op een bergkam vlak bij de kust. Uitzicht op de azuren zee. In één trip leggen we de afstand af. Meer dan twaalfhonderd kilometer zonder één keer verkeerd te rijden! Ongezien. M'n vader is apetrots. Heel even maar, want na aankomst gaat het algauw mis. Niet gewoon mis. Goed mis!

Dries – de gelukzak – ontsnapt aan de ellende. Uiteindelijk koos hij ervoor met Frederick op kamp te gaan naar de Ardennen. Tenten opzetten, vuren aanleggen, z'n weg zoeken op kompas: hij kickt op dat soort dingen. Scoutstoestanden, njak! Mij niet gezien, dan nog liever rampspoed in Frankrijk. Ieder zijn ding.

We zijn om tien uur gisteravond thuis vertrokken en doodmoe arriveren we pal op de middag bij het agentschap waar we onze sleutel dienen af te halen. Helaas, de keet is dicht. Tot twee uur, blijkt. Siëstatijd.

Geen probleem, we besluiten in afwachting inkopen te doen in een nabijgelegen supermarkt. Moet tóch gebeuren. Op die manier sparen we tijd uit, vindt m'n vader. Weinig tegen in te brengen. In die dingen is hij goed. Organisatietalent zat, die man. Van de nood een deugd maken, is zo'n beetje zijn handelsmerk.

Uitgeput rijden we door de loden hitte naar het plaatselijke warenhuis, een schreeuwlelijke gigant zoals je die enkel in Frankrijk aantreft. Alleen al de aanblik van zo'n mastodont vergalt je dag. Maar goed, niks aan de hand, we slaan twee karren proviand in en begeven ons drie kwartier later – afgekoeld door de airco – goedgehumeurd naar de kassa.

Alles loopt gesmeerd. Waar blijven de rampen? Tegen twee uur sleutel afhalen, daarna boodschappen en koffers uitladen, dan beetje helpen installeren, even rekenen, dat betekende... wacht effe... rond drie uur, op zijn laatst halfvier in het zwembad...

Nu, dat had je maar gedacht.

Blijkt dat m'n vader zich de pincode van zijn bankkaart niet herinnert. Herinnert, wat heet! Waarschijnlijk heeft hij de code nooit gekend. Hij heeft een hekel aan bankkaarten, gebruikt die dingen nooit. Hermine blijkt er eentje te hebben zonder maestro. Dus niet geldig in het buitenland.

Visakaarten worden in het warenhuis niet aanvaard. Daar staan we dus. *Désolé, monsieur*. Hoe m'n vader ook vloekt en tiert, de caissière is niet te vermurwen.

'Kloteland, apenland', schreeuwt hij. 'Franse kus-mijn-kloten! Dat noemt zich lid, wat zeg ik, drijvende kracht van de Europese Unie en dat aanvaardt nog geen bankkaart uit een buurland.'

Kortom, een hele rel. Grote baas erbij. Niets aan te doen. We moeten naar een bank om de zaak te regelen. Klein probleem: banken zijn tussen de middag gesloten. Tot drie uur.

Als m'n vader boos is, komen er wolkjes uit zijn neusgaten.

'Dit hele pokkenland slaapt!' brult hij, zo luid dat het lijkt of hij een poging wil ondernemen om het in z'n eentje wakker te krijgen. 'Eén grote middagdut, dit geschifte land!' schreeuwt hij.

'Paul, je overdrijft.'

'Ik overdrijf helemaal niet. Moet je die oetlul zien', blèrt hij, doelend op de zaakvoerder die er inderdaad een beetje schaapachtig bij staat. Niet onmiddellijk een intelligent ogend heerschap. Zijn lodderogen vallen bijna uit hun kassen.

'Het is toch zo,' kankert m'n vader erop los, 'we komen hier in dit debiele smurfenland onze laatste cent uitgeven en wat doen zij? Wat doen ze, verdomme? Ik zal jullie zeggen wat ze doen: ons behandelen als bedriegers! Dát doen ze!'

'Geef toe, Paul,' zegt Hermine, 'wie kent er nu de code van zijn betaalkaart niet.'

'Betaalkaart, betaalkaart', gromt hij. 'Ik heb het nog zo gezegd, we hadden voldoende contant geld moeten meenemen uit België. Vroeger, toen die verdomde dingen niet bestonden, had je nooit problemen.'

M'n vader heeft een hekel aan elektronica. Op dat vlak leeft hij nog ergens in de middeleeuwen. Op nog wel meer vlakken overigens. Computers, muziekinstallaties, dvd-toestellen: alles waar meer dan één knop aan zit, boezemt hem weerzin in. Hetzelfde met bankautomaten, elektronisch te bedienen benzinepompen en noem maar op. Allemaal niet aan hem besteed.

Met die kaarten weet je nooit waar je aan toe bent, vindt hij. Er gaat niets boven de charme van een dikke portefeuille vol geld. Biljetten, munten... geld moet rollen. Je vingers moeten er een beetje naar ruiken. En meer van die onzin. Allemaal om zijn onhandigheid, aversie en onwetendheid in verband met elektronica te verdoezelen. Als er één debiel is op dat vlak, dan hij wel.

Hermine, op haar beurt, was dan weer van oordeel dat je op reis geen grote sommen contant geld meeneemt. Veel te gevaarlijk. Dieven heb je overal. Het resultaat is intussen bekend. Op het heetst van de dag staan we uitgeput, afgepeigerd, op sterven na dood te ruziën met de voltallige directie van de plaatselijke superette.

De zaakvoerder begint zijn geduld met ons te verliezen, merk ik. M'n vader merkt niets, hij besluit er nog een schepje bovenop te doen.

'Dwaze kinkel, arrogant stukje Fransman, chauvinistje van mijn voeten', ontploft hij. Gelukkig begrijpt de man geen Nederlands, al spreekt m'n vaders lichaamstaal boekdelen. De zaakvoerder, eigenlijk een brave ziel, doet nog een laatste poging om de vrede te bewaren.

'Vous-êtes belge, non?' vraagt hij niet eens onvriendelijk. Waar hij met deze woorden naartoe wil, zullen we helaas nooit weten.

'Oui et alors?' kaatst m'n vader terug.

De aders in zijn hals beginnen vervaarlijk op te zetten. Het ergste valt nu te vrezen. De onverschrokken Merovinger die op zijn eentje een Romeins garnizoen aankan, komt in hem naar boven. Dat zijn opponent een flinke kop kleiner is dan hij, speelt wellicht mee.

'Papa, please', smeekt Marie die een hekel aan ruzie heeft, behalve wanneer ze zelf de aanstoker is.

Hermine acht het moment gekomen om in te grijpen. Ze trekt m'n vader zachtjes maar gedecideerd weg van de kassa. Marie en ik schamen ons dood, al bewonder ik m'n pa heimelijk voor zijn ongebreidelde vechtlust. Om de waarheid te zeggen, ik zou hem die Fransman graag een linkse hoek zien geven. Woedend, scheldend beent m'n vader naar buiten. Wij braafjes in z'n kielzog. Heel Frankrijk kijkt toe, hebben we de indruk. Er zit niets anders op dan onze volgeladen karren achter te laten en met lege handen terug naar het agentschap te tuffen om onze sleutel af te halen.

Daar aangekomen blijkt zich intussen een groepje wachtenden verzameld te hebben van om en bij de veertig man. We sluiten achter in de rij aan. Protesteren haalt niets uit. M'n vader bereikt stilaan z'n kookpunt. De hitte is verschroeiend. Nergens een plekje schaduw.
Anderhalf uur later zijn we eindelijk aan de beurt. M'n vader zijn geduld is allang op.
'Laat mij begaan', sist hij. 'Kom...'
Naar de uitleg van de reisagente luistert hij nauwelijks.
Hij grist de sleutel van onze bungalow en een kaart met plattegrond van het vakantiedomein uit haar handen en weg zijn we. Op de kaart staat ons huisje met kleur aangestreept: E37-geel. Eén blik zegt genoeg: de plattegrond is bezaaid met nummers en cijfers, krinkelwegjes, richtingpijltjes, stippellijnen... kortom, dat wordt een ramp, vinden we nooit. Weet ik nu al.
'Kom, voortmaken...' snauwt m'n vader.
De reisagente wil nog iets zeggen, maar hij negeert haar straal. Ze haalt de schouders op, dringt niet aan. Misschien denkt ze dat we habitués zijn die het reilen en zeilen hier kennen. Ze is wat blij dat we geen verdere uitleg behoeven. Achter ons schuift nóg een tiental gezinnen aan. Met een daarvan, onze onmiddellijke achtervolgers, hebben we het afgelopen uur kennisgemaakt. Kankerende Duitsers. Niet

direct mijn vaders vrienden. Nu ja, hij is toch al niet in de stemming om met vreemden te verbroederen. Duidelijk niet in z'n dagje, onze pa.

Wanneer we naar buiten schuiven, krijg ik in de vlucht nog een map in de hand gestopt van de reisagente, die ons routineus *une belle séjour à la résidence* achternaroept. De map, merk ik, bevat reglementen, inlichtingen, foldertjes van naburige restaurants enzovoort. Niets belangrijks, zo te zien. M'n vader zit al achter het stuur. Waar blijven we toch? Een paar kilometer verder, aan de ingang van het domein, gaat het alweer mis. Een slagboom verspert ons de weg. 'Het lijkt hier verdomme wel een nazikamp', foetert m'n vader, nog niet bekomen van onze Germaanse volgelingen daarnet. Hoe hij zich ook in het zweet werkt, in de slagboom valt geen beweging te krijgen. Geen hond te bespeuren. De tijd verstrijkt. Waar blijven die Duitsers nu? Nemen wel hun tijd, vinden we. Zal wel te wijten zijn aan Babylonische spraak-verwarring, meent m'n vader. Duitsers en Fransen: dan kun je net zo goed twee blinde doofstommen met elkaar laten converseren, grinnikt hij.
Eindelijk, daar komen ze aangereden in hun dikke Mercedes. Ze zullen wel raad weten met die dwarsboom, Duitsers laten zich niet tegenhouden door grenspalen, voorspelt m'n vader. Blijkt dat we een magnetische kaart meegekregen hebben (zit in de map!) om de slagboom te openen. Of men ons dat dan niet gezegd had? Of hadden we het misschien niet goed begrepen? De Duitsers trakteren ons op een montere grijns. 'Arrogante...'
'Rustig', doet tante Hermine.
M'n vader houdt wijselijk zijn mond.

De Duitsers demonstreren hoe het werkt. Kaart in gleufje, nummertje van vier cijfers intikken en klaar is Kees. De slagboom gaat hikkend omhoog. We staan erbij als een bende debielen.

'Danke schön', stamelt Hermine.

M'n vader zegt niets, geeft overdreven gas en scheurt weg, niet van plan nog meer vernederingen te slikken. In zijn achteruitkijkspiegel merkt hij tot zijn tevredenheid hoe de familie Duitsers ons verbaasd – gehuld in koolstofdampen – nastaart.

'Zo, die hebben een koekje van eigen deeg', grijnst hij.

'Paul, alsjeblieft, de kinderen', protesteert Hermine.

Dat wekt mijn nieuwsgierigheid.

'Wat bedoel je, pa?'

'Niets, zoetje. Grapje. Duitsers waren ook niet altijd spaarzaam met hun uitlaatgassen.'

Hermine trakteert hem op een venijnige blik. Daarna concentreert ze zich op de map.

'Wat zoek je?' vraagt m'n vader.

'Die magnetische kaart. Ingeval we nog slagbomen tegenkomen...'

'Kaarten, kaarten, de hele wereld wordt gedicteerd door kaarten. Niets dan last heb je met die rotdingen', moppert hij.

Gezwind klimmen we de berg op, nu en dan krijgen we beneden ons een glimp van de Middellandse Zee te zien: brokjes blauw of turkoois. Adembenemend mooi. De spanning van daarnet lijkt even weg, maar dat is maar schijn. M'n vader geeft rukjes aan het stuur, Hermine bestudeert de plattegrond, Marie en ik wachten af met kloppend hart.

We rijden natuurlijk verkeerd. Niet één, niet tien, maar wel honderd keer. Van de Duitsers geen spoor. De plattegrond geeft geen uitsluitsel. De realiteit nog minder. Een kluwen van door elkaar heen krinkelende grindbaantjes, gemarkeerd met blauwe, rode en gele merkpalen. Een genie die daar wijs uit komt. Wij in elk geval niet.

'Op zijn minst vier jaar blokken aan de universiteit vergt het om in dit doolhof je weg te vinden', foetert m'n vader.

Had hij daarnet het kookpunt bereikt, dan nadert hij nu z'n smeltpunt.

'Ik ben hier verdomme niet naartoe gekomen om te studeren, maar om me te ontspannen, Jezus nog aan toe!'

Vermoeidheid begint zijn tol te eisen. Zelfs Hermine verliest er het noorden bij. Of moet je aan de Côte d'azur van het zuiden spreken? Geen mens die het nog weet. Links? Rechts? Hogerop? Terug?

We zitten op ons tandvlees wanneer we na uren zoeken eindelijk ons huisje vinden, verborgen tussen het groen. E37-geel blijkt precies op een kruising te liggen van het rode, blauwe en gele parcours, wat de zaak er niet eenvoudiger op maakt. Maar goed, het leed lijkt geleden. Het huis oogt veelbelovend. Met herwonnen moed beklimmen we de in de rotswand uitgehouwen trap naar de voordeur. Er kan nu niets meer misgaan. Hermine neemt monter een paar meter voorsprong, sleutel in de aanslag.

'Hij past niet', kondigt ze na enig gemorrel aan.

'Laat mij eens proberen', komt m'n vader aanzetten. Hij hijgt als een bejaarde bizon. Dat loopt weer mis.

'Lieve help, shit', fluistert Marie. 'Komt er dan nooit een eind aan?'

Nog meer gemorrel. Daarna duwen en trekken.

'Godverdomme, het is niet waar, hè!'

'Kalm, pa.'

'Ik bén kalm!!'

'Mag ik eens proberen?'

'Zoetje, houd je erbuiten voor ik ongelukken bega!'

'Misschien hebben ze ons de verkeerde sleutel gegeven',
oppert Hermine.

Dat had ze beter niet kunnen zeggen.

Hij gaat de deur te lijf nu, schopt ertegen, neemt een aanloop,
beukt ertegenaan met z'n volle gewicht, grijpt met een van
pijn vertrokken grimas naar zijn schouder. De deur zelf geeft
geen krimp. Oerdegelijk provinciaals vakwerk.

'Ik vermoord dat mens daar beneden!'

'Stil nou, pa.'

We hebben dorst. We hebben honger. De krekels tsjirpen en de
hitte valt meedogenloos op onze hoofden. Hoera, vakantie...

'Nooit zet ik nog een voet in dit kloteland', zweert m'n vader.

'Nog voor geen miljoen.'

'Paul, alsjeblieft, houd je kalm.'

'Papa, toe.'

Hij begint als een gek aan de deurklink te zwikken.

'Straks breekt de kruk af.'

'Heb je soms een beter idee?'

'Terug naar beneden rijden en om uitleg vragen.'

'Ik wil geen uitleg. Ik moet geen uitleg. Die Fransen hun uitleg
zit me tot hier. Snap je dat? Tot hier!'

Lieve help, daar heb je de buren.

'Hello, is there a problem? Can we help?'

Marie maakt zich fluitend uit de voeten. Ik haar achterna. Als we terugkomen (waarheen immers?), lijkt de storm als bij wonder geluwd. Onze buren blijken vriendelijke en vooral rústige Denen. Ze brengen redding. Het punt is dat we ons bij de achterdeur bevinden. Een sleutel van die deur hangt binnen aan een haakje in de keuken, leggen ze geduldig uit, de Denen. De voordeur daarentegen bevindt zich aan de terraszijde. Heeft men dat niet gezegd aan de receptie? Eigenaardig. Zij waren anders prima voorgelicht, onze Denen. Niets op aan te merken. Opperbeste ontvangst.

'Come, we will show you.'

Wij allemaal als een stelletje idioten achter het vriendelijke stel aan, het huis om. De terrasdeur gaat vanzelf open. Nooit heeft een sleutel beter in een slot gepast.

'You see, this is the key of the backdoor', legt de Deen aan m'n vader uit. Hij hangt inderdaad aan een haakje in de keuken. Wij inspecteren het huis. Het is super. Prachtig uitzicht op de baai. De Deen wijst ons alvast op een paar handige details: het doorgeefluik tussen keuken en living, de hangmat in de tuin. Enthousiast leidt hij ons rond. De man straalt een wonderbaarlijke rust uit. M'n vader begint het er een beetje van op zijn heupen te krijgen, merk ik. Zo is het wel genoeg, vindt hij. 'Thank you very much for your help', zegt hij, 'but we must get on now.'

Hoepel op, vriendelijke Deen, zie ik hem denken. Laat me alleen met mijn vrouw en kroost. Laat me mijn wonden likken. Verneder mij niet langer in 't bijzijn van mijn dierbaren. Jouw serene kalmte steekt al te schril af bij mijn hysterisch gedoe daarnet.

'Do you want a drink first?' vraagt de zo mogelijk nóg vriendelijker vrouw uit Denemarken. Met haar sneeuwwitte haar lijkt ze op een toverfee.

'Very kind of you, but we have to take our luggage out of the car.'

'The children perhaps?' dringt ze aan. 'A coke?' knipoogt ze.

'Yes, thank you very much', reageer ik vliegensvlug, bang dat m'n vader mij voor zal zijn. Hij kan de pot op met zijn bagage. Drinken wil ik. Een emmer coca-cola kan ik aan. Een tankwagen coca-cola.

Hermine gaat met ons mee. M'n vader tijgt aan het werk, opgelucht dat hij zich eindelijk verdienstelijk kan maken.

'Hand this to your husband', zegt de Deen nadat we onze dorst hebben gelest. Hij overhandigt Hermine een blikje bier uit de koelkast.

'I think he can use it', glimlacht hij.

Een paar dagen later nodigen wij het koppel uit op een barbecue. Het wordt heel gezellig. Behalve wanneer m'n vader zijn duim verbrandt. De Denen hebben er natuurlijk een zalfje voor.

'Volgend jaar gaan we naar Denemarken', besluit m'n vader als ze weg zijn.

'Met het vliegtuig dan', roepen Marie en ik in koor.

'Welnee flauwerds,' grijnst hij, 'met de auto op de boot, waar is jullie zin voor avontuur gebleven?'

'Wij op een boot? Die zinkt vast', zegt Marie. 'Wedden?'

Romeo en Julia

De huisjes op het domein staan per vier verspreid rondom een
bescheiden maar tiptop privézwembad. Met duikplank!
Behalve met de Denen delen we ons territorium met een
Engels en een Zwitsers echtpaar met kinderen die zo'n beetje
onze leeftijd hebben. Met mijn talenkennis weet ik algauw het
ijs te breken, voor zover daar bij een onbewolkte hemel en
vijfendertig graden in de schaduw behoefte aan is.
Mijn zus begint een veertien dagen durende platonische flirt
met Ross, een schattig ventje dat zijn naam niet gestolen
heeft. Zo Engels als maar zijn kan met z'n ros haar, sproeten
van top tot teen en een onderkoelde charme die gewoon
onweerstaanbaar is. Marie is zo'n beetje stapelverliefd op
hem. Met Stan heeft ze 't uitgemaakt, beweert ze, iets wat me
in het tumult van de voorbije weken blijkbaar ontgaan is.
Ofwel vindt ze het ter plekke uit, de slet. Ach welnee, ze is
vertederend. Om op te eten. Compleet de kluts kwijt. Ross
dwingt haar met zijn innemende flegma op de knieën. Ze
verliest er zowaar haar brutale bek bij. Fuck maat, wij meisjes
zijn allemaal dezelfde wanneer we voor de bijl gaan.
Romantische wichten, hulpeloos overgeleverd aan onze
dweepzucht. Of zijn jongens ook zo, achter hun maskers van

coole binken? Sommige toch. Zij die uit het goede hout gesneden zijn. Neem nu de kleine Ross, hij dráágt niet eens een masker. Ontroerend echt, die jongen. Zo puur als wat. Eriek had dat ook. Hád, zeg ik. Hééft, bedoel ik. Maar ik mag niet afdwalen. Terug naar Ross. Veertien dagen later bij het afscheid valt hij Marie wenend in de armen, helemaal ontdaan. En nooit heb ik Marie zo ongegeneerd tranen met tuiten zien plengen. Het is hartverscheurend en iedereen wordt er stil van. Een sprookje dat abrupt eindigt. Zo schoon. Zo triestig. Nog wekenlang zal Marie er afwezig bijlopen – een brede, ondoorgrondelijke glimlach afwisselend met een plots opwellende snik. Brief na brief vuurt ze af op haar verre geliefde, tot de roes ineens ophoudt, zo omstreeks eind september bij 't vallen van de eerste bladeren.

Ik, van mijn kant, schiet goed op met Wendy, de oudere zus van Ross en heb een zwak voor Pierre, een wat vreemde, graatmagere zeventienjarige Zwitser met krulhaar die zijn stuntelige verlegenheid camoufleert achter een spervuur van grandioze scherts. Pierre is ook de favoriet van m'n vader. Na amper twee dagen ontwikkelt zich tussen die twee een steekspel van grappen en grollen dat de hele duur van de vakantie op het scherp van de snee wordt uitgevochten. Ze begeesteren elkaar, stoppen niet voor iedereen in een deuk ligt. Een van Pierres uitspraken waar we nog jaren om zullen lachen, luidt: *wanneer in Zwitserland een atoombom valt, regent het een jaar lang polshorloges...*

Fantastische gast, Pierre, zo lelijk als de nacht en toch onweerstaanbaar. Hij studeert toneel en zang in Genève. Niet dat ik voor hem val of zo. Aan Eriek kan hij natuurlijk niet tippen, maar 't is een beestige kerel. Geen player of zo die mij probeert te versieren. Integendeel, gewoon een supertoffe, lichtjes getormenteerde slungel die nergens op uit is. Een zielsverwant. Zijn kwinkslagen, gedrenkt in droefgeestigheid, charmeren mij. Zolang er jongens als Pierre 'mogelijk' zijn, is er hoop. Dát gevoel. Hij maakt me blij.

Hermine en m'n vader organiseren uitstapjes terwijl Marie en ik ons amuseren met onze nieuwe vrienden. Nice en omgeving blijkt heel mooi te zijn, maar dat kan óns gestolen worden. Meestal lummelen we rond in de buurt van het zwembad of trekken we naar het strand. 's Avonds gaan we wat drinken in een nabijgelegen bar of geven we een optreden voor de bewoners van de vier huisjes. Ik pingel op mijn gitaar, Pierre is de zanger van dienst, Ross, Wendy en Marie fungeren als backing vocals of dance performers. Ook repeteren we de hele tijd op een stuk dat Pierre speciaal voor de gelegenheid ineenflanst, een soort bewerking van *Romeo en Julia* met Ross en Marie in de hoofdrollen. We zullen het de laatste avond van ons verblijf opvoeren. Ik vermoed dat we in afwachting het wereldrecord giechelen voor eeuwig en altijd veilig stellen, daar bij ons zwembadje met plank in de buurt van Nice.

Soms voel ik me zo gelukkig dat ik er weemoedig van word. Leg het maar eens uit. Het zal de puberteit wel zijn. Een moeilijke periode vol vreemde gemoedsschommelingen, aldus dokter Paasbrugge in z'n boekje *Puberteit en hoe ermee omgaan, raadgevingen voor pubers en hun ouders.*

M'n vader vond het jaren geleden tussen een hoop andere onzin op een boekenmarktje en gaf het mij op m'n veertiende verjaardag cadeau. 'Hierbij benoem ik jou officieel tot puber', grijnsde hij. 'Vanaf nu krijgt jouw ergerlijke onberekenbaarheid een formeel tintje. Maak er gebruik van.

Laat je maar eens goed gaan de komende jaren, haal je medemens maar het bloed van onder de nagels, nu het nog kan, straks wenkt de volwassenheid en die is niet half zo spannend als die goeie, ouwe vergeeflijke rotpuberteit.'

En? Vraag ik me soms wel eens af, heb ik mijn omgeving effectief de duvel aangedaan? Bén ik de irritante puber geworden die er van mij werd verwacht? Het hinderlijk stuk vreten dat iedereen op de heupen werkt? Persoonlijk vind ik van niet, maar ja... objectief is dat allemaal niet. Ik kan zo, voor de vuist weg, wel een paar ettertjes opnoemen, echt kutmadammen, koninginnen van de puberteit als het ware, maar geen van die trienen die het van zichzelf in de gaten heeft wat voor trut ze wel is. O wat zijn ze schaamteloos luidruchtig en kut! Ik bedoel jezelf oké vinden, levert lang nog geen garantie op aardigheid. Integendeel, eigenwaan staat borg voor sulligheid. Gelukkig heb ik weinig last van hoogmoed, nu ja, behalve in kerken dan. Van gemoeds-stemmingen des te meer. Moodswings zijn dagelijkse kost in mijn bestaan. Onvoorspelbaarheid is troef. Nu ook weer. Eigenlijk zou ik triest moeten zijn, na wat er allemaal is gebeurd, maar ik geniet van iedere seconde. Elke ochtend bij het ontwaken, voel ik het meteen: dit wordt een nog mooiere dag dan de vorige. En zonder dralen spurt ik naar het zwembad omdat de knagende vreugde onder mijn vel mij dat oplegt. Mijn spieren jeuken. Ik schreeuw het uit van lol en gekkigheid, gooi me in het water, barst van plezier. Geen wolkje aan de lucht. Ik voel me vrij, onbezorgd, lichtzinnig als nooit tevoren. Kan ik het helpen?

Marie heeft het er knap lastig mee.

'Je herstelt wel snel', zegt ze lichtjes beschuldigend.

'Hoezo?'

'Nu ja, van Eriek. Denk je nog wel eens aan hem?'

'Tuurlijk.'

'En?'

'Wat, en?'

'Welja, mis je hem? Voel je nog verdriet? Hallo, hij was je vriendje, jouw god, remember!'

Gelukkig heeft ze geen tijd om zich al te zeer in mij te verdiepen. Haar eigen zielenroerselen eisen al haar aandacht op. Alomtegenwoordige Ross zet mij uit de wind, zodat ik onbekommerd kan rond galopperen, zonder verdere inmenging van m'n bemoeizieke zus. Zorgeloos, maar wel stevig in het zadel. Niet zoals voorheen, in blinde euforie. Meer bedaagd. Dankbaar bijna. Gelouterd, om maar eens een groot woord te gebruiken. Gulzig zuig ik alles om me heen op. Een veelvoud van zinnenprikkelende indrukken. Straalblauwe luchten, lavendelgeur, tsjirpende krekels, het ruisen van de branding. Ik leg het allemaal vast in mijn geheugen. Laat het niet langer argeloos langs me heen gaan. Sla het op. Leg een reserve aan. Een reserve van goede momenten. Voor later, wanneer het weer eens tegenzit. Om er dan een beroep op te kunnen doen. Want dat heb ik wel geleerd, denk ik. Het gaat onherroepelijk op en neer. Je kunt maar beter altijd een beetje voorbereid zijn, een beetje reserve hebben. Gewoon, uit gezonde voorzichtigheid. Dat je het niet al ineens op leeft. Je een beetje wapenen tegen mindere momentjes kan nooit kwaad.

'Gelijk heb je. Tank maar goed vol. Het geluk van nu is troost voor later', zegt Hermine, wanneer ik haar tijdens een ochtendwandeling – we gaan brood halen in het winkeltje beneden – mijn indrukken omschrijf.

Lieve tante Hermine, wat ben ik gek op haar. Hoe ze zich over

m'n vader ontfermt, zorg voor hem draagt. Al die jaren al.
Maar nu mág het. Openlijk. *En plein public,* in volle zon. Hoe
ze opbloeien, allebei. Soms wild en lacherig, dan weer stil, elk
met een boekje, elkaar nu en dan gelukzalig aankijkend. Bijna
verlegen omdat ze het samen zo goed hebben. Ze stralen. Ik
ben blij voor hen. Ze hebben dat zó verdiend, die twee.
Ze pakt me beet en als twee vriendinnen lopen we het pad af.
'Shit maat, ik voel me goed', zeg ik.
'En ik dan', zegt ze.
We besluiten onszelf te trakteren op een kop 'chocolat chaud'
op het terras van Café Nice, waar net de tafels en stoelen
worden buitengezet. We klinken op de toekomst.
'Of nee, op het heden', bedenkt Hermine zich. 'Laten we het
daar maar op houden. Je kunt niet zuinig genoeg omspringen
met je geluk', lacht ze. 'Afkloppen!'
We kloppen af op het houten terrastafeltje dat het bijna
begeeft onder ons gebeuk.
'Il fait beau, non?' grijnst de patron van Café Nice.
De lucht is inderdaad maagdelijk blauw. De zon geeft al flink
van katoen ondanks het vroege uur, maar er staat een
aangenaam briesje dat vanmiddag vast koelte zal brengen.
Laat de boeren maar ploegen, zegt oma altijd. Shit oma, ik
moet haar een kaartje schrijven.
'Halfweg, nog een week te goed', mijmert Hermine.
'Welkom in het aards paradijs', lach ik.
We drinken de rest van onze warme chocolademelk op.
'En? Nog veel aan Eriek gedacht?' vraagt m'n tante.
Shit, zij ook al.
'Eigenlijk niet. Is dat erg?'
Ze glimlacht.
Ik voel me een beetje schuldig, maar niet overdreven.

Hermine is Marie niet. Hermine oordeelt niet. Ik ken niemand die zo grootmoedig is als m'n tante. Papa noemt haar wel eens naïef, maar dat is niet zo. Hermine beheerst de kunst om zich enkel te laten raken door het goede, het mooie, het menselijke. Ze weigert zich te ergeren. Maar los daarvan: ik maak me geen zorgen over Eriek en mij. Om de waarheid te zeggen, ik sta versteld van mezelf. Zo cool dat ik ben, maat. Helemaal niet van streek of zo. Wat gebeurd is, is gebeurd. Het verleden rust in vrede. Nergens spijt van. Geen rancunes. Ik onthoud alleen het goede. Op naar het volgende hoofdstuk, wat dat ook behelst. Leve de liefde. Zou Eriek veel aan me denken? Geen telefoons of berichtjes hebben we afgesproken. Hij weet er zich in elk geval voorbeeldig aan te houden. Shit maat, Eriek... Ik weet het allemaal niet. Ik wil het niet weten. Ik ben hier om me te amuseren, niet om te piekeren.

'De onberekenbare liefde', mijmert Hermine, nog altijd een en al glimlach.

'Je vindt het erg, hé?' dring ik aan.

'Wat dan?'

'Dat ik zo weinig aan Eriek denk.'

'Welnee. Jij?'

'Niet echt. Het verwart me wel. Ik weet niet wat ik ermee aan moet. Ik bedoel, ik voel me zo... rustig, kalm.'

'Toch goed?'

'Tuurlijk, maar... mag dat wel? Ik bedoel, eerst zo verliefd, daarna compleet van de kaart en nu...'

'Ach,' zegt Hermine, 'op je zestiende ben je nu eenmaal onderhevig aan...'

'Gemoedsstemmingen', onderbreek ik haar lachend.

'Precies. Hoe kom je aan dat woord?'

'Staat in dat boekje over puberteit. Je weet wel, dat ik van papa kreeg.'

Ze knikt.

'Daarin zal ook wel het woordje "veerkracht" vallen.'

'Best mogelijk, ik heb het nog niet gelezen. Alleen de achterflap.'

'Houden zo', lacht Hermine. 'Je puberteit moet je beléven, niet analyseren.'

'Wat bedoelde je met dat woordje "veerkracht"?'

'Nu ja, dat iemand van zestien erg kwetsbaar is, maar tegelijk over een niet te temmen elan beschikt. Jongelui zetten zich moeiteloos over tegenslagen heen. Dat is zo mooi aan hen. Die veerkracht. Tenzij natuurlijk de gebeurtenissen zo radicaal zijn dat er geen ontsnappen aan is.'

'Zoals incest en zo?'

'Bijvoorbeeld.'

'Of een moeder die sterft.'

Ze kijkt me liefdevol aan.

'Ben ik eindelijk over', zeg ik. 'Ik heb het met mama besproken.'

Hermine legt haar hand op de mijne.

'Je bent zo'n fijn meisje', zegt ze.

'Ja, hallo, je doet me blozen. Jij mag er trouwens ook wezen.'

'Dank je, erg lief.'

'Nee, echt, ik moet je dat toch een keer zeggen.'

'Wat dan?'

'Dat ik je dankbaar ben. Marie ook.'

'Waarvoor?'

'Voor alles wat je voor ons gedaan hebt. Shit maat, je beseft niet half hoe...'

'Stil nu maar. Ik wil niet dat je me daarvoor bedankt. Ik bedoel, het is de vanzelfsprekendheid zelve...'

'Toch bedankt.'

M'n tante kijkt me quasi boos aan. Ik schiet in de lach. Ze geeft me een mep met het stokbrood dat – pets – doormidden breekt.

'O, god, sorry', schrikt ze.

We komen niet bij.

Paradijselijke weken inderdaad. Het enige smetje op de reis komt van het thuisfront. De buurvrouw die tijdens onze afwezigheid de planten verzorgt en onze poes eten geeft, meldt telefonisch dat Zarza ziek is. We schenken er weinig aandacht aan, wat we onszelf achteraf dubbel zullen verwijten. Maar de lucht is nu eenmaal te blauw, de sproetjes van Ross te ontwapenend en de droefgeestige nonsens van Pierre te aanstekelijk om lang bij slecht nieuws stil te staan. We hebben andere katten te geselen: repeteren voor ons stuk, zeeslagen uitvechten, strandvuren aanleggen, zingen, ravotten, dansen en lachen, ja, vooral veel lachen. Maar zoals dat gaat met 'tweede weken' vliegt ook deze voorbij en voor we 't beseffen, komt er een eind aan het sprookje.

Wij zijn de eersten die huiswaarts keren. Allen wuiven ze ons na: de Denen, de Zwitsers en de Engelsen. Ross zit in de nek van z'n vader. Marie kijkt niet om. Haar hart is gebroken. De hele terugweg zegt ze geen woord. Ik heb zelf ook een brok in de keel als ik aan Pierre denk. Nooit zie ik hem weer. Ja, we hebben telefoonnummers en e-mailadressen uitgewisseld. Maar daar zal het vast bij blijven. Uit het oog, uit het hart. En Eriek? Twee weken amper aan hem gedacht. Hem niet eens een kaartje gestuurd. Het zal raar zijn hem terug te zien. Zal het nog kriebelen?

Dag zee, denk ik ontroerd, dag Nice, dag Ross en Wendy, dag

Pierre en dag lieve Denen zonder wie we nooit waren binnen-
gekomen.

'Partir, c'est mourir un peu', zegt m'n vader achter het stuur,
weer helemaal verzoend met alles wat Frans is.

Ik heb zin om mijn zusje vast te pakken, maar durf haar niet
te storen in haar eerste liefdesverdriet.

In Lyon rijden we verkeerd.

Zarza

Nee, het gaat niet goed met Zarza. Ze laat haar eetbakje
ongemoeid, lusteloos kauwt ze op het stukje vlees dat we haar
toestoppen. Ook lopen lukt niet meer zo best. Springen al
helemaal niet. Soms sukkelt ze nog een keer achter het katje
van de buren aan, maar zonder veel overtuiging. Het lijkt
wel of de jonge poes met opzet voor Zarza inhoudt, uit
medelijden. We doen allemaal alsof we het niet merken.
Zeventien is natuurlijk een respectabele leeftijd. Bij een poes
moet je maal zeven doen, heb ik me laten vertellen, maar dat
zal wel overdreven zijn.
Sinds onze terugkomst uit Frankrijk gaat het van kwaad naar
erger. Ze loopt aldoor klagerig te miauwen. Hermine gooit er
op een dag uit wat niemand van ons hardop durft te zeggen:
'Zarza is stervende.'
De dierenarts bevestigt haar vermoeden. Het is de leeftijd,
zegt hij. Als we echt ondervinden dat ze pijn lijdt, moeten we
hem bellen. Dan zal hij een spuitje komen geven. Marie is
tegen. Ik ook.
We strelen Zarza zoals we haar in geen jaren gestreeld
hebben. We voelen ons allemaal een beetje schuldig.
Nauwelijks houdt ze haar kopje nog op. Ze begint in huis te

plassen. Iedereen houdt het voor elkaar verborgen, maar we weten het allemaal.

Haar ogen, haar mooie, groene ogen zitten sinds kort dichtgeplakt met een geel smeersel. We halen het weg, maar even later zit het er weer. Soms kent ze een korte opleving. Dan loopt ze een paar minuten monter rond, net als vroeger, met arrogante blik. Ze kromt haar rug op zoek naar een strelende hand, staart recht omhoog. Maar we houden onze adem in, weten dat de opflakkering maar tijdelijk is.

Spoedig komt ze haar mandje niet meer uit, ligt ons alleen nog maar met uitdrukkingsloze ogen aan te kijken.

'Zo gaat het niet langer, ik bel de dierenarts', zegt m'n vader als we op een middag aan tafel zitten.

Marie begint te wenen.

'Jullie gaan haar doodmaken terwijl ik bij Katrijn ben', huilt ze.

'O ja, je moet naar Katrijn. Ze is jarig, niet? Heb je al een cadeautje?' vraagt Hermine om haar een beetje af te leiden.

Maar Marie trapt er niet in.

'Ik wil niet dat ze een spuitje krijgt', snikt ze.

Zarza staart ons aan. Alsof ze weet dat we 't over haar hebben. Ik kan niet aannemen dat ze er binnen een paar uur niet meer zal zijn. Zarza die er altijd geweest is, al zolang ik leef. Zarza die mama nog heeft gekend. En grootvader. Onmogelijk dat ze nu zomaar doodgaat.

'Ik wil er bij zijn als de dierenarts komt', zeg ik kranig. 'Ik wil het zien.'

'Dan wachten we tot vanavond, dan zijn we er allemaal', beslist Hermine.

'Mag ik mijn eten laten staan', vraagt Marie.

Het mag.

Ik krijg evenmin een hap door mijn keel.

'Er wordt veel te veel doodgegaan', zeg ik.

'En dan nog door de verkeerde', valt Marie me bij. 'Waarom sterft die oude, vadsige, mottige kater van hiertegenover niet? Waarom Zarza?'

'Weten jullie nog die keer', gooit Dries het roer om, 'toen Marie 's nachts iedereen wakker brulde. Ze was nog heel klein. Zarza was boven op haar kamer gesukkeld en bij Marie in bed gekropen terwijl ze sliep. Lekker warm.'

Of we het nog wisten. Marie - gewekt door dat harige ding - was gillend uit bed gesprongen. *Een spin, een grote spin in mijn bed!* Zarza schrok zich rot van al dat tumult. We vonden haar terug, ineengedoken in een hoekje van de kamer. Haar groene ogen lichtten op in het donker. Een spin met groenen ogen...

'Jullie hebben me er jaren mee uitgelachen', grinnikt Marie.

Het lucht op. Iedereen begint lukraak herinneringen aan Zarza op te halen. Sommige maken ons aan het lachen, andere stemmen ons weemoedig. Zarza verwikkeld in een van haar talloze gevechten met de rosse kater uit de buurt... Zarza op haar buik in de tuin terwijl ze een argeloze merel besloop. Minutenlang lag ze op de loer, al haar spieren ballend voor de sprong. Nooit lukte het haar iets te vangen. Altijd miste ze op een haar na haar prooi om dan verdwaasd, beduusd op het gazon te blijven zitten. Van ontgoocheling, om zich een houding te geven, begon ze zichzelf achter de oren te wassen. Ze was de enige poes ter wereld die likjes gaf. Met dat vinnige tongetje van haar. Net een rasp. Alleen handen likte ze, geen gezichten. Dat was meer iets voor slijmballen van honden, vond Zarza. Een aristocratisch likje op de bovenkant van je hand bij wijze van groet. Niet van dat slordige gelebber...

'Hoeveel keer heb ik haar niet weggejaagd wanneer ze weer eens in de wasmand was gaan liggen, boven op het pas gewassen goed', mijmert Hermine.

'De parmantige manier waarop ze dan wegstapte, beledigd tot in het diepst van haar poezenziel', glimlacht m'n vader. 'Een kat toont nooit berouw. Laat staan nederigheid. Zeker als er Spaans bloed in haar aderen stroomt.'

'Die keer toen je haar uit de blauw spar moest halen', lacht Marie. 'Weet je nog?'

'En of', grinnikt m'n vader. 'Madame was – om indruk te maken op de rosse kater – helemaal tot in de top geklommen en kreeg daar de schrik van haar leven. Ze durfde niet meer naar beneden. Onze stoere tijger had hoogtevrees.'

'Ja, en maar miauwen', herinnert Dries zich.

'Zeg maar piepen', giechelt Marie.

'En toen moest bibi haar redden.'

'Ik zie je nog die boom in klauteren', lacht Hermine.

'Ik zat helemaal onder de naalden', valt m'n vader haar bij. 'Ik stond te trillen op m'n benen toen ik eindelijk weer op de begane grond stond met die rotkat in m'n armen. Ze had me nog flink gekrabd ook daarboven. Dankbaar is anders...'

'Ik zie het nog voor me', schatert Marie. 'Zarza – weer de held toen ze eenmaal vaste grond onder haar pootjes voelde – gunde jou geen blik meer. Haar redder kon de boom in. Hautain stapte ze naar haar eetbakje en miauwde om vers voedsel. Weet je nog?'

'Van een mens zou je 't niet verdragen', lacht m'n vader.

We gaan maar door. Niet te houden, zijn we. Ineens beseffen we hoeveel Zarza voor ons betekent. Hoezeer ze erbij hoort. Een mens staat daar niet bij stil. Hoe ze ons – gek van vreugde – verwelkomde, wanneer we na enkele weken van vakantie terugkeerden. Het was geen spinnen wat ze dan deed, eerder snurken. *Snorken*. Languit ging ze op haar rug liggen op het terras, pootjes in de lucht, ons een blik gunnend op de witte vacht van haar buik. En wij maar strelen en van Zarzaatje hier en Zarzaatje daar. De eerste dagen na onze thuiskomst week ze geen meter uit onze buurt. Het gevloek en getier van m'n vader als hij weer eens over haar struikelde. *Die stomme kat, ik doe vergif in haar eten!* Maar toen ze dit jaar amper bewoog toen we thuiskwamen, was hij de eerste om haar bezorgd in zijn armen te nemen...

De gesprekken vallen stil. Woorden zijn op. Maar de beelden blijven komen in mijn hoofd. Zarza in een bolletje gedraaid in de stoel. Wat kunnen katten toch heerlijk ongegeneerd de luilak uithangen. Om jaloers op te zijn. Soms vertrok ik naar school en lag ze – toen ik uren later weer thuiskwam – nog in precies dezelfde houding te maffen. Al die tijd geen vin verroerd... Zarza, zich uitrekkend in de zon op de teakhouten tuintafel. Jong, glanzend en mooi. Lenig als een roofdier. Trotse Zarza, schuw stapjes zettend in de eerste sneeuw. Pootjes hoog geheven, als van een paard dat dressuur loopt. Zarza, altijd daar. Met de jaren steeds onopvallender. Maar altijd daar. Lieve, trouwe, mooie Zarza.

En nu gaat ze dood.

'Krak', zegt m'n hart

Wekenlang heeft de zon geschenen, maar vandaag lijken zelfs
de weergoden te treuren om het lot van onze poes. Het regent
pijpenstelen. Met moeite komen we de middag door. Marie is
toch maar – tegen haar zin – naar Katrijn. Dries heeft een film
gehuurd waar we samen naar kijken. Een grappige prent om
ons op te monteren. Het lukt niet. Steeds als ik lach, voel ik
me schuldig.

'Zullen we een eindje gaan fietsen?' vraagt Dries.

Lief van hem.

'Ja, 't is er wel het weer voor', zeg ik.

'Iemand zin in een partijtje scrabble?' vraagt Hermine.

Niemand.

'Ik heb een idee', zegt m'n vader. 'Ik ga Zarza tekenen.'

'Hé, wat leuk', roept Hermine.

Leuk is een woord dat hier normaal op tegenstand stuit, maar
vandaag ontbreekt het ons aan kritische vechtlust. Niemand
die er tegenin gaat. Zelf 'ik heb zoiets van' zou er vandaag
onbestraft doorheen komen. Misschien dat Marie – onze
taalbolleboos – in extremis nog verzet zou aantekenen, maar
zelfs dát betwijfel ik.

'Megagoed plan', juicht Dries.

'Beestig', beaam ik, 'maar dan halen we er wel Marie bij.'
Haar buiten zo'n heftig familiemoment houden, dat kunnen
we niet maken, vind ik. Ze zou het ons eeuwig kwalijk nemen.
Hermine heeft me begrepen en knikt.
Op hetzelfde moment rinkelt mijn gsm. 't Is Marie. Alsof ze
het geroken heeft.
'Jullie moeten mij hier komen weghalen', zegt ze. 'Ik wil bij
Zarza en bij jullie zijn.'
'We komen zo,' zeg ik, 'papa gaat Zarza tekenen.'
'...'
Ik hoor haar hevig slikken.
'Hallo?'
'Kom vlug...' piept ze.
Hermine zit al achter het stuur wanneer papa de korf met
Zarza mee naar zijn atelier neemt, Dries en ik achter hem aan.
M'n vader plaatst de mand voorzichtig op een sokkel, die hij
van links naar rechts sleept, op zoek naar de perfecte lichtval.
Zarza geeft geen sjoege, is amper nog bij bewustzijn. Ze heeft
de hele tijd haar ogen dicht. Een weerloos bolletje lijden
waaruit af en toe een amechtige – bijna menselijke – zucht
ontsnapt. Dries en ik kijken toe hoe Zarza lijntje per lijntje op
papier verschijnt. M'n vader bijt op het puntje van zijn tong
terwijl hij werkt. Er speelt zachte muziek. Violen en zo. Heel
treurig, maar mooi. Ik herken de melodie. Het is Mahler, die
van 'dood in dinges'. Het is erg vredig daar te zitten en toe te
kijken. Hermine en Marie zijn intussen thuisgekomen. Oef,
we zijn volledig nu. Ik voel me bijna gelukkig. Wat een mooi
einde voor Zarza, denk ik. We zijn allemaal bij haar terwijl
m'n vader haar het eeuwige leven schenkt.
Hij werkt de tekening rustig af, tekent Zarza zoals ze is: oud,
ziek, een hoopje ellende. Haar vacht dof, in plukken overeind.

Zonder de glans van weleer. Maar toch ziet ze er niet zielig uit.
Poezen behouden hun waardigheid, zelfs als ze doodgaan.
Dat weet m'n vader perfect te treffen.
'Ziezo,' zegt hij, 'ze staat er op.'
'Prachtig', klinkt het als uit één mond.

We dragen Zarza weer naar beneden. Naar haar plekje in de
keuken. Niemand zegt nog wat. Hermine begint eten te
maken. De dierenarts kan nu elk ogenblik aanbellen. Ik haal
de poezenkam. Om beurten kammen we Zarza. Eerst ik, dan
Marie, dan Dries. Ze spint niet, maar lijkt er toch deugd van te
hebben. Ik doop m'n vingers in de melk. Ze likt er even aan,
geeft het op.
De bel! Het geluid dringt door merg en been. M'n vader gaat
opendoen. De dierenarts glimlacht. Ik haat hem. Hij mag niet
glimlachen en doen alsof het maar een karweitje van niks is.
Het gaat allemaal erg vlug. Hij maakt een spuit klaar en vraagt
om de mand op de keukentafel te zetten. We staan in een
kringetje om Zarza heen. De dierenarts wil dat we plaatsmaken.
Marie loopt weg. Ik niet. Ik wil erbij zijn wanneer Zarza sterft. Ik
wil het zien. Dat is minder erg dan wanneer de dood je achter je
rug verraadt. Heimelijk en achterbaks. Daar heb je 't weer: m'n
hart klemt in mijn borstkas als een noot in een notenkraker.
'Dag Zarza', zeg ik.
Ik wil haar strelen, maar durf niet.
Dries en Hermine kunnen het evenmin nog aanzien. Alleen
m'n vader en ik blijven toekijken. Ik knijp hevig in zijn hand.
'Krak', zegt m'n hart.
'Zo, ze is al in de poezenhemel', zegt de dierenarts.
'Wij geloven niet in de hemel', zeg ik droogjes.
M'n vader betaalt.

'Neem ik haar mee of begraven jullie haar zelf?' vraagt de man.

'Wij doen het nodige', zegt m'n vader stroef.

Hij heeft al een put gegraven achter in de tuin. Het is opgehouden met regenen. We besluiten Zarza in haar mandje te laten liggen. Kam, speelmuis, eet- en drinkbakje gaan mee. Net als bij de Egyptenaren. M'n vader schept de kuil dicht.

'Ik wil nooit meer een poes', piept Marie.

We gaan naar binnen. Iedereen begint iets te doen zonder te weten wat.

'Aan tafel', roept Hermine een tijdje later.

We krijgen geen hap door onze keel.

De televisie blijft uit. We gaan allemaal vroeg naar bed. Ik kan niet slapen. Ik denk aan Zarza in die donkere, koude put. Ik denk aan mama. Zij was het die Zarza uit Spanje mee naar huis bracht. Ik was nog niet eens geboren toen, zat wel al in haar buik. Een zwerfkatje kwam bedelen op het terras van een restaurant. Mama stak het in haar tas en adopteerde het. Ze noemde het Zarza, naar 'Zarzuela', een visgerecht dat als specialiteit van het huis gold in de Catalaanse eettent. Een paar maanden later werd ik geboren. Ik heb nooit anders geweten of Zarza was er. Toen mama stierf, verbeeldde ik me dat haar ziel verhuisde naar die van Zarza. Stom natuurlijk. Ik weet niet waarom, maar ik moet ineens glimlachen. Mijn verdriet is kennelijk weg. Nee, niet weg, maar ik ben het de baas nu. Het hoort erbij. Tja, waarbij? Bij het leven zeker? Niets armzaliger dan een leven zonder verdriet of pijn, besef ik ineens. Aldoor te moeten rondlopen met een permanente glimlach op je smoel: vreselijk. Eeuwig en altijd monter en blij en al. Een marteling gewoon! Nee, laat maar af en toe komen, het onheil. Ik sta pal voortaan. De mooiste levens worden door rampspoed aangeraakt. Zonder verlies en beproeving geen compleet bestaan. Wow, mag ik dat een inzichtje noemen?

Ik sta ineens op de overloop. In al mijn geestdrift heb ik blijkbaar het besluit genomen wat rond te kuieren op de gang. Eureka, denk ik. Hoezee, natuurlijk is missen een luxe! M'n vader heeft gelijk. Missen is een luxe, een rijkdom. Niet de kwelling die we er zo vaak – vol zelfmedelijden – van maken. Ik voel me vrij. Samen met Zarza's ogen zijn nu ook die van mama definitief dicht. Niemand kijkt nog mee naar mijn leven. Ik ga er in mijn eentje tegenaan. Nu ja, in mijn eentje... geruggensteund door al wie mij lief is natuurlijk. Door dat maffe gezin van ons. Dat vreemde allegaartje, zoals Eriek het noemt. Van Eriek gesproken, we hebben elkaar een paar keer teruggezien. We zijn er nog niet uit. Geef maar toe, het vlammetje is gedoofd, zegt Anissa. Tja, dat tussen haar en Harry in elk geval. Ze is nu bij Frederick.
Marie vindt het allemaal maar minnetjes. Stomme pubers, verwijt ze ons, hartenbrekers. De ene seconde verliefd tot over jullie oren, de volgende tel onverschillig als de pest. Ze is nog volop in haar Ross-periode die pas in september zal overwaaien.
Heeft ze gelijk? Ik weet het niet, ik weet het allemaal niet. Maar dat is nu net het geinige: ik hóéf het allemaal niet meer zo hoognodig te weten. Ik zie wel. En hardvochtig? Ik? Nee, dat niet. In geen geval.

Bij m'n vader brandt nog licht, merk ik. Ik open voorzichtig de kamerdeur. Hij ligt te lezen, lijkt blij me te zien. Hij schikt een

beetje op in het grote bed, ploft een paar keer op het vrij-
gekomen plekje tussen hem en Hermine. Eén seconde is het
vreemd hen allebei samen in bed te zien liggen, dan vind ik
het prachtig.

Hermine – opgeschrikt uit haar eerste slaap – draait zich om,
ziet mij, glimlacht en maakt op haar beurt een uitnodigend
gebaar.

'Kom maar, plaats genoeg', zegt ze.

M'n vader doet het licht uit. In Hermines armen val ik in
slaap.

.